단어로
수능에서
논술까지

101
국어개념

101 국어개념

단어로 수능에서 논술까지

ⓒ 유재은·이자연·장은아·조아라 2025

초판 1쇄	2025년 8월 25일		

지은이	유재은·이자연·장은아·조아라

출판책임	박성규	펴낸이	이정원
편집주간	선우미정	펴낸곳	도서출판 들녘
기획·편집	김혜민	등록일자	1987년 12월 12일
디자인진행	한채린	등록번호	10-156
일러스트	에이욥프로젝트	주소	경기도 파주시 회동길 198
편집	이동하·이수연	전화	031-955-7374 (대표)
디자인	조예진		031-955-7389 (편집)
마케팅	전병우	팩스	031-955-7393
멀티미디어	이지윤	이메일	dulnyouk@dulnyouk.co.kr
경영지원	나수정		
제작관리	구법모		
물류관리	엄철용		

ISBN	979-11-5925-980-7 (43810)
세트	979-11-5925-777-3 (44080)

101
국어개념

단어로
수능에서
논술까지

유재은·이자연
장은아·조아라
지음

일러두기

- 운문을 이어서 적는 경우 행이 바뀌는 부분은 / , 연이 바뀌는 부분은 // 로 표시했습니다.
- 단행본은 『 』, 단편은 「 」, 신문 및 잡지는 《 》, 영화 및 예술 작품은 〈 〉로 표기했습니다.
- 고전 작품처럼 단행본과 단편을 명확히 구분하기 어려운 경우는 한국학중앙연구원 한국
  민족문화대백과사전 누리집 설명을 따랐습니다.

시험이 끝난 뒤, 학생들과 문제를 하나하나 짚으며 이야기를 나누다 보면 안타까운 순간을 자주 접하곤 합니다. "화자가 관조적인 태도를 보였다는 게 무슨 뜻이에요?", "이 글이 왜 서사 구조를 따른다는 거죠?"와 같은 질문들은 단순히 작품을 이해하지 못해서라기보다는 문제에 쓰인 문학 개념어나 용어를 정확히 이해하지 못해 생기는 혼란에서 비롯되는 경우가 많습니다. 지문은 꼼꼼히 읽었지만, 문제가 묻는 내용 자체를 읽어내지 못하는 상황이지요.

문학 개념어는 익숙하면서도 낯선 용어들입니다. 국어는 익숙한 우리 말과 글을 도구로 하기에 그 용어나 개념을 아는 듯이 착각하기가 쉽습니다. 그래서 대충 넘기게 되는 일이 잦습니다. 의미가 비슷한 단어들을 혼동하거나, 용어를 잘못 이해하고도 인식하지 못하는 경우도 많습니다.

예를 들어, 인물의 태도를 묻는 문제에서 '자조적', '회의적', '냉소적', '애상적'과 같은 용어의 개념을 알지 못한다면 지문을 아무리 성실히 읽었다 해도 정확한 선택을 하기 어렵습니다. 작품에 대한 이해가 충분해도 선택지에 담긴 언어를 해석하지 못하면 문제를 풀 수 없는 것이지요. 문학 용어는 단순한 암기에서 그쳐서는 안 됩니다. 그 개념이 실제 작품 속에서 어떻게 나타나는지를 이해하고 있어야, 문제에서 묻는 바를 올바르게 파악하고 정확하게 해석할 수 있습니다.

한 교무실에서 함께 근무하던 저희 네 명은 수업에 대한 고민을 나누다 '문학 개념어를 보다 생생하고 친근하게 전달할 수는 없을까?'라는 공통된 바람을 갖게 되었습니다. 이 바람은 학생들이 문학 개념어를 접하며 겪는 혼란과 궁금증을 출발점으로 삼아, 단순한 정의와 설명을 넘어 '이해'에 이를 수 있는 개념서를 써 보자는 결심으로 이어졌습니다.

어떤 개념어는 설명을 들어도 막연하고, 어떤 개념어는 문제 속에서 낯설게만 다가옵니다. 이 책은 그런 순간을 위한 책입니다. 이해되지 않았던 개념이 조금은 익숙해지고, 낯설던 단어가 내 말이 되는 경험을 함께 나누고 싶었습니다. 수능 국어 영역에 자주 등장하는 주요 개념어, 그리고 학교 수업 시간에 강조되는 필수 개념어들을 골라, 짧은 이야기와 구체적인 예시 속에 담았습니다. 딱딱하게 정의만 나열하기보다는 '이해'하고 '써 볼 수 있는 말'이 되도록 도와주는 흐름을 만들고자 했습니다.

이 책을 꼭 앞에서부터 순서대로 읽지 않아도 괜찮습니다. 수업 시간에 얼핏 들었지만 아직 헷갈리는 개념, 문제를 풀다 마주친 낯선 용어가 있다면 그 부분부터 펼쳐 보세요. 짧은 글 하나를 따라가다 보면, 어느새 그 개념이 조금은 익숙하게 느껴질지도 모릅니다. 개념어 하나하나를 '들어본 말'에서 '쓸 수 있는 말'로 바꿔 가는 과정은, 글을 읽고 이해하며 자신의 생각을 스스로 표현하는 힘을 기르는 일입니다. 그렇게 차곡차곡 쌓인 말의 힘이 여러분의 국어 공부에 든든한 토대가 되어 주리라 믿습니다.

차례

가정
있잖아, 만약에 말이야…

"만약에 내가 종일 연락이 안 된다면 어떨 것 같아?"

"만약에 내가 이성인 친구랑 단둘이 만나서 밥 먹는다고 하면 어떻게 할 거야?"

"만약에 우리가 서로 다른 지역으로 진학해서 물리적으로 멀어지게 된다면 어떨 것 같아?"

"만약에 우리가 진짜로 헤어지게 되면 어떡하지?"

위 문장들은 연인 사이에서 흔히 주고받을 수 있는 질문들입니다. 만약 여자친구가 남자친구에게 위와 같은 질문들을 했다면, 남자친구는 어떻게 대답했을까요? 만약 남자친구가 MBTI에서 N의 성향이 강한 사람이라면 여자친구가 말한 상황이 실제로 벌어졌을 때를 상상하며 진지하게 대답했을 겁니다. 반대로 S의 성향이 강한 사람이라면 "일어나지도 않은 일을 가지고 무슨 그런 질문을 해?"라며 핀잔을 줬을 수도 있겠네요. 여자친구는 무슨 대답이 듣고 싶어서 이렇게 물어 본 걸까요? 아마도 "걱정하지 마, 우리가 헤어질 일은 절대 없어."와 같은 말을 듣고 싶었던 것이 아닐까요? 남자친구의 사랑을 확인받고 싶은 마음에 던진 질문인 거죠. 이처럼 '사실이 아니거나 또는 사실인지 아닌지 분명하지 않은 것을 임시로 인정하는 것'을 가정假定이라고 합니다. 가정 화법은 누군가의 속마음이나 생각을 읽기 위해 또는 상대방이 어떤 사람인지 파악하기 위해 쓰일 수 있지만, 때로는 자신이 말하고자 하는 바를 더욱 강력하게 전달하기 위해 쓰이기도 합니다. 고전 작품에서 그 예를 찾아보죠.

바삭바삭한 가는 모래 벼랑에
바삭바삭한 가는 모래 벼랑에
구운 밤 닷 되를 심습니다
그 밤에 움이 돋아 싹이 나야만
그 밤에 움이 돋아 싹이 나야만
덕이 있으신 임을 여의겠습니다.

옥으로 연꽃을 새깁니다
옥으로 연꽃을 새깁니다
바위 위에 접붙입니다
그 꽃이 세 묶음이 피어야

그 꽃이 세 묶음이 피어야
덕이 있으신 임을 여의겠습니다

무쇠로 철릭(무관이 입던 관복)을 만들어
무쇠로 철릭을 만들어
철사로 주름을 박습니다
그 옷이 다 헐어야
그 옷이 다 헐어야
덕이 있으신 임을 여의겠습니다
— 작자 미상, 「정석가」 중에서

고려가요 「정석가」의 일부분을 현대어로 풀이한 내용입니다. 각각의 연마다 화자는 특정 상황을 가정하면서 그 내용이 이루어져야만 임과 이별하겠다고 말하고 있어요. 그런데 가정하고 있는 내용을 보면 정말이지 말도 안 되는 것들뿐입니다. 물기 하나 없는 바삭한 모래에, 그것도 구운 밤을 심었는데, 싹이 날 리 만무하죠. 옥으로 새긴 연꽃을 바위에 붙인다고 해서 꽃이 피어날 리도 없고, 무쇠로 만든 갑옷이 헐어 버릴 리도 없습니다. 실제로 일어나기 힘든 일들을 가정하고 있어요.

그렇다면 화자는 왜 이런 말도 안 되는 상황을 가정하는 걸까요? 절대 일어날 수 없는 일이 일어나야만 이별하겠다는 것은 다시 말하면 결코 임과 이별할 수 없다는 뜻입니다. 화자는 임과 헤어지고 싶지 않은 마음을 효과적으로 드러내기 위해 불가능한 상황을 가정한 거예요.

이처럼 가정은 전달하고자 하는 바를 좀 더 효과적으로 드러내기 위한 하나의 장치로 쓰입니다. 작품 속에서 가정을 발견했다면, 가정을 통해 무엇을 강조하고자 한 것인지 파악하는 데 중점을 두어야 해요!

갈등
이야기를 끌고 나가는 원동력

갈등. 우리가 일상에서 정말 많이 사용하는 단어죠? 갈등이라고 하면 다툼, 싸움, 언쟁 등의 단어가 함께 떠오를지도 모르겠어요. 갈등은 칡 '갈葛'에 등나무 '등藤'이 합쳐진 단어예요. 얽히고설킨 칡과 등나무 가지처럼 어떤 일이나 사정이 복잡하게 꼬여 화합하지 못하는 상황을 말한답니다.

우리는 일상에서 수많은 갈등을 경험해요. 내가 '잘하는 것'과 '하고 싶은 것'이 달라 진로를 결정하는 데 고민이 생길 수도 있고, 어떤 일을 받아들이는 관점의 차이 때문에 친구와 말다툼을 할 수도 있습니다. 자신의 가치관과 소신에 어긋나는 일을 조직 때문에 해야 할 때 괴로움을 겪기도 하죠. 이처럼 고민, 다툼, 괴로움이 일어난다는 것은 곧 우리의 일상이 갈등의 연속이라는 것을 의미합니다. 그리고 우리는 갈등을 해소하는 과정에서 때로는 성취감을, 때로는 좌절감을 경험하기도 합니다.

문학 작품에서 갈등은 이야기를 끌고 나가는 원동력으로 작용해요. 갈등이 없는 단조로운 나열식 이야기는 독자의 흥미를 끌어내기 어렵고 긴장감을 조성하기도 힘듭니다. 여러분이 최근 가장 재밌게 본 드라마나 영화를 떠올려 보세요. 드라마나 영화에도 늘 갈등이 있습니다. 영화 〈더 퍼스트 슬램덩크〉는 형의 죽음으로 과거에 얽매여 살던 '송태섭'이 내면의 아픔과 상처를 극복하며 성장하는 모습을 그립니다. 영화 〈콘크리트 유토피아〉는 어떤가요? 대지진으로 폐허가 된 서울에서 유일하게 무너지지 않은 아파트를 두고 외부인의 출입을 막으려는 입주민들과 생존을 위해 아파트 내부로 들어가고자 하는 외부인 간의 갈등을 실감 나게 묘사하고 있죠. 갈등의 양상, 즉 한 인물이 겪는 내면의 갈등이냐, 인물 간의 갈등이냐는 다르지만 두 영화 모두 갈등을 기반으로 이야기를 전개하고 또 그것을 해결하는 과정에서 흥미를 유발합니다. 갈등을 통해 등장인물들의 성격, 특성, 가치관 등도 드러나죠. 관객은 갈등이 해결되는 방향에 따라 영화감독이 전달하고자 한 메시지를 이해할 수도 있습니다.

문학 작품도 마찬가지입니다. 문학 작품 속 갈등은 사건이 전개되는 과정에서 긴장감을 더해 주기도 하고, 작품 속 인물들의 특성을 드러내기도 합니다. 갈등이 고조되고 해결되는 과정에서 작품의 주제를 전달하고요. 그러므로 소설, 희곡과 같은 이야기가 있는 문학 작품을 읽을 때는 갈등을 일으키는 요소가 무엇인지, 갈등 속 등장인물의 심리는 어떠한지 등을 파악하는 습관을 길러야 해요.

한 가지 잊지 말아야 할 점이 있습니다. 모든 갈등은 결국 서로 다른 캐릭터 때문에 발생한다는 것인데요. 한마디로 캐릭터와 캐릭터가 만나는 과정에서 필연적으로 갈등이 생긴다는 뜻입니다. 모든 캐릭터는 저나 여러분이 그렇듯 수많은 특성을 가진 입체적인 생명체니까요. 작가들이 집필 과정에서 캐릭터 창조에 가장 심혈을 기울이는 배경이기도 합니다.

🔍 #칡과_등나무처럼 #얽히고설킨 #사건_전개 #괴로움 #원동력 #긴장감 #극복 #해소 #필연적

003

감각
생각에 변화를 가져오는 자극

인간의 신체 조건은 야생 환경에서 생존하는 데 그다지 유리하지 못합니다. 매는 인간의 4~8배에 달하는 시력을 자랑하고, 하늘 높이 떠서 땅 위에 개미가 기어가는 것도 볼 수 있어요. 타조의 시력은 매보다 뛰어나서 시야가 인간의 10배에 달한다고 해요. 시각이 그렇다면 후각은 어떨까요? 개가 사람보다 훨씬 냄새를 잘 맡는 것은 이미 잘 알고 있지요? 그런데 초파리에 비하면 개의 후각은 아무것도 아닙니다. 여름에 과일을 먹다가 놓아두면 곧 수많은 초파리가 날아다니는 것을 보게 됩니다. 잘 익은 과일 한 조각의 냄새는 2km 밖의 초파리까지 불러 모을 수 있답니다. 시각과 후각을 비롯한 그 어떤 신체 능력에서도 인간이 최고라고 자랑할 부분은 없습니다. 그런데 인간은 어떻게 자연 상태에서 살아남았을 뿐 아니라 다른 동물들의 영역을 차지하고, 지구를 지배하며, 여러 종의 동물이 사라지게 할 만큼 강한 힘을 갖게 된 걸까요?

감각은 외부 자극 감지에서 끝나지 않습니다. 감각感覺, sense

이란 외부에서 들어오는 물리적 자극을 눈, 귀, 코, 혀, 피부 등의 감각기관으로 인지한 후, 각 자극을 전기적 신호로 변환하여 뇌에 전달함으로써 의식에 변화가 생김을 의미해요. 즉, 외부 자극을 받아들여 내면 의식이 변화하는 것이라 말할 수 있죠. 뇌는 이 전달된 신호를 하나의 패턴으로 만들고 의미를 부여해 상황을 파악합니다. 그리고 이 상황을 가지고 있던 기억과 연결하죠. 이 인식적 정보를 기반으로 뇌는 의사를 결정하고 특정 신호 출력을 결정해요. 외부 자극을 감각하는 인간의 능력은 다른 동물보다 떨어질지 모르지만, 이 감각을 통해 생각을 변화시키는 능력이 인간을 가장 강한 존재로 만든 셈이에요. 문학에서 감각이란, 글로써 독자에게 실재하지 않는 자극을 생생하게 상상하도록 하여 생각에 변화를 가져오는 것입니다. 특히 독자가 가진 기억과 감각을 연결해 특정한 느낌을 불러일으키는 것을 심상(이미지)이라고 해요. 글이란 작가가 독자에게 의식의 변화를 촉발하기 위해 쓰는 장치인데요. 감각적 표현은 오감(시각, 후각, 청각, 미각, 촉감)의 기억을 불러일으키지요.

하늘 밑 푸른 바다가 가슴을 열고
흰 돛단배가 곱게 밀려서 오면

내가 바라는 손님은 고달픈 몸으로

청포(清泡)를 입고 찾아온다고 했으니

내 그를 맞아 이 포도를 따 먹으면

두 손은 함뿍 적셔도 좋으련

— 이육사, 「청포도」 중에서

이육사가 쓴 「청포도」라는 시의 3~5연입니다. 일렁이는 푸른 바다, 하얀 돛, 푸른 도포 자락, 손을 적시는 청량한 포도즙…. 이 시를 읽으면 환해지는 시야와 입안 가득 고이는 청량함, 손끝을 적시는 시원함에 희망과 긍정적 생각으로 가슴 속이 벅차오릅니다. 시에 담긴 색채의 대비와 시원한 촉감, 시에 직접 쓰이진 않았지만 더불어 떠오르는 청량한 파도 소리와 달콤한 포도향까지…. 시인은 우리의 감각을 총동원하여 도래할 미래를 마치 우리가 이미 겪은 경험처럼 생생하게 떠올리게 해 줍니다. 일제의 침략이 영원할 것만 같아 무서움에 떨던 당시 우리 민족에게 이 시는 감각적 표현을 통해 많은 사람의 머릿속에 미래의 희망과 오늘을 살아갈 지혜를 불러일으켰을 겁니다. 문학 작품 속 감각적 표현이 나오면 그 종류를 분석해 본 후에, 그것이 우리 머릿속에서 불러오는 생각의 변화가 무엇인지 잘 생각해 봅시다.

#인상_느낌 #자극을_알아차리다 #의식_변화 #의미_부여 #생각을_바꾸지 #오감 #청포도

004

객관적 상관물과 감정이입

화자의 정서를 드러내는
구체적인 사물

펄펄 나는 저 꾀꼬리 / 암수 서로 정답구나

외로워라 이 내 몸은 / 뉘와 함께 돌아갈꼬

— 유리왕, 「황조가」

'유리왕'에 대해 들어 본 적이 있나요? 유리왕은 고구려를 건국한 주몽의 아들로 아버지에 이어 제2대 왕이 되었습니다. 위 작품은 유리왕이 직접 지어 불렀다고 전해지는 「황조가」입니다. 이 작품에는 다음과 같은 배경 설화가 있어요. 어렵게 왕위에 오른 유리왕이 즉위 3년째 되던 해, 왕비 송씨가 세상을 떠납니다. 유리왕은 왕비가 죽자 토착민 출신의 화희와 중국 출신의 치희라는 여인을 아내로 맞아요. 두 아내는 저마다 왕의 사랑을 독차지하고 싶어 했습니다. 유리왕이 일주일 동안 사냥을 나간 어느 날, 그가 없는 틈을 타 화희가 치희에게 망신을 주자 치희는 부끄러움을 이기지 못해 친정으로 가 버립니다. 이 소식을 들은 유리왕은 바로 치희를 찾아가 함께 돌아가자고 간청했지만 거절당하죠. 치희를 잃고 쓸쓸히 돌아오던 중 유리왕은 꾀꼬리 한 쌍이 정답게 노니는 모습을 보게 되는데요. 이때 지었다고 전해지는 노래가 바로 「황조가」입니다. 이 시에서 꾀꼬리는 서로 정다운 상태입니다. 반면 화자인 유리왕은 짝을 잃어 슬픈 상황이지요. 꾀꼬리의 정다운 상태는 유리왕이 처한 상황과 대비되어 '짝을 잃어 슬픈 감정을 부각'시키는 역할을 합니다. 여기서 꾀꼬리처럼 화자의 감정을 객관화거나 감정을 표현하기 위한 역할을 하는 대상물을 '객관적 상관물'이라고 합니다. 객관적 상관물에 대해 조금 더 자세히 알아볼게요. 이수복 시인은 「봄비」라는 시에서 사별한 임에 대한 애절한 슬픔과 그리움을 '서러운 풀빛'이라는 표현을 통해 드러냅니다. '나는 서러워요.'라고 직접적으로 말하지 않고, 풀빛이라는 객관적인 대상에 화자의 마음을 투영하여 자신의 서러움을 표현하지요. 이처럼 화자의 정서가 이입되는 대상을 객관적 상관물이라고 해요. 그런데 왜 하필 '풀빛'이란 단어를 사용했을까요? 시인에게는 아마도 강나루 긴 언덕에 풀빛이 짙어 올 때쯤 어떤 사건이 있었던 모양이에요. 어쩌면 그때 사랑하는 임을 저세상으로 떠나보낸 듯합니다. 그러다 보니 풀빛이 짙어 올 때가 되면 서럽고 슬퍼지는 거죠. 임의 죽음과 풀빛이 자연스럽게 서로 연관되어 기억 속에 남아 있는 거예요.

만약 시인의 아버지가 돌아가셨던 날에 벚꽃이 만개했다면

어떨까요? 아마도 벚꽃이 필 무렵이면 돌아가신 아버지를 떠올리며 추억하고, 마음은 상심에 빠져들겠지요. 이와 같은 상황이라고 생각하면 됩니다. 이렇듯 화자가 자신의 감정을 직접 드러내는 대신 자연물을 통해 간접적으로 드러낼 때, 그 자연물을 객관적 상관물이라고 합니다. 여러분이 자주 들어 보았을 감정이입이란 화자의 감정을 어떤 대상에 투영하여 그 대상도 나와 같은 감정을 지니고 있다고 표현하는 것입니다. 감정이입은 객관적 상관물의 한 종류라고 할 수 있어요. 포함관계로 이야기한다면 객관적 상관물의 영역 안에 감정이입이 포함되는 것이지요. 즉, 객관적 상관물은 화자의 감정을 이입하는 대상일 수도 있고, 화자의 감정과 반대되는 대상일 수도 있으며, 특정한 감정을 불러일으키는 사건과 깊게 연관된 사물일 수도 있습니다. 시인은 자신의 감정을 직접 말하기보다 그 감정을 불러일으키는 자연이나 사물에 기대어 우리에게 조심스럽게 속마음을 털어놓습니다. 화자의 마음은 풀빛 속에, 꾀꼬리의 짝짓는 모습 속에 스며들어 독자의 마음에 닿게 됩니다. 다음에 시를 읽게 된다면, 그저 눈에 보이는 표현만이 아니라 그 속에 숨어 있는 객관적 상관물에 주목해 보세요. 그 대상에 스며든 화자의 마음을 읽어 낼 수 있다면, 여러분은 이미 시인의 눈으로 세상을 보는 것일지도 몰라요.

🔍 #유리왕과_황조기 #투영 #대상과의_연결 #감정을_드러내는_요소 #기대어_보여_줄게

경외감
절대적 존재를 향한
공경에서 나오는 두려움

미국 캘리포니아주에 있는 요세미티 국립 공원은 관광객들이 즐겨 찾는 명소입니다. 유네스코 자연 유산에도 등록되어 있어요. 빙하침식으로 만들어진 절경이 특히 유명한데요. 이처럼 장대한 자연 속에 있다 보면 우리가 겪는 고민이나 괴로움은 정말 사소하게 느껴집니다. 이와 관련한 실제 실험을 소개할게요. 저명한 심리학자 대커 켈트너 교수는 요세미티 국립 공원, 샌프란시스코 시내를 각각 방문한 참가자들에게 그곳에서의 느낌을 그려 보게 했어요. 그 결과, 요세미티 공원 팀이 샌프란시스코 팀에 비해 자신을 훨씬 작게 그렸다고 해요.

　비슷한 다른 실험의 결과도 인상적입니다. 참가자들을 두 집단으로 나누어 한 집단은 1분 동안 거대한 유칼립투스 나무들을 올려다보게 하고, 다른 집단은 나무를 등지고 칙칙한 학교 건물만을 바라보게 했어요. 잠시 후에 이들 앞으로 한 사람이 설문지와 펜을 들고 오다가 발을 헛디뎌 펜을 떨어트립니다. 이 역시 실험의 일부라는 것을 눈치채지 못한 참가자들은 달려가서 그 사람을 도와주었는데요. 어떤 집단이 더 많이 도와주러 달려갔을까요? 역시나 아름답고 압도적인 유칼립투스 나무들을 본 참가자들이었죠. 실험 참가자들은 요세미티 국립 공원과 유칼립투스 나무에서 대체 무엇을 보고 느꼈기에 이렇게 다른 행동을 보였을까요? 스스로를 작게 느꼈다거나 다른 사람을 배려하는 행동의 기원은 과연 무엇이었을까요? 대커 켈트너 교수는 이 실험을 통해 경외감 체험이 인간에게 다양한 긍정적 효과를 나타낸다고 강조했어요. 마음속에서 공경과 두려움을 함께 일깨워주는 경험을 통해 사람들은 더 차분하고 친절해지며, 창의성도 높아진다고 말입니다. 다음 작품을 같이 살펴볼까요?

내 무엇이라 이름하리 그를? (…)
바다에서 솟아올라 나래 떠는 금성(金星),
쪽빛 하늘에 흰 꽃을 딩은 고산 식물,
나의 가지에 머물지 않고
나의 나라에서도 멀다.
홀로 어여삐 스스로 한가로워 ― 항상 머언 이,
나는 사랑을 모르노라 오로지 수그릴 뿐.
때 없이 가슴에 두 손이 여미어지며
굽이굽이 돌아 나간 시름의 황혼 길 위 ―

나— 바다 이편에 남긴

그의 반임을 고이 지니고 걷노라.

— 정지용, 「그의 반」 중에서

이 작품에서 화자는 '그'를 감히 이름 붙이기 어려워하고, 금성, 고산식물과 같은 고귀한 것에 비유하기도 했어요. '그'를 멀게 느끼며 고개를 수그리고 두 손을 여미는 모습을 통해 대상에게 느끼는 경외감을 잘 표현했는데요. 위의 작품에서처럼 경외감은 대개 절대적 존재에게 느껴지는 감정으로 나타납니다. 그 대상은 주로 거대한 자연, 신과 같은 절대자들이지요. 여러분도 혹시 무언가에 압도되어 감동을 느낀 경험이 있나요? 모든 것을 집어삼킬 듯이 몰아친 태풍이 지나간 자리, 올림픽 양궁 경기에서 정확히 과녁 한가운데로 화살을 쏜 선수의 눈빛, 하루도 빠짐없이 가족을 위해 따뜻한 아침밥을 준비하시는 어머니, 잠깐의 독서 중에 내 마음을 위로하는 문장 등. 꼭 경치 좋은 멋진 곳을 찾아가지 않아도 우리 주변에는 우리를 좀 더 가치 있는 존재로 만들어 줄, 경외의 대상이 될 만한 것들이 충분히 많이 있지요.

마하트마 간디는 이렇게 말했습니다.

"사람은 경외심과 존경을 잃으면 가치 없는 존재가 된다."

🔍 #공경하면서_두려운_마음 #압도적 #웅장해지네 #광활한_자연 #절대적_존재 #감동의_가치

고조

죽을 것처럼 힘들어도
이 상황은 해결될 거야!

드라마를 보다가 하루를 다 보낸 경험, 많이들 있지요? OTT 서비스를 이용하다 보면 정말 시간이 순식간에 흘러가 버려요. '자기 전에 한 편만 봐야지.'라고 생각했는데, 정신 차리고 보면 정주행 중이지요. 각 화의 마지막 장면은 어쩜 그렇게 궁금증을 불러일으키게 딱 자르는지…. 인물들의 감정이 최고조에 이른 상황에서 끝나 버리니 다음 화를 재생할 수밖에요.

이야기는 갈등을 중심으로 사건이 벌어지게 마련입니다. 독자니 시청자는 갈등을 대하는 인물들의 태도, 감정에 몰입하게 되고요. 깊이 공감하거나 대리만족하거나 반면교사로 삼기도 합니다. '이야기'의 힘은 이처럼 대단합니다. 결론을 강조하기 위해 앞에서부터 단계적으로 설명을 쌓아가는 상황을 흔히 '빌드업'이라고 표현하지요. 사실 이 말은 건축 용어에서 유래되었습니다. 하나씩 차곡차곡 쌓아 올리며 완성한다는 뜻이거든요. 축구 경기에서도 골키퍼부터 최전방 공격수까지 공을 단계적으로 이어 가는 전술을 빌드업 플레이라고 하지요. 이야기에도 이 기술이 쓰입니다. 후반부에서 고조될 갈등을 강조하기 위해 갈등이 일어날 수밖에 없는 사건들을 앞에서부터 차곡차곡 쌓아가지요. '발단-전개-위기-절정-결말'이라는 단계를 하나씩 밟아가면서요. 이 같은 소설의 구성 단계는 사실 갈등이 전부라고 보아도 무방할 정도입니다. 갈등이 시작되고, 최고조에 올랐다가 해소되는 과정을 다루잖아요. 갈등이 고조되는 순간 인물들의 감정은 한층 무르익고 높아집니다. 인물의 목소리가 높아지고 격앙된 감정이 오고 가죠. 일제강점기, 소작농과 친일 지주 세력의 갈등을 다룬 희곡, 유치진이 쓴 『소』의 한 장면을 살펴볼까요?

말똥이 : 아니 뼈가 빠지게 농사지어 놓은 것 막 다 가져갔죠. 그러구 그게 무슨 말유? 올해가 풍년이래두 우리 집에 어디 쌀 한 톨 남었나 봐요! 막 뒤져 봐요!
국서 : …이눔 말똥아!
마름 : 이 망할 자식 보게. 늙은 사람 앞에 막 삿대질을 허구 이눔이 덤비지! 에잇, 고약한 눔 같으니! (지팡이로 때린다.)
말똥이 : (악을 쓰고) …아버지 좀 봐요. 노…농지령이란 건 뭐야요? 그저 사람을 골릴려구! 최후 결단을 하면 어쩔 테야요? 어디 할 대루 해 봐요! 흥! 할래야 할 거나 있어야 말이지…

국서 : (말리다가 못해 말뚝이를 헛간 밖으로 끌어낸다.) 저리 나가!
이눔, 버릇없어!

마름 : 이런 분할 일이 있나! 그럼 못할 거라구! 두고 봐! 기둥이
라두 빼어 가두 빼어 가구 솥이라두 떼어 갈 테니까. …흥 저눔
의 소는 못 몰고 갈 줄 아나?

— 유치진,『소』(2016년도 수능 국어 영역 A형 출제)

인물들의 대화에서 고성이 오가고, 폭력도 일어납니다. 소작
농인 '국서'네 집안의 '소'를 매개체로 국서의 가족과 마름 간의
갈등이 고조되면서 인물들의 감정이 강렬하게 터져 나오고 있군
요. 작가는 강한 어조, 비속어, 영탄적 표현, 구체적 행동 묘사 등
을 사용하여 인물의 격한 감정이나 긴박한 상황을 전달합니다.
'이눔 말뚝아!', '이 망할 자식 보게!', '악을 쓰고', '말리다가 못해
말뚝이를 헛간 밖으로 끌어낸다.' 등의 문장만 봐도 긴장감이 느
껴지죠?

우리도 살아가면서 이렇게 갈등이 고조되는 순간을 마주할
때가 있습니다. 저는 정말 힘들었던 순간에 소설의 구성을 공부
하며 위로를 받았는데요. 소설의 구성 단계는 '절정'으로 끝이 나
지 않고 '결말'로 끝이 난다는 것, 갈등은 어떤 방식으로든 해소
된다는 점 때문이었어요. 물론 그 결말이 슬픈 결말일 수도 있고
비참할 수도 있어요. 하지만 감정이 고조되는, 격앙되는 그 상태

가 계속 유지되는 것은 아니에요. 그 상태가 지나면 점차 감정도 누그러질 것이고 혹여나 부정적인 결말을 얻었다고 해도 그 일을 계기로 또 다른 시작을 할 수 있으니까요. 마치 달리기 시합에서 아무리 숨이 차고 죽을 것처럼 힘들어도 그 시합의 끝은 분명히 있고, 호흡도 점차 안정되는 것처럼요. 설령 이번 시합에서는 좋은 기록이 아니었다고 해도, 다음 시합을 준비하는 데 중요한 데이터가 되기도 하지요. 이렇게 생각하고 나니, 힘든 순간도 버티게 되더군요.

조금 전에 제자 한 명이 기쁜 소식을 전해 주었습니다. 작년 대학 입시에는 실패했는데, 이번에는 목표했던 대학교에 합격했다고요! 그 친구가 실패감에서 벗어나지 못하고 주저앉았다면 이런 소식은 들을 수 없었겠죠? 혹시 지금 여러분이 겪고 있는 상황들이 고조된 갈등처럼 느껴져서 마음이 힘들다면, 분명 이 순간은 곧 해결될 것이고, 새로운 시작을 할 수 있는 빌드업이라고 생각해 보면 어때요?

#무르익은_감정 #갈등의_클라이맥스 #강렬 #절정 #해소 #계기가_될_수도_있어 #빌드업

공간
의미를 담는 그릇

십 년을 경영하야 초려삼간(草廬三間) 지어내니
나 한 간 달 한 간에 청풍(淸風) 한 간 맛져 두고
강산은 들일 듸 업스니 둘러 두고 보리라
— 송순, 「십 년을 경영하야」

조선시대 유학자들은 속세의 욕심을 버리고 자연 속에서 깨끗한 삶을 살다 생을 마무리 짓는 것을 최고의 삶으로 여겼어요. 그래서 많은 양반이 자연에서 깨끗하고 가난한 삶을 살고 싶다는 희망을 노래하거나 이미 그렇게 살고 있다는 자부심을 문학에 담아냈답니다. 위의 시조를 볼까요? 십 년 동안 돈을 모아 겨우 지은 집이 고작 세 칸짜리 초가집인데, 그것도 자기가 다 갖지 않고 한 칸은 달을 주고, 또 한 칸은 바람에 내어 주었더니 강과 산에는 줄 방이 없어서 집 주변에 둘러 두고 살겠다고 하네요. 자신의 빈곤한 집에 대한 부끄러움은커녕 이렇게 자연과 함께 사는 내가 얼마나 멋지냐는 자부심이 잘 표현되었죠. 자연 속에서 욕심을 버리고 사는 라이프스타일이 당시 양반들이 꿈는 최고의 모습이었으니, 많은 사람의 로망을 실현한 자신을 자랑스러워하고 있네요.

이와 같이 공간은 특정 테마와 상징을 나타내는 데 사용될 수 있어요. 어떤 장소는 특정한 의미와 연관되어 독자에게 메시지나 아이디어를 전달하게 되지요. 또한, 공간은 인물의 행동과 성장, 상황을 이해하는 데 큰 역할을 합니다. 우리의 환경과 주변 공간은 우리의 행동, 대화, 상호작용에 큰 영향을 미치기 때문이지요. 제주도를 배경으로 하는 현기영의 『순이 삼촌』에서는, 과거의 아픔으로 고향을 등지고 사는 주인공의 사연과 주인공을 어린 시절 돌보아 주었던 순이 삼촌이 결국 어릴 적 아픈 기억을 벗어나지 못해 죽음에 이른 사연이 나옵니다. 이 소설의 배경인 제주도는 우리 땅에서 가장 참혹한 역사적 사건이 벌어졌던 곳이자 그 비극이 아직까지도 이어지고 있는 장소입니다.

풀 한 포기 없는 이 길을 걷는 것은
담 저쪽에 내가 남아 있는 까닭이고
― 윤동주, 「길」 중에서

민들레가 피고 까치가 날고
아가씨가 지나고 바람이 일고

나의 길은 언제나 새로운 길

― 윤동주, 「새로운 길」 중에서

　같은 시인이 그려낸 '길'이라는 공간이지만 두 시에 나타난 모습이나 의미가 사뭇 대조적이죠? 「길」의 '길'은 생명력이 없이 담으로 막힌 공간으로, 「새로운 길」의 '길'은 생명이 넘치고 미래로 열려 있는 공간으로 그려져 있습니다. 그러나 두 길 모두 '나'라는 화자가 있고, 화자는 멈추지 않고 가고 있습니다. 공간을 어떻게 그려 내느냐에 따라 장면이 갖는 의미가 완전히 달라진다는 것을 알 수 있지요. 이처럼 공간적 배경을 잘 이해하면 작품의 맥락을 이해하고, 인물의 특성과 이야기의 전개를 이해하는 중요한 열쇠를 얻을 수 있답니다.

🔍 #배경 #장소 #시간 #자리 #환경 #상황을_보여_주는_세계 #역사 #장면이_지닌_의미 #맥락

관념의 구체화

오감을 통해
생생하게 표현해 봐!

여러분은 하루를 어떻게 마무리하나요? 저는 잠들기 전에 꼭 웹툰을 보는데요, 현재까지 가장 재미있게 본 웹툰은 몇 해 전 TV 드라마로 방영되었던 〈유미의 세포들〉입니다. 지루한 일상을 이어가던 주인공 유미가 새로운 만남을 통해 성장해 나가는 과정도 흥미로웠지만, 무엇보다 제 마음을 사로잡았던 것은 바로 다양한 세포들이었어요. 이성 세포, 사랑 세포, 출출 세포, 응큼 세포, 난폭 세포 등 〈유미의 세포들〉이라는 제목처럼 이 작품은 유미의 감정이나 상태를 구체적인 세포들로 시각화하여 표현함으로써 상황에 따라 변하는 주인공 유미의 심리 상태를 섬세하게 보여 줍니다. 남자 주인공인 구웅에게 호감을 느끼다가도 이별이 두려워 날뛰는 유미의 세포 히스테리우스는 유미의 심리 상태를 한눈에 알아볼 수 있게 해 주는 좋은 예입니다.

　문학 작품에도 이처럼 눈에 보이지 않는 추상적인 대상을 구체적인 사물이나 행동으로 표현하는 기법이 있는데요, 이것을 관념의 구체화라고 합니다. 눈에 보이지 않는 생각이나 정서, 시간 등을 시각이나 청각 같은 오감을 통해 느낄 수 있도록 표현하는 기법이지요. 구체적인 작품을 통해 살펴볼까요?

> 동짓달 기나긴 밤을 한 허리를 베어내어,
> 춘풍 이불 아래 고이고이 넣었다가,
> 정든 임 오신 날 밤이어든 굽이굽이 펴리라.
> ― 황진이, 「동짓달 기나긴 밤을」

화자에게 사랑하는 임이 없는 밤은 한없이 길게 느껴집니다. 반대로 임과 함께 있는 시간은 쏜살같이 지나가는 것처럼 느껴지겠지요. 쏜살같이 지나가는 임과의 시간이 아쉬웠던 화자는 참신한 아이디어를 떠올립니다. '임을 기다리는 시간은 너무 길어. 지루해 죽을 만큼 길어. 그러니까 이때 남아도는 시간을 잘라서 이불 아래 잘 보관해 두자. 그랬다가 임이 오신 날 그걸 꺼내서 펼치는 거야. 모자라는 시간과 이어 붙여도 좋겠지. 그러면 임과 함께하는 시간도 늘어날 거야.'라고 말입니다. 이처럼 화자는 눈에 보이지 않는 밤이라는 시간적 관념을 '허리를 베어내다'라는 시각적인 표현을 통해 생생하게 표현했는데요. 이러한 기법이 바로 관념의 구체화입니다. 추상적 관념을 특정한 오감을 통해 구체적으로 형상화하는 것이지요. 어떤 감각을 사용하는가에 따라 '관념의 시각화', '관념의 촉각화'처럼 구분할 수도 있습니다.

이처럼 문학 속에서는 눈에 보이지 않는 감정이나 생각, 시간 같은 관념들이 감각을 통해 구체적인 모습으로 표현되곤 합니다. 눈에 보이지 않는 것을 '보이게', 느낄 수 없는 것을 '느끼게' 만드는 힘이 바로 관념의 구체화이지요.

앞으로 시나 소설을 읽을 때, '이 표현이 어떤 감각을 통해 관념을 드러내고 있을까?' 하고 떠올려 본다면, 작품 속 숨겨진 감정이나 의미를 더 깊이 이해할 수 있을 거예요.

🔍   #견해_생각 #추상_공상 #감정_상태 #시각화 #촉각화 #느낄_수_있도록 #밤의_허리를_베어

관용

행동도 생각도 나와 다르지만
이해하고 인정해요

여러분은 11월 16일이 유엔에서 지정한 '국제 관용의 날'이라는 사실을 알고 있나요? 제2차 세계대전 종전 50주년이자 유네스코 창립 50주년이던 제28차 유네스코 총회에서 지정된 이날은 지구촌에 사는 여러 문화권의 사람들이 서로를 이해하고, 상호 수용을 통해 관용의 실천을 도모하고자 하는 취지에서 제정된 날이라고 합니다.

관용은 프랑스어로 톨레랑스Tolerance라고 합니다. 여러분도 종종 들어 보았을 텐데요. 우리나라에는 2024년에 자고하신 홍세화 선생님을 통해서 널리 알려졌습니다. 관용은 어떤 개별 주체(개인, 단체)든 자신의 신념이나 기호에 따라 타인을 억압하지 않고, 타인의 인종, 사상, 종교를 인정하는 정신을 의미합니다. 내가 동의하지는 않지만, 상대방의 의견을 수용하여 나와 다른 생각, 믿음, 가치를 가진 개인 또는 집단 사이의 공존을 추구하는 것이지요. 따라서 오늘날처럼 복잡하고 갈등이 많은 사회에 필요한 덕목 중 하나로 여겨지기도 합니다. 헬렌 켈러는 "교육의 가장 높은 결과는 관용"이라고 이야기했지요.

신영복 선생님은 저서 『더불어 숲』에서 마호메트 2세가 콘스탄티노플을 함락한 뒤 소피아 성당의 파괴를 금지한 일화를 예로 들며, '자기와 다른 것들에 대한 애정'으로서 관용의 의미를 설명했습니다. 관용을 일종의 애정이라고 표현한 부분이 제게는 특히 묵직하게 다가왔답니다.

일상에서 우리가 자주 헷갈리는 말 중 하나가 바로 '다르다'와 '틀리다'입니다. 다수와 다른 관점을 가진 사람들에게 우리는 너무도 쉽게 '다르다'가 아니라 '틀리다'라는 딱지를 붙이곤 합니다. 하지만 삶을 살아가는 데 한 가지 정답만 존재하는 것은 아닙니다. 100명의 사람이 있다면 100가지 다른 가치관과 삶의 방식이 존재하는 것이 당연한 일일지도 모릅니다. 물론 갈등의 상황에서 상대방을 있는 그대로 인정하기란 쉬운 일은 아닐 것입니다. 그러나 내게는 없지만 상대방에게는 있는 가치, 신념, 태도 등을 경계의 눈으로만 볼 게 아니라 애정을 담은 눈으로 바라보고자 노력한다면 우리 사회도 조금 더 평화롭고 살기 좋은 사회가 되지 않을까요?

Q #너그럽게_용서해 #톨레랑스 #인정하고_받아들여 #공존 #더불어_살기_위해 #다를_뿐이야

관조

떨어져 바라보며
다시금 생각해 보자

코로나 이후 '거리 두기'는 위생적 안전을 위해 사람들끼리 너무 가까이 있지 않도록 주의한다는 의미로 쓰였는데요. 원래는 주로 사람 사이의 관계에 대한 이해로 언급되던 말이에요. 거리를 둔다는 것은 친근감을 끊고 떨어져서 생각하는 마음을 의미합니다. 타인을 이해하고 사랑하는 첫걸음이 역지사지와 공감이라는 것을 생각하면, 거리를 둔다는 것은 대상에 대한 미움으로 보입니다. 당연히 나를 가장 아끼고 사랑하는 사람은 나의 입장에서 생각하고 나와 같은 마음을 알아주는 사람이니까요. 하지만 가만히 생각해 보면 거리 두기가 무조건 차가운 마음은 아닙니다. 오히려 일정한 거리를 유지하며 객관적으로 판단하고 냉정하게 말해 줄 수 있는 사람이야말로 나를 가장 잘 이해하고, 가장 적절한 조언을 건넬 수 있는 사람일지도 모릅니다. 따라서 거리 두기는 어떤 대상에 대한 부정적인 태도를 의미할 수도 있지만, 반대로 깊은 존중과 신중한 태도를 나타내는 표현일 수도 있어요.

문학에서도 '거리 두기'는 이 두 가지 의미를 모두 내포합니다. 대상과 거리를 두어서 그 대상을 비웃고 조롱하며 독자들에게 대상의 약점과 과오를 차가운 태도로 보여 주는 것을 냉소적이라고 합니다. 대상을 부담 없이 미워할 수 있도록 거리를 두는 것이죠. 그에 비해 대상이 좋다 나쁘다는 감정이나 편견에 매이지 않고 떨어져 나와 고요한 마음의 상태로 대상을 바라볼 때의 태도를 관조적이라고 합니다. 더 나아가 대상과의 거리가 아주 멀어져 아예 그 존재를 뛰어넘어 다른 차원에서 생각하게 될 때, 초월적이라고 하지요. 이 중에서 특히 관조적 태도라는 개념이 꽤 어려운데요. 대상에게서 한 걸음 떨어져서 고요한 마음으로 대상을 바라본다는 것은 무슨 의미일까요?

관조는 대상을 미워해서가 아니라 편견 없이 있는 그대로를 이해하고 받아들이기 위해 떨어져서 바라보는 것입니다. 때때로 떨어져서 보게 되는 대상이 나 자신이 될 수도 있습니다. '나'를 '나' 아닌 듯 거리를 두고 바라보는 것이지요. 이는 스스로를 객관적으로 바라보는 것을 의미해요. 그러면 지금까지 생각했던 자신의 모습과 완전히 다른 나를 볼 수 있지요.

어둠 속에 곱게 풍화 작용하는
백골을 들여다보며
눈물짓는 것이 내가 우는 것이냐

백골이 우는 것이냐

아름다운 혼이 우는 것이냐

— 윤동주, 「또 다른 고향」 중에서

이 시에서 자아가 몇으로 나뉘어 있는지 세어 볼까요? '나', '백골', '아름다운 혼', 이렇게 셋이 보이네요. 시적 자아에 슬픔을 느끼게 하는 '백골'은 부정적 자아이고, 내가 지향하는 긍정적인 자아는 '아름다운 혼'이라고 표현되어 있습니다. 자신이 지향하는 대로만 살 수 없는 현실에 대해 슬픔을 느끼고 있고요. 화자는 이러한 분열에 절망하는 대신 한 걸음 떨어져 관찰하고 있습니다. 자신의 슬픔에 매몰되지 않고 슬픔 그 자체의 원인을 판단해 보고 있잖아요? 이렇게 스스로를 떨어져 생각하기, 즉 관조는 상황을 보는 시야를 넓혀주며, 자칫 편견과 고집 속에 빠질 수 있는 잘못된 선택을 예방해 주죠. 감정이 가장 격해졌을 때, 스스로를 관조하는 경지에 이를 수 있다면 가장 바르고 현명한 판단을 할 능력이 있다고 할 수 있지요.

요즘 여러분을 가장 흥분시킨 일과 괴롭게 만든 일은 무엇인가요? 한 걸음 떨어져서 나와 주변을 관찰해 보세요. 새로운 시야가 열릴 것입니다.

Q #떨어져서_비추어_볼래 #거리_두고_고요한_마음으로 #편견_없이 #있는_그대로 #진짜_나

구어체와 문어체

입말인가, 글말인가

구어체와 문어체, 다들 한 번쯤은 들어 본 말이죠? 둘의 차이를 알려 주는 키워드는 '구口'와 '문文'입니다. 일상적인 대화에서 쓰는 말투를 구어체, 글에서 주로 쓰는 말투를 문어체라고 합니다.

문어체 먼저 간략하게 살펴볼까요? 문어체는 문장체, 글말체라고도 해요. 여러분이 매일 접하는 교과서를 떠올려 보세요. 어떤 과목인가에 관계없이 '~않는다', '~하는 것이다', '~이다' 등 다소 딱딱하게 느껴지는 문체로 쓰여 있는데 이것이 바로 문어체입니다. 문어체는 문법 규칙에 맞는 명확한 문장 구조를 바탕으로 주로 공식적인 문서를 쓸 때나 뉴스나 강의, 연설처럼 대중을 대상으로 한 공식적인 말하기에서 사용합니다.

구어체는 일상적인 대화에서 주로 사용하는 말투입니다. 지금 저는 글을 통해 여러분과 이야기하고 있지만 구어체를 쓰고 있어요. 구어체는 문어체보다 문법 규칙에서 비교적 자유로워서 비공식적인 상황에서 많이 사용됩니다. 저 역시 여러분들에게 조금 더 가깝게, 그리고 친근하게 정보를 전달하기 위해 구어체를 구사하고 있잖아요? 여러분들이 친구와 대화할 때, 또는 친구와 주고받는 편지에서 사용하는 말투를 떠올려 본다면 구어체의 특성을 쉽게 이해할 수 있을 것입니다.

우리는 상황에 따라 상대에 따라 문어체와 구어체를 선택적으로 사용합니다. '글'이라는 똑같은 매체를 다룰 때도 대학이나 기업 등에 공식 문서로서 자기소개서를 제출할 때는 문어체를, 친구와 찍은 사진을 개인 SNS에 올릴 때는 구어체를 사용하죠. '말'이라는 형식도 마찬가지입니다. 앵커가 뉴스를 보도할 때나 회사에서 프로젝트 내용을 발표할 때는 문어체를, 가까운 지인들과 대화할 때는 구어체를 사용합니다. 그러므로 문어체를 글에서 쓰는 말투, 구어체를 말에서 쓰는 말투로 일원화하지 말아야겠죠? 중요한 것은 글이든 말이든 그 안에서 어떤 말투를 사용하는가 하는 점이니까요.

🔍 #입_구 #입말체 #일상적_말투랍니다 #글월_문 #글말체 #문장체 #상황에_따라서

012

긍정적

옳고 좋은 것, 바람직한 것을
찾아서 보려는 태도

2022학년도 대학수학능력시험(이후 수능으로 표기) 날이었어요. 각 학교에서는 수능 직전 코로나 확진을 받았거나 수능 당일 코로나 증상이 있는 학생들도 수능을 치를 수 있도록 배려해서 별도로 고사실을 설치했어요. 가급적 별도 고사실에서 응시하는 수험생이 발생하지 않길 간절히 바랐는데요. 1교시 직전 39도 가까이 열이 나는 학생이 별도 고사실에 들어왔습니다. 보건 선생님은 급히 해열제를 비롯한 응급처치를 해 주셨어요. 저도 얼른 방호복으로 갈아입고 고사실에 들어갔습니다. 아픈 몸으로 끝까지 최선을 다해서 시험을 치르는 학생을 보니 안쓰럽기도 하고, 그만큼 그 학생을 더 응원하게 되더라고요.

시험이 끝나고 쉬는 시간에 학생과 짧은 대화를 나누었습니다. 괜찮냐는 질문에 학생은 뜻밖의 대답을 했어요. 해열제 덕분인지 1교시 중간부터 몸이 조금씩 괜찮아져서 문제를 끝까지 풀 수 있었다며, 별도 고사실에서나마 수능을 치를 수 있어 다행이라고 했습니다. 그러면서 감사의 뜻을 표했어요. 왜 하필 오늘같이 중요한 날 아픈 건지, 왜 하필 나에게 이런 곤란한 상황이 닥친 것인지 원망할 수도 있었을 텐데 그 학생은 상황을 긍정적으로 인식하고 받아들이고 있었습니다. 다행인 부분, 감사한 부분을 먼저 떠올리면서요. 반쯤 물이 담긴 잔을 보고 "물이 반밖에 안 남았네."라고 하기보다 "물이 반이나 남았네."라고 생각하는 학생이었죠.

긍정적이란 '어떤 사실이나 생각 따위를 좋게 보거나 옳다고 인정하는' 것으로, 어떤 사물이나 대상을 바라보는 관점, 더 나아가 우리가 삶을 대하는 태도와 관련이 있는 단어입니다. 수능 당일 코로나 유증상으로 별도 고사실에서 시험을 치르게 된 것은 객관적으로 좋지 않은 상황이지만, 학생은 무사히 시험을 치를 수 있음을 다행으로 여기며 그 상황을 긍정적으로 받아들였지요.

문학에서도 작품 속 인물이 특정 사물, 대상 등을 어떤 관점에서 바라보느냐 또는 인물이 처한 상황, 환경에서 어떠한 태도를 보이느냐가 작품 해석의 포인트가 되기도 합니다. 실제로 2023학년도에 출제되었던 작품과 선택지를 바탕으로 살펴볼까요?

한여름 채전으로 가 보아라
수염을 드리운 몇 그루 옥수수에 가지, 고추, 오이, 토란, 그리고 울타리엔 덤불을 이룬 넌출 사이로 반질반질 윤기 도는 크고 작은 박이며 호박들!
이 지극히 범속한 것들은 제각기 타고난 바탕과 생김새로 주어서 아낌없고 받아서 아쉼 없는 황금의 햇빛 속에 일심으로 자라고 영글기에 숨소리도 들릴세라 적적히 여념 없나니
과분하지 말라 의혹하지 말라 주어진 대로를 정성껏 충만시킴으로써 스스로를 족할 줄을 알라 오직 여기에 목숨의 유열과 천지와의 화합에 있거니

한여름 채전으로 가 보아라
나비가 심방 오고 풍뎅이가 찾아오고 잠자리가 왔다 가고 바람결에 스쳐 가고 그늘이 지나가고 비가 내리고 햇볕이 다시 나고 … 이같이 많은 손님들의 극진한 축복과 은혜 속에
이 지극히 범속한 것들의 지극히 충족한 빛나는 생명의 양상을
한여름 채전으로 와서 보아라
— 유치환, 「채전(菜田)」(2023학년도 수능 국어 영역 출제)

위 작품에 대해 31번 문항에서 다음과 같은 선택지가 나왔어요. '① 사물의 모습에 대한 긍정적 인식을 바탕으로 중심 제재에 대한 예찬적 태도를 드러내고 있다.' 이 설명은 옳은 걸까요, 잘못된 걸까요?

「채전」의 작가는 '한여름 채전으로 가 보아라'고 하면서 채전(채소를 심어 가꾸는 밭)에서 볼 수 있는 다양한 작물을 나열했습니다. 옥수수, 가지, 고추, 오이 등 지극히 평범한 채소들이지만 제각기 타고난 바탕과 생김새를 가지고 누구나 넉넉히 누릴 수 있는 햇빛을 받으며 자라나고 있죠. 화자는 자신에게 주어진 것에 스스로 만족하는 것이 생명의 기쁨이며 천지와 화합을 이루는 것이라 말합니다. 다음 연에서는 나비, 풍뎅이, 잠자리 등 채소밭과 함께하는 대상을 이야기하며 이 같은 '많은 손님의 극진한 축복과 은혜 속'에서 빛나는 생명의 모습을 '한여름 채전으로 와서 보라.'고 권합니다. 화자는 채전에서 자라나는 채소들 그리고 그 곁에 있는 존재들을 모두 옳고 바람직하다고 인식합니다. 긍정적으로 대상들을 바라보면서 이 작품의 중심 제재인 채전을 훌륭하고 좋은 것으로 찬양해요. 그래서 선택지 ①은 옳은 설명에 해당합니다.

문학에서는 화자 또는 작중 인물이 특징 대상, 상황을 어떤 관점으로 바라보고 어떤 태도를 보이는지 묻는 경우가 많으니 익숙한 작품부터 스스로 판단해 보는 연습이 중요합니다. 단, 지레짐작이나 느낌이 아닌 작품 속 근거를 바탕으로 판단해야겠죠?

#그러하다 #바람직하고_옳다 #인정할게 #그럴_수도_있지 #오히려_좋아 #다행이다 #만족해

013

낙관적 vs 비관적

"잘될 거야, 우리의 앞날은 밝아."
"그럴 리 없어, 우리 앞날엔 어둠뿐이야."

"낙관주의자는 위기 속에서 기회를 보고, 비관주의자는 기회 속에서 위기를 본다."

영국의 정치가이자 작가로도 활동했던 윈스턴 처칠이 한 말입니다. 여러분은 위기 속에서 가능성을 찾아 기회를 보는 편인가요, 아니면 좋은 기회가 왔을 때 언제 어떻게 닥칠지 모르는 위기를 떠올리며 일이 잘 안 될 것이라고 보는 편인가요? 낙관과 비관은 우리의 삶, 미래 또는 우리를 둘러싸고 있는 상황, 사물 등을 어떠한 시선에서 바라보고 어떤 태도를 보이느냐와 관련 있습니다. 낙관이란 '인생이나 사물을 밝고 희망적인 것으로 보는 것', '앞으로의 일 따위가 잘되어 갈 것으로 여기는 것'을 의미해요. 사전적 의미로 알 수 있듯이 낙관적 태도는 앞으로의 상황이 지금보다 긍정적인 방향으로 나아갈 거라고 여깁니다. 반면 '인생을 어둡게만 보아 슬퍼하거나 절망스럽게 여김', '앞으로의 일이 잘 안될 것이라고 봄'을 뜻하는 비관은 현재나 미래를 부정적으로 인식하는 태도나 성향을 가리킵니다. 똑같은 상황을 앞에 두고도 누구는 낙관적으로, 다른 누군가는 비관적으로 바라보기도 합니다. 인공지능을 예로 들어 볼까요? AI가 과학, 산업 분야의 발전은 물론 현대인의 삶을 더 풍족하게 만들어 줄 것이라고 받아들이는 사람도 있고, 인공지능이 인간의 노동력을 대체하여 대량 실업을 일으킬 것이라고 예상하며 경계하는 이들도 있습니다. 이번엔 문학 작품을 바탕으로 이야기해 봅시다.

가야 할 때가 언제인가를 / 분명히 알고 가는 이의 / 뒷모습은
얼마나 아름다운가. //
봄 한철 / 격정을 인내한 / 나의 사랑은 지고 있다. //
분분한 낙화… / 결별이 이룩하는 축복에 싸여 /
지금은 가야 할 때, //
무성한 녹음과 그리고 / 머지않아 열매 맺는 / 가을을 향하여 //
나의 청춘은 꽃답게 죽는다. //
헤어지자 / 섬세한 손길을 흔들며 /
하롱하롱 꽃잎이 지는 어느 날 //
나의 사랑, 나의 결별, / 샘터에 물 고이듯 성숙하는 / 내 영혼의
슬픈 눈.
― 이형기, 「낙화」 (2014년 수능 국어 영역 출제)

「낙화」는 인간사의 이별을 꽃이 지는 자연 현상에 비유하여 표현한 작품입니다. 보통의 사람들에게 이별은 피하고 싶은, 되도록 겪고 싶지 않은 경험일 겁니다. 이별을 떠올리면 눈물, 슬픔, 고통과 같은 단어가 연상되기도 하죠. 그런데 「낙화」 속 화자의 태도는 조금 다릅니다. 비관적인가요? 아닙니다. 이별에 한없이 슬퍼하고 절망하기보다는 결별을 통해 자신의 영혼이 '샘터에 물 고이듯 성숙'해진다고 이야기합니다. 이별을 통해 내적 성숙이라는 열매를 맺게 되므로 화자는 이를 '결별이 이룩하는 축복'이라 표현하는데요. 바로 이 부분에서 이별의 경험이 내적 충만으로 이어질 거라는 화자의 낙관적 인식을 엿볼 수 있습니다. 이번엔 김광규 시인의 「묘비명」을 살펴볼게요.

한 줄의 시(詩)는커녕 / 단 한 권의 소설도 읽은 바 없이 / 그는 한평생을 행복하게 살며 / 많은 돈을 벌었고 / 높은 자리에 올라 / 이처럼 훌륭한 비석을 남겼다 / 그리고 어느 유명한 문인이 / 그를 기리는 묘비명 을 여기에 썼다 / 비록 이 세상이 잿더미가 된다 해도 / 불의 뜨거움 꿋꿋이 견디며 / 이 묘비는 살아 남아 / 귀중한 사료(史料) 가 될 것이니 / 역사는 도대체 무엇을 기록하며 / 시인(詩人)은 어디에 무덤을 남길 것이냐
— 김광규, 「묘비명」(2018년 수능 국어 영역 출제)

「묘비명」은 한 줄의 시, 한 권의 소설도 읽은 바 없지만 돈을 많이 벌어 높은 자리에 올랐다는 '그'의 이야기로 시작합니다. 그는 아마도 정신적인 가치보다는 물질적인 가치를 추구하며 산 인물인 듯해요. 정신적 가치를 뒷전으로 했던 '그'이지만, 유명한 문인이 써 준 묘비명은 훗날 귀중한 사료로 남겨져 '그'를 훌륭한 이로 기억되게 하는데요. 이런 아이러니한 상황에 대해 역사는 도대체 무엇을 기록하며 시인은 어디에 무덤을 남겨야 하는지 묻습니다. 정신적 가치가 물질적인 가치에 의해 압도된 상황을 비관적으로 바라보고 있군요.

한 가지 주의할 점은 낙관적, 비관적 태도를 판단할 때 개인이 처한 객관적인 상황이 긍정적이냐 부정적이냐와는 별개로 접근해야 한다는 거예요. 누군가는 긍정적 상황 속에서 어두운 미래를 예측하며 절망할 수도 있고, 다른 누군가는 부정적인 상황인데도 더 나아질 미래를 떠올리며 희망을 품을 수 있습니다. 따라서 작품 속 인물의 태도를 분석할 때는 상황 자체가 아니라 그것을 바라보는 시선과 미래를 어떻게 인식하느냐를 고려해야 한답니다.

#밝고_희망적인_것으로_여기거나 #어둡고_절망적인_것으로_여기거나 #시선과_태도 #인식

낭만적

황홀하고 이상적이기에
결코 포기할 수 없는

몇 해 전 〈낭만닥터 김사부〉라는 드라마가 방영된 적이 있습니다. '낭만'을 수식어로 붙인 것만 봐도 내용이 상당히 비현실적일 것 같죠? 그렇습니다. 실제로도 이 드라마는 환상적인 이야기를 담고 있어요. 여기 등장하는 '돌담병원'은 강원도 두메산골에 있는 곳으로 그야말로 낭만이 깃든 병원입니다. 바바리코트를 즐겨 입는 외과 과장 '김사부'는 평소에는 응급실 병상에서 낮잠이나 자는 한량처럼 보여요. 하지만 위급한 환자가 들어오면 무림의 고수처럼 놀라운 실력을 보여 줍니다. 이 병원이 사뭇 비현실적인 느낌을 주는 건 이 김사부라는 의사 때문만이 아닙니다. 여기 근무하는 다른 의료진이 환자를 대하는 태도 역시 실로 낭만적이거든요. 이들에게는 규정이라든가 과 구분, 심지어 수술비도 중요하지 않습니다. 성공에 대한 욕망이나 전문화된 시스템과는 거리가 먼 비현실적인 존재들. 오로지 환자를 살리는 일에만 집중하는 이들은 정말이지 낭만적인 존재입니다.

낭만적이라는 용어는 낭만주의에서 비롯되었는데요, '낭만주의'란 18세기 말부터 19세기 초에 발전한 문학 운동으로 이성이나 사회의 규범 대신 감정, 상상, 개인적인 경험 등을 중시하던 경향을 의미합니다. 현실의 제약과 억압을 거부하며 감정의 깊이, 영웅적인 모험, 자연의 아름다움 등을 중시하기에 종종 비현실적이거나 이상적인 상황을 묘사하곤 합니다. 앞에서 이야기한 돌담병원의 사람들처럼요.

우연히 이루어진 남녀의 하룻밤의 인연, 부자 상봉 모티브를 메밀꽃이 흐드러지게 핀 달밤의 산길을 배경으로 한 폭의 수채화처럼 그려 낸 이효석의 「메밀꽃 필 무렵」도 낭만주의 경향을 잘 보여 주는 작품입니다. "가장 아름답고 오랜 것은 오직 꿈속에만 있어라."라는 부제로 유명한 이상화의 「나의 침실로」 역시 아름답고 영원한 안식처에 대한 갈망을 '마돈나'라는 상징을 통해 그려 낸 낭만주의의 대표작이죠.

〈낭만닥터 김사부〉는 돌담병원이라는 판타지로 현실의 자본화된 병원들에 대한 비판 의식을 담아냈습니다. 사람을 살린다는 본질을 외면한 채 어느 순간부터 돈을 좇는 곳으로 전락해 버린 병원을 낭만적 공간인 '돌담병원'을 통해 질타하는 것이죠. 이처럼 '낭만적'이라는 코드는 현실과 반대되는 이상적인 세계를 추구하는 태도를 통해 현실을 비판하는 장치로도 사용됩니다.

2014년 수능에 조세희 작가의 「난장이가 쏘아올린 작은 공」

의 일부가 출제된 적이 있습니다. 이 작품은 등장인물인 '지섭'을 통해 '죽은 땅'과 '달나라'라는 상징적 공간을 설정하여 '난쟁이' 일가가 직면한 열악한 삶과 노동 환경의 문제를 드러냈는데요. 작품 속의 달나라는 난쟁이인 아버지와 지섭이 도달하고자 하는 낭만적인 세계, 즉 이상적인 세계를 의미합니다. 「난장이가 쏘아 올린 작은 공」은 불공정과 불평등, 환경오염 등 산업 사회의 이면에 대한 비판과 이상 세계를 향한 낭만적 동경을 보여 주는 기념비적인 작품으로 평가받습니다.

하지만 낭만은 황홀하고 환상적인 만큼 우리의 일상과 현실에 존재하기 힘들다는 속성을 지닙니다. 난쟁이인 아버지와 지섭이 현실에서는 결코 달나라에 닿지 못하는 것처럼요. 어쩌면 우리는 현실에 존재하기 어렵기에 더욱 낭만적인 것들을 기대하게 되는지도 모르겠습니다. 여러분이 마음속에 지닌 낭만은 무엇인가요?

Q #감상적 #이상적 #감미로운 #태도 #정서 #분위기 #세계 #현실_비판_장치 #문제_표출

냉소적

쌀쌀맞게도 업신여겨 비웃네

"취업하니까 좀 어때?"

"응, 여전히 '외거노비'지 뭐."

어느 날 퇴근길 옆자리에 앉은 사람들의 대화를 듣고 귀가 솔깃해졌어요. 직장에 다니는 듯한 말쑥한 차림의 20대 청년이 후배로 보이는 이들에게 자신을 '외거노비(外居奴婢, 주인집에 살지 않고 따로 사는 노비)'라고 칭했거든요. 이 말을 들은 후배들의 반응도 놀라웠어요. "그렇죠? 우리도 나중에 취업해봤자 노비 신세죠. 이생망이에요." 그는 아무렇지도 않게 자신을 하찮은 존재로 표현했어요. 이후에도 '노답', '혐생' 등 대화 내내 자신들의 현재와 다가올 미래를 우울하게 그리기 바빴어요. 이들의 대화에서 저는 20대 청년들을 지배하는 좌절과 분노의 정서를 분명하게 느낄 수 있었습니다. 실제로 저도 학교에서 혐생(혐오스러운 생), 노답(답이 없는 사람), 이생망(이번 생은 망했다)처럼 냉소적인 느낌의 표현을 많이 접하는데요. 한국 사회가 지옥처럼 살기 힘든 사회라고 해서 붙여진 '헬조선'이라는 말과 함께 등장한 이른바 '금수저', '흙수저'도 극심한 우리 사회의 양극화를 단적으로 나타내는 표현입니다. 모두 자기 자신과 사회에 대한 냉소적이고 자조적인 인식을 반영하고 있지요. 국어사전은 냉소적이란 단어를 '쌀쌀한 태도로 업신여겨 비웃는 태도'라고 풀이합니다. 웃음은 원래 즐겁고 재미있고 행복한 분위기와 함께하는 단어라는 점을 돌이켜보세요. 냉소적이란 단어의 의미가 더 잘 들어오지요? 이러한 냉소적인 태도는 문학 작품에서 등장인물의 말이나 작가의 서술 또는 전반적인 분위기를 통해 드러납니다.

채만식 작가의 「미스터 방」에는 해방 직후의 혼란한 시대 상황을 배경으로 보잘것없는 신기료 장수 방삼복이 미군인 S소위의 통역관 '미스터 방'이 되는 과정을 사실적·풍자적으로 보여줍니다. 역사에 대한 올바른 인식을 갖지 못한 채 오직 짧은 영어 실력만으로 권세를 누리는 방삼복은 권력에 기생하여 살아가는 기회주의적인 인물입니다. 작가는 그를 냉소적으로 바라보며 비꼽니다. 짧은 영어로 아무렇게나 조선의 풍습과 문화에 대해 둘러대는 방삼복의 언행을 '조선을 소개한 공로'라고 표현하거나, 방삼복의 저택에 관한 서술을 통해 방삼복이 치부에만 관심이 있고 문화생활에는 아무런 흥미가 없음을 은근히 비꼬는 투로 표현하죠. 이러한 서술 태도를 통해 작가는 방삼복과 같은 부정적인 인물이 대접받는 부조리한 사회 현실을 풍자함과 동시에 당시의 사회가 요구하는 바람직한 인간상을 역설적으로 드러냅니다. 냉소적 표현은 문학에서 흔히 쓰이는 기법 중 하나로, 어떤 대상이나 상황에 대해 비판적이고 부정적인 시각을 나타내면서도 때로는 유머나 풍자를 담기도 해요. 이러한 표현은 독자가 단순한 사실 이상의 의미를 생각하게 만들고, 사회적 모순이나 인간 본성의 어두운 면을 드러내는 데 효과적입니다. 특히, 냉소적 표현은 주로 작품 속에서 주인공이 겪는 무력감, 좌절, 사회에 대한 실망을 강하게 드러내는 도구로 사용되기도 하죠. 황석영 작가의 「삼포 가는 길」에서 영달은 끊임없이 떠도는 인생과 그 속에서 느끼는 좌절감을 냉소적으로 표현해요. 그는 "여기서 거기서 살지, 그게 그거지 뭐…"라는 말을 통해 어디로 가든 자신의 운명은 크게 바뀌지 않을 것이라는 체념을 드러내요. 그는 세상을 불신하며 인간관계에도 크게 기대하지 않죠. 이러한 태도는 곧 냉소적인 어조로 드러나는데, 이를 통해 독자는 당시 사회의 경제적 불안정성과 개인의 무력감을 파악할 수 있습니다. 작품 안에 드러나는 냉소적인 표현이나 태도는 작가의 의도와 문맥에 따라 다양한 효과를 가져올 수 있어요. 작품에서 인물이나 서술자의 냉소적인 표현이나 태도를 접할 때는 그 이면의 의도를 파악해 보는 것이 중요하답니다.

#업신여기고 #깔보는 #차가운_웃음 #작가의_태도_반영 #사회_풍자 #역설 #유머 #의도

016

당위적
반드시 꼭 그렇게 되어야만 해!

2018년 방영되었던 드라마 〈스카이캐슬〉에는 '3대째 의사 가문'이라는 집안의 명예를 이루기 위해 수단 방법을 가리지 않고 입시에 매진하는 여고생, '예서'가 등장합니다. 예서에게 서울 의대는 반드시 진학해야 하는 대학이었고, 의사는 꼭 쟁취해야 하는 타이틀이었어요. 반드시 그렇게 되어야 하는 당위적인 것이었죠. 그러던 중 자기 삶에 '나 자신'이 없다는 걸 깨달은 예서는 "반드시 서울 의대에 가야 한다"고 말하는 할머니에게 "나이도 외모도 다 다른데 내가 왜 할머니랑 똑같은 생각을 해야 하나"며 반기를 듭니다. 서울 의대도, 의사도 더는 예서에겐 당위적인 것이 아니게 되죠. 여러분도 마땅히 그렇게 하거나 되어야 한다고 생각하는 것이 있나요? 예를 들면 '이번 시험에서 꼭 성적을 올려야 해.', '주위 사람들은 모두 나를 좋아해야 해.', '범죄를 저지른 사람에겐 그 어떤 선처도 내려져선 안 돼.', '기후변화 위기에 전 세계가 책임감을 느끼고 적극적으로 행동해야 해.' 등처럼 말이죠.

자기 자신에 대해, 타인에 대해, 더 넓게는 사회와 세상에 대해 많은 사람이 당위적 사고를 합니다. 그러나 내가 당위적이라고 생각하는 것이 모두가 인정하는 절대적인 것이 될 수는 없어요. 앞서 언급한 것처럼 누군가는 흉악 범죄에 선처가 필요 없다고 생각할 수 있는 반면 다른 누군가는 상황을 참작해야 한다고 생각해요. 복지의 사각지대에 놓인 사람이 생활고로 인해 절도를 저질렀다면 처벌 수위를 낮추되 합당한 교육과 사후 처리가 따라야 한다는 식으로요. 실제로 2023년 6월, 80대 남성이 마트에서 8만 원 상당의 반찬거리를 훔치다 경찰에 붙잡힌 사건이 있었어요. 그런데 알고 보니 6·25 참전 용사였던 이가 생활고에 시달리다 절도를 저지른 것이었죠. 경찰은 사건이 경미하고 국가유공자인 점 등을 고려해 정식 형사소송 절차를 거치지 않고 사건을 마무리했어요. 또, 해당 지역에 거주하는 국가유공자 중 독거노인 가구를 방문해 애로사항을 청취했다고 하죠. 반드시 그렇게 되어야 한다는 굳건한 믿음과 사고가 도움이 될 때도 있지만, 때로는 '세상에 마땅히, 반드시 그렇게 되어야만 하는 일은 없다.'고 하는 유연한 사고가 도움이 되기도 해요. 나 자신을 더 나은 사람으로 성장시키는 원동력으로 작용하는 당위적인 사고가 무엇인지, 반대로 자신을 괴롭히는 당위적 사고는 무엇인지 한번 생각해 볼까요?

#마땅히 #반드시 #해야만 #되어야만_해 #절대_안_돼 #무조건 #세상에_당연한_게_있을까

017

대구
작가는 비슷한 말을 나란히 늘어놓고
우리는 그걸 대구라고 부르고

청소 시간이 시작되면 우리 반 홍부자 친구는 으레 휴대폰과 스피커를 연결하고 신나는 음악을 틉니다. 그중 저의 최애 노동요도 재생되어 반가웠습니다. 뉴진스의 〈ETA〉가 나올 때는 청소를 하던 친구들이 한목소리로 흥얼거렸어요. 이 노래는 후렴구도 신이 나지만, 화제가 되었던 랩 가사도 인상적입니다. 귀에 쏙쏙 박히는 가사 덕분에 아마 여러분 중에는 이 내용만 보고도 바로 멜로디와 노래 가사를 떠올리는 분도 있을 거예요. 노래 가사에서는 '그날'이라는 부분을 반복적으로 사용하여 친구의 생일파티에 못 갔던 날, 혜진이가 엄청 혼났던 날, 또 지원이가 여자 친구랑 헤어진 '그날'에 내가 없었음에도 나의 연인은 멋있는 옷을 입고 등장했다고 말하죠. 화자는 매 구절의 끝부분에 '그날'이라는 표현을 반복적으로 사용하면서 한 사람의 부재 속에서 벌어진 의미심장한 사건들을 이야기합니다. 이 가사에서 '그날'의 반복은 단순한 말장난이 아닌, 장면을 부각하고 감정을 강조하는 효과를 주죠.

시와 노래는 유사한 점이 아주 많아요. 특히 시에서 운율을 형성하는 방식이 노래 가사에서 라임을 만드는 방식과 굉장히 비슷합니다. 유사한 문장구조를 나열하여 말하고 싶은 것도 강조하고, 운율감도 형성하는 것이죠. 2024년 수능에 출제되었던 「가지가 담을 넘을 때」에도 유사한 문장구조가 사용되었어요.

> 이를테면 수양의 늘어진 가지가 담을 넘을 때
> 그건 수양 가지만의 일은 아니었을 것이다
> (…)
> 가지 혼자서는 한없이 떨기만 했을 것이다
>
> 한 닷새 내리고 내리던 고집 센 비가 아니었으면
> 밤새 정분만 쌓던 도리 없는 폭설이 아니었으면
> 담을 넘는다는 게
> 가지에게는 그리 신명 나는 일이 아니었을 것이다
> ― 정끝별, 「가지가 담을 넘을 때」 중에서(2024학년도 수능 국어 영역 출제)

여러분도 '~을 것이다'라는 문장 형태가 여러 번 사용되고 있는 것을 바로 발견했죠? 2연에서는 '~(이)가 아니었으면'이라는 반복적인 부정 표현과 '~아니었을 것이다'가 어우러지며 부정 속에서 긍정의 의미를 드러내고 있네요. 일반적으로 생각하면 장애물처럼 인식되는 '비', '폭설', '담'이지만, 오히려 가지가 신명 나게 담을 넘는 데 원동력이 되어 준 존재로 그려 내며, 시인은 가지가 담을 넘는 과정과 그 의미를 강조하고 있습니다.

　비슷한 어조나 어세를 가진 것으로 짝지은 둘 이상의 글귀라는 의미를 가진 대구對句를 한자어로 풀이하면 대답할 '대', 구절 '구'이고 표준 발음은 [대ː꾸]입니다. 우리가 흔히 '말대꾸'로 쓰는 '대꾸'가 이 '대구'에서 유래되었다는 설이 있는데요. 대구는 이렇게 앞의 문장을 받아서 비슷한 문장으로 대답하듯 받아치는 것인 셈이죠.

　여기서 잠깐, 속담 스피드 퀴즈 해볼까요? "콩 심은 데 콩 나고" 뒤에 이어질 문장은 뭘까요? 네, "팥 심은 데 팥 난다."이죠. "낮말은 새가 듣고 밤말은 쥐가 듣는다.", "호랑이는 죽어서 가죽을 남기고 사람은 죽어서 이름을 남긴다."와 같은 문장들도 모두 대구법을 활용한 문장들이랍니다. 그래서인지 문장의 앞부분만 들어도, 뒤에 이어질 내용이 자동으로 떠오르죠? 대구를 활용하면 대칭적인 문장구조가 자연스럽게 생깁니다. 이런 시각적인 구조로 인해 의미가 강조되고, 리듬감도 만들어지니 우리는 이런 표현을 오래 기억하게 되는 것이겠죠. '대구법', '유사한 문장구조의 반복', '통사구조의 반복'은 모두 같은 의미이니 한 세트로 기억해 두세요.

인류가 언어를 기록하기 이전, 신화를 입으로 전하고 종교 의식을 읊조리던 시대부터 대구법은 널리 사용되었답니다. 신화와 서사시, 성경과 같은 고대 문헌뿐 아니라 중국의 한시漢詩를 비롯한 우리의 고전 시가 등에서 쉽게 찾을 수 있죠. 반복과 대칭이 기억하기도 쉽고 언어적으로 안정감을 주며, 의미를 강조한다는 것을 우리의 조상들은 이미 알고 있었습니다. 사람들이 좌우 대칭에 가까운 얼굴이나 건축물을 아름답다고 느끼는 것도 같은 맥락에서 이해할 수 있습니다. 대구법은 고대부터 현대까지 여전히 유효한, 언어가 만들어 내는 리듬이에요.

#어구 #글귀의_짝꿍 #감정_부각 #강조 #운율 #시 #노래 #콩콩팥팥 #대칭 #언어의_리듬

018

대립
반대편에 서다

대립 관계란, 서로의 상황이나 입장이 반대이거나 모순되어 서로에게 적대적인 관계를 말합니다. 문학에서는 그 시대의 가장 대표적 가치관의 충돌을 보여 줄 때가 많습니다. 고전 문학에서 가장 핵심이 되는 대립 관계는 선과 악의 대립입니다. 대체로 주인공이 착한 사람이고 그(그녀)를 방해하고 해치려는 악인들의 대립 구도가 작품의 핵심을 이루며, 거의 모두 착한 사람 쪽이 이기는 권선징악의 결말을 보입니다. 착한 흥부와 못된 놀부의 충돌, 흥부의 성공과 놀부의 몰락을 생각하면 쉽게 이해되지요?

하지만 현대 문학에 와서 대립은 그렇게 단순한 구조로 이루어지지 않습니다. 우리나라는 조선시대 말부터 이전에는 겪어 보지 못했던 커다란 변화를 아주 짧은 시간 동안 겪게 되는데요. 우리나라는 전 세계 국가들과 비교할 때 크기는 아주 작은 편이지만, 반만년이라는 긴 시간 동안 이민족의 외침을 막아 내며 한민족을 중심으로 역사를 굳건히 이어왔습니다. 그러다가 조선 말에 이르러 처음으로 외국 세력, 그것도 이전까지는 '왜놈'이라 부르며 무시하던 민족에게 우리 땅을 짓밟히고 열등한 민족으로 취급당하는 치욕을 겪습니다. 그러나 영원할 것 같던 일제의 군림은 36년 만에 끝이 났고, 또 다른 외부 세력들이 들어와 우리나라를 좌지우지하더니만 결국 민족끼리 갈라져 전쟁을 벌이는 일까지 경험합니다.

이런 상황에서 사람들의 부적응 상태를 잘 보여 준 소설이 「두 파산」입니다. 이 소설에는 '옥임'과 '정례 모친'이라는 두 인물이 나옵니다. 두 여인은 원래 친구 사이로, 신문물에 앞서가며 일본 유학까지 다녀온 엘리트 여성입니다. 처음엔 변화하는 시대에 멋지게 적응한 듯했지만, 옥임은 이내 돈과 권력의 유혹에 빠져 늙은 고위직 관리의 첩으로 들어가는 편안한 삶을 선택합니다. 그런데 갑작스럽게 해방이 되고 남편의 친일 행각이 문제가 되어 돈도 잃고 힘도 잃습니다. 그러고는 늙고 병든 남편과 그 가족까지 책임지는 고리대금업자가 되어 살아가지요.

정례 모친은 옥임과 달리 사랑하는 사람과 결혼하여 가정을 이루지만 남편의 무능으로 가세가 점점 기울어집니다. 문방구를 직접 운영하며 가정을 일으키려 애쓰지만, 젊고 멀쩡한 남편과 산다는 이유로 정례 모친을 시샘하는 옥임의 함정에 빠져 빚에 허덕이게 되지요. 옥임은 가난하지만 체면을 중시하는 정례 모친에게 일부러 거리의 많은 사람 앞에서 험한 말로 빚을 갚으라며 모욕을 주고, 정례 모친은 더 이상 못 견디고 그나마 남아 있던 문방구를 팔아 빚을 청산하면서 결국 경제적 파산에 이릅니다. 그런데 왜 제목이 '두 파산'일까요? 파산에 이른 것은 정례 모친만인데요.

옥임 때문에 빈털터리가 된 정례 모친은, 옥임을 원망하는 대신 오히려 동정합니다. '예전에 셰익스피어의 원서를 끼구 다니고, 『인형의 집』에 신이 나구, 엘렌 케이의 숭배자'였던 신여성 옥임이가 체면도 없이 길거리에서 난동을 부리며 돈만을 생각하는 천박한 인간이 된 것이 너무 불쌍하다고 합니다. 그러면서 "난 살림이나 파산 지경이지 옥임이는 성격 파산인가 보더군요."라고 합니다.

작가는 두 인물의 대립을 통해, 각기 다른 선택이 어떤 삶으로 이어지는지 보여 주는 한편 두 여인의 시작과 결말이 사실상 매우 비슷하다는 점을 꼬집습니다. 그럼으로써 독자에게 혼란한 시대를 살아간 사람들의 애환을 공유하게 해 줍니다. 이처럼 현대 문학에서의 대립은 단순히 둘 사이 차이점을 드러내는 데 그치지 않고 둘의 차이가 극명할수록 본질적으로는 오히려 같다는 것을 보여 줍니다.

#반대 #실_립 #선과_악 #흥부와_놀부 #인물의_애환 #극명한_차이에서_도리어_하나로

019

대비

서로 맞대어 비교해 볼까?

지인의 결혼을 축하하기 위해 하객으로 참석할 때도 TPO(시간
time, 장소place, 상황occasion의 약자)가 있지요? 후드티에 청바지 같은
평상복보다는 정장이나 원피스처럼 격식 있으면서도 단정한 옷
차림이 좋습니다. 신부 측 하객으로 참석할 때는 신경 써야 할 점
이 하나 더 있어요. 너무 밝은 색의 옷은 입지 않는 편이 좋아요.
신부의 새하얀 웨딩드레스가 가장 돋보이도록 말이에요. 그래서
결혼식이 끝나고 하객들과 단체 사진을 찍을 때 밝은 색상의 옷
을 입고 온 하객이 있으면 되도록 신부로부터 멀리 떨어진 곳에
자리를 잡아 준답니다. 신부대기실에서 신부와 사진을 찍을 때도
그래요. 신부와 나란히 앉아 사진을 찍을 때 친구들은 자기 얼굴
과 상체를 신부보다 더 앞쪽으로 내밉니다. 사진에 신부의 얼굴
이 상대적으로 작게 나오게끔요. 신부가 더 밝고 화사하게, 더 아
름답게 보일 수 있도록 하객들은 기꺼이 신부와 대비되는 존재가
되어 줍니다. 일상에서 접할 수 있는 배려의 한 모습입니다.

대비는 '두 가지의 차이를 밝히기 위하여 서로 맞대어 비교하는 것'을 뜻합니다. 키가 큰 사람은 키가 작은 사람 옆에 서 있을 때 실제보다 더 커 보입니다. 이처럼, 서로 다른 성질을 지닌 두 대상을 나란히 놓으면 둘의 차이가 더욱 현저하게 드러납니다. 일상에서도 대비를 이용한 것들을 쉽게 찾아볼 수 있는데요. 초록색 바탕 위에 흰색 글자로 표기된 도로 표지판, 까만 아스팔트 위에 노란색 선으로 표시된 어린이 보호 구역 등은 운전자들의 눈에 잘 띄게 하려고 보색을 이용한 사례입니다. 즉 대비는 두 대상 간의 차이를 더욱 두드러지게 하고 싶을 때 사용하는 표현 방법이에요. 문학 작품에서도 등장인물의 외양, 성격, 행동, 인물이 처한 상황 등을 효과적으로 강조하기 위해 종종 차이점을 지닌 대상을 나란히 배치하곤 합니다.

오백 년(伍百年) 도읍지(都邑地)를 필마(匹馬)로 도라드니
(오백년 도읍지를 한 필의 말을 타고 들어가니)
산천(山川)은 의구(依舊)하되 인걸(人傑)은 간 듸 업다
(산과 물은 여전히 그대로인데 사람의 흔적은 온 데 간 데 없다)
어즈버 태평연월(太平烟月)이 꿈이런가 하노라
(아아, 평화로웠던 시절이 한낱 꿈처럼 허무하도다)
— 길재

고려의 유신인 길재가 고려의 옛 도읍지를 돌아보며 느낀 감회를 노래한 작품입니다. 자연(산천)은 예나 지금이나 변함이 없지만, 옛 고려의 신하들(인걸)은 사라지고 없음을 한탄하고 있어요. 유구한 자연을 인간사와 맞대어 비교함으로써 고려 왕조의 융성했던 옛 시절이 한바탕 꿈에 지나지 않는다는 허무함을 효과적으로 드러낸 작품입니다. 작품에서 대비의 표현 방식이 쓰였다면 대비의 대상이 무엇인지, 두 대상을 서로 맞대어 비교함으로써 어떤 차이를 밝히고자 했는지 그 의도를 파악하는 데 중점을 두어야 해요.

🔍 #대할_대 #마주해서 #비교하지 #보색 #성격의_차이 #작가가_드러내려던_차이는_뭘까요

대응
우리는 서로 짝이야

얼마 전 친구들과 함께 붕어빵이 먹고 싶어서 '사다리 타기'를 했습니다. 누가 누가 함께할 것인지 인원을 확정하고, 간식의 총액을 나눠서 부담해야 할 금액을 정합니다. '꽝', '간식 사 오기' 등도 추가할 수 있지요. 어떤 결과가 나올지 두근두근 확인하는 재미가 쏠쏠해서 즐겨하는 놀이인데요. 요즘은 휴대폰으로도 간단하게 할 수 있지만, 고전적인 방법으로 종이에 직접 사다리를 그려서 하는 편이 더 재미있습니다. 사다리를 타고 내려가면서 친구들의 결과를 같이 확인하는 것도 참 흥미롭잖아요. 어떤 친구는 사다리를 그린 친구를 못 믿겠다면서 마지막에 가로 선 몇 개를 추가하기도 합니다. 그러나 아무리 복잡하게 사다리를 그려도 사다리 타기에서는 언제나 하나의 선택지가 오직 하나의 결과와만 연결됩니다. 옆자리 수학 선생님께 그 원리를 물어 보니 함수의 일대일 대응이라고 답해 주시네요. 수능 국어 시험에서도 종종 대응이라는 표현이 나옵니다.

② (가)에서 '묵화'는 '황혼'이 상징하는 현실적 상황에, (나)에서 '북창'은 '저승의 밤'이 의미하는 절망적 상황에 대응된다.

2022년 수능 22번 문항의 ②번 선택지 내용입니다. '묵화'와 '북창'이 어떤 상황과 '짝'이 되는지를 묻는 선택지예요. 시험에서는 이 '짝'이 되는 '관계성'에 주목하여 여러분들의 지문 독해 능력을 묻곤 합니다. '묵화'와 '황혼'이 사다리를 타고 내려가면 어떤 결과가 나오는지, 그리고 왜 그런 결과가 나오는지를 생각해 보면 되죠.

대응에는 또 다른 의미도 있어요. 대응의 사전적 의미를 살펴보면 「1」 어떤 일이나 사태에 맞추어 태도나 행동을 취함. 「2」 어떤 두 대상이 주어진 어떤 관계에 의하여 서로 짝이 되는 일. 「3」『수학』두 집합이 있을 때 어떤 주어진 관계에 의하여 두 집합의 원소끼리 짝이 되는 일'이라고 되어 있는데요. 위에서 말한 붕어빵 내기 사다리 타기를 한다고 가정해 봅시다. 사다리를 쭉 타 보니 그 결과로 친구 1은 붕어빵 사 오기, 친구 2는 2,000원, 친구 3은 1,000원, 친구 4는 붕어빵 얻어먹기가 나왔어요. 그러면 이제 어떻게 해야 할까요? 친구 2와 친구 3은 각각 2,000원, 1,000원을 내요. 친구 4는 쾌재를 부릅니다. 친구 1은 붕어빵을 사러 갈 준비를 하겠죠. 이렇게 사다리 타기에 따라 결정된 자신의 '짝'이 된 '행동'을 취하는 것이 바로 '대응 방식'입니다.

작품 속에 제시되는 상황들, 그에 대응하는 인물의 태도는 매우 다양해요. 예를 들어, 일제강점기라는 상황 속에서 「서시」(윤동주)의 화자는 부끄러움, 괴로움과 같은 감정을 느끼며 자기 성찰의 태도를 취합니다. 또 「광야」(이육사)의 화자는 광야의 과거-현재-미래를 제시하고 백마 타고 올 초인을 기다리며 미래지향적 태도를 드러내죠. 이렇게 작품 속에 나타난 대응 방식에 집중하면 작가가 전하는 메시지를 깊이 이해할 수 있어요.

2024년 수능에서는 대응이라는 표현이 무려 네 번이나 사용되었어요. 2025년 수능에서는 한 번 사용되었고요. 대응의 의미는 살짝 다르지만, 사다리 타기와 연결해서 생각하면 어렵지 않을 거예요.

🔍 #맞추어_응해요 #짝이_되지 #관계성 #짝에_따라_행동을_취해요 #상황과_인물의_태도

021

독백

자신에게 하는 말로
내 선택에 도움을 줄 수 있어

저는 운전할 때 혼잣말하는 습관이 있어요. 특히 마음이 긴장되는 새 학기에는 이런 모습을 자주 발견하는데요. 우리 반이 된 친구들에게 어떻게 인사할지, 여러 가지 안내 사항을 어떤 방식으로 전할지, 수업을 어떻게 진행할지 등등 운전하면서 리허설을 해요. 그러다 보면 머릿속이 정리되곤 한답니다. 표현도 매끄럽게 다듬어지고요. 이제 막 말을 배우기 시작하는 유아들도 혼잣말을 자주 하는 것, 알고 있나요? 아이가 말을 배울 때는 엄마나 아빠, 자주 만나는 가족, 선생님 들과 의사소통을 하면서 말을 습득해요. 그러고는 혼자 놀 때나 자기 전에 배운 말을 연습합니다. 마치 혼잣말하면서 노는 것처럼 보여요. 교육심리학자 비고츠키는 아동들이 자기 지도self-guidance를 위해 혼잣말을 한다고 추론했어요. 혼잣말을 자신에게 하는 말로, 즉 정신적 활동을 생각하고 행위를 선택하는 데 도움을 주는 언어로 파악한 거예요. 문학 작품에도 혼잣말하는 인물들이 종종 등장합니다. 그 인물은 서술자일 때도 있고, 주인공일 때도 있고, 주변인인 경우도 있어요. 하지만 혼잣말, 즉 독백을 하는 상황 자체는 대개 비슷합니다. 어떤 인물의 독백은 대개 그 인물의 속마음을 독자들에게 알리기 위해 사용되거든요. 한 인물의 결의, 자기 행동의 동기, 심리 등을 담기에 독백이 가장 효과적인 문학적 장치이기 때문입니다.

학교 폭력의 심각성을 환기하여 화제가 되었던 드라마 〈더 글로리〉에서 주인공 '동은'의 독백은 인상적입니다. '그리운 연진에게'라는 내용으로 시작하는 편지 형식의 독백이죠. 김은숙 작가가 "동은이는 잊지 않으려고도 쓰고, 자신의 인생을 기록하기 위해서도 쓴다."라고 인터뷰한 기사를 보았는데요. 드라마나 영화에서처럼 문학 작품을 읽을 때 인물의 독백이 나온다면, 그 인물이 하는 행동의 의미에 주목해 보아요. "To be or not to be.(사느냐 죽느냐 그것이 문제로다.)" 셰익스피어가 쓴 〈햄릿〉에 나오는 명대사이지요. 아버지의 갑작스러운 죽음에 이어 어머니와 삼촌의 재혼으로 괴로워하던 '햄릿'에게 아버지의 유령이 나타나 자신을 죽인 것은 바로 삼촌이라고 말해요. 복수해야겠다고 생각했던 햄릿은 과연 복수가 도덕적으로 옳은지 고민합니다. 복수와 양심 사이에서 갈등하며 내뱉은 독백을 통해 우리는 그가 얼마나 괴로웠을지 짐작할 수 있지요.

🔍 #홀로_독 #아뢰다_백 #혼자서_말해요 #속마음을_드러내는_문학적_장치 #햄릿 #괴로움

022

동경

끝없는 사막에서 만나는
신기루일지도 몰라요

여러분은 불행한 소크라테스와 행복한 돼지 중 어느 쪽이 되고 싶나요? 행복한 소크라테스가 되고 싶다고요? 욕심이 많군요. 소크라테스는 "만인 중에 제일 현명하다."는 신탁을 들었을 정도로 인간의 지성을 대표했던 고대 철학자예요. 소크라테스가 남긴 가장 유명한 말은 "너 자신을 알라."입니다. 그는 자신의 깨달음을 많은 이에게 알려주고자 대화와 토론이라는 방법으로 제자들을 교육했습니다. 열심히 공부할수록 내가 얼마나 많은 것을 모르는지 알아내게 된다니, 참 재미있습니다. 결국 소크라테스가 지성인의 상징이 된 이유는 자신이 얼마나 무지한 존재인지 깨달았기 때문이에요. 그에 비해 '돼지'는 이 동물의 실제 지능과 관계없이, 먹을 것이나 잠, 쾌적한 환경 등 본능에만 충실한 존재를 상징합니다. 여러분은 어떻습니까? 달콤한 늦잠이 허락되면, 맛있는 음식이 있으면, 넉넉한 용돈을 받으면, 최애 아이돌 얼굴만 보면 쉽게 행복해지나요? 그런데 잘 생각해 보세요. 순간적 만족감과 지속적 행복감은 달라요. 몇 가지 조건으로 만족스러운 상태에 잠시 머물기는 해도 지속적이지 않지요. 소크라테스만큼은 아니지만 대부분의 인간은 자신의 불완전함을 느끼고 있으며 그것을 극복할 수 있는 방법이나 절대적 답을 찾기 위해 노력합니다. 실패하여 좌절했다가도 다시 노력하는 과정을 반복하죠.

모란이 지고 말면 그뿐 / 내 한 해는 다 가고 말아 /
삼백예순 날 하냥 섭섭해 우옵내다 / 모란이 피기까지는 /
나는 아직 기다리고 있을 테요 찬란한 슬픔의 봄을
— 김영랑,「모란이 피기까지는」(2015년 9월 모의평가 국어 영역 출제)

김영랑의 시 「모란이 피기까지는」입니다. 모란이 화려하고 고운 꽃인 건 알겠는데요, 일 년 내내 울면서 모란이 피기를 기다린다는 시적 화자의 마음에 공감하기는 조금 어렵습니다. 자신의 삶의 보람은 모란이 피는 것이고 그 꽃이 지면 자신의 시간은 더는 의미를 잃어버려 그저 기다림과 그리움으로 다음 모란을 기다린다고 하는데요. 도대체 왜 그러는지는 설명해 주지 않습니다.
　사무엘 베케트의 『고도를 기다리며』라는 유명한 희곡이 있습니다. 이 연극의 첫 장면은, 두 주인공이 '고도'라는 사람을 기다리는 것으로 시작합니다. 연극이 신행되는 내내 고도를 기다리죠. 마지막 장면도 같습니다. 하지만 작품에서 '고도'라는 인물은 끝내 등장하지 않아요. 단지 소년 전령을 통해 오늘은 못 오고 내일은 꼭 온다는 전갈만 보낼 뿐이지요. 이 극의 처음부터 끝까지 그토록 언급되고 기다려지는 인물인 '고도'가 누구인지, 이들이 왜 그를 기다리는지는 전혀 설명해 주지 않습니다. 몹시 간절하게 원하지만 절대 채워지지 않고, 멈출 수도 없는 그런 기다림을 우리는 '동경'이라고 하는데요, 동경의 대상은 문학 작품 안에 다양하게 나타납니다.

여러분, '신기루'라는 것을 들어 본 적 있나요? 공기 중 빛의 굴절로 인하여 존재하지 않는 것이 눈앞에 어른거리는 현상으로, 불타는 사막을 걷다 갈증 속에 정신을 잃어갈 무렵 저 앞에 푸른 나무가 흔들리는 오아시스가 보인다고 합니다. 물론 실제로는 존재하지 않는 것이죠. 이 착각은 순간적으로 사람들을 사로잡고 허겁지겁 앞을 향해 가게 만들죠. 인간에게 동경은 어쩌면 인생이라는 사막 속 신기루일지도 모릅니다. 내 삶의 갈증을 단번에 해소해 줄 것 같은 간절한 희망이지만, 끝내 닿을 수 없는 잔인한 아픔이며, 동시에 닿을 수 없음에도 불구하고 포기하지 않고 계속 걸어가게 해 주는 아름다운 존재이기도 합니다.

🔍 #아득한_그리움 #갈증 #불완전함 #기다리다 #닿을_수_없는_간절함 #님은_먼_곳에 #마음

동일시

너는 나 나는 너

"저는 아이가 제가 원하는 만큼의 성적이 안 나오면 스트레스를 너무 받아요. 그러다 보면 꼭 아이에게 화를 내게 되고요. 풀이 죽은 아이의 모습을 보면 너무 심했나 후회가 되기도 하지만 아이를 뒤처지게 둘 수는 없으니 다시 닦달하게 되네요."

"저는 아이가 잘못된 행동을 하면 마치 제 책임인 것 같아 괴로워요. 아이가 어렸을 때 일하느라 제대로 돌보지 못한 탓은 아닌지 자책하게 되고요. 다른 부모에 비해 부족함이 많은 것 같은 생각에 마음이 무거워요."

학부모님들과 상담할 때 자주 듣는 이야기입니다. 사랑하는 자녀의 일에 부모로서 관심을 가지는 것은 당연한 일이지요. 그러나 부모의 욕망과 집착으로 왜곡된 관심은 자녀에게 종종 독이 되기도 합니다. 초등학교 학부모와 자녀의 모습을 그렸던 〈그린마더스클럽〉이라는 드라마가 한동안 화제가 되었는데요. 해당 드라마 속 엄마들은 자녀의 성적과 영재원 입시 등을 마치 자기의 일처럼 여겨 아이들의 생활에 과도하게 집착합니다.

　이러한 일들이 비단 드라마에서만 벌어질까요? 아닙니다. 자녀를 자신과 동일시하여 자녀의 성적, 결혼식, 출산 등의 문제를 자신의 숙제처럼 깊이 관여하는 부모가 현실에도 있습니다. 이를 일컬어 '헬리콥터 부모'라고 하지요. 동일시는 본래 심리학적 용어로 정신분석학에서 '다른 개인이나 집단의 특징을 자신의 것과 동일하게 여기는 정신적 조작'을 의미합니다. 쉽게 말하자면, 특정한 대상을 자신의 마음에 들어오게 하여 넣어 두는 것을 의미합니다. 마음속에 어떤 대상이 들어온다는 것은 그 대상에게 호감을 느끼거나 그 대상을 닮고 싶거나 그 대상이 마음에 쓰인다는 뜻이겠죠. 그러므로 동일시란 일종의 감정적 유대라고 설명할 수 있습니다. 문학 작품에서도 이러한 동일시는 여러 측면으로 언급됩니다. 먼저 작품 내에서 화자는 특정 대상물을 자신과 동일시할 수 있습니다. 2021년 수능에 출제되었던 작품을 한 번 살펴볼까요?

　　이 몸 생겨날 때 임을 따라 생겼으니

　　한평생 연분이며 하늘 모를 일이던가

　　나 하나 젊어 있고 임 하나 날 사랑하시니

　　이 마음 이 사랑 견줄 데 전혀 없다

　　평생에 원하기를 함께 살자 하였더니

늙어서야 무슨 일로 외따로 두고 그리는가

엊그제 임을 모셔 광한전에 올랐는데

그사이에 어찌하여 인간 세상에 내려오니

올 적에 빗은 머리 흐트러진 지 삼 년일세

연지분 있다마는 누굴 위하여 곱게 할까

마음에 맺힌 시름 첩첩이 쌓여 있어

짓느니 한숨이요 흐르느니 눈물이라

인생은 유한한데 시름도 끝이 없다

무심한 세월은 물 흐르듯 하는구나

더위와 추위가 때를 알아 가는 듯 다시 오니

듣거니 보거니 느낄 일도 많기도 많구나

동풍이 문득 불어 쌓인 눈을 헤쳐 내니

창밖에 심은 매화 두세 가지 피었구나

가뜩 냉담한데 그윽한 향기는 무슨 일인고

황혼에 달이 따라와 베갯머리에 비치니

흐느끼는 듯 반기는 듯 임이신가 아니신가

저 매화 꺾어 내어 임 계신 데 보내고자

임이 너를 보고 어떻다 여기실까 (…)

— 정철, 「사미인곡」 중에서 (2021년 수능 국어 영역 출제)

송강 정철의 대표작 중 하나인 「사미인곡」은 '미인을 연모하는 노래'라는 뜻입니다. 일반적으로 '미인' 하면 아름다운 여인을 뜻하지만, 고전 시가에서는 임금을 비유적으로 지칭하는 경우가 많습니다. 이 작품은 임금을 사모하는 신하의 마음을 여인이 사랑하는 임을 그리워하는 연모의 정으로 바꾸어 표현했습니다.

서사 부분에서는 임과의 만남과 이별을 천상계에 비유하여 그립니다. 현재 화자의 상황은 임과 이별했고 그리하여 임을 더욱더 그리워하고 있다는 것을 알 수 있지요. 이후 본사는 봄, 여름, 가을, 겨울의 계절의 흐름에 따라 전개되는데, 첫 번째가 봄입니다. 봄에 화자는 사랑하는 임에게 매화를 꺾어 보내고자 합니다. '매화'는 고전에서 긍정적인 의미로 쓰이지요. 여러분이 잘 아는 사군자(매난국죽) 중 하나가 매화잖아요? 여기서도 '매화'는 임금에 대한 충성을 나타내는 상징물이자 화자와 동일시되는 대상입니다. 이처럼 작품 속에서 화자의 상황이나 처지를 드러내 주는 대상을 '동일시된 대상'이라고 합니다.

동일시는 작품을 감상하는 독자 측면에서도 생각해 볼 수 있습니다. 영화를 보거나 소설을 읽을 때 특정 인물에 공감하면서 그의 일거수일투족을 좇는다면 여러분은 그 인물과 자신을 동일시하는 것이지요. 작품 속 인물이 처한 상황이나 그의 심리를 마치 여러분 자신이 겪고 있는 것처럼 받아들이고 있으니까요. 이와 같은 감정적 체험을 통해 독자는 내면의 갈등이나 감정을 해소하는 과정인 카타르시스를 경험할 수 있게 된답니다.

이처럼 동일시는 타인이나 대상을 나 자신처럼 여기며 감정적으로 연결되는 심리 작용입니다. 부모가 자녀와 자신을 동일시하거나, 문학 속 화자가 어떤 사물에 마음을 투영하거나, 우리가 작품 속 인물에게 깊이 공감하게 되는 순간 모두 동일시의 예라고 할 수 있지요.

다음에 누군가에게 유난히 마음이 쓰이거나, 어떤 장면이 내 이야기처럼 느껴진다면 잠시 생각해 보세요. 그 감정의 바탕에도 어쩌면 '동일시'라는 이름의 심리 작용이 조용히 작동하고 있을지도 모릅니다.

🔍 #한가지_동 #같은_것으로_보다 #감정적_유대 #임금을_사모하는_마음 #연모의_정 #비유

동화

닮고 싶으면 다가가세요

동화同化는 말 그대로 닮는 것입니다. 흔히 부부는 닮는다고 하죠. 대부분의 사회에서는 유전적으로 가까운 사람(가족, 친척)끼리의 결혼을 금지합니다. 부부는 유전적으로 가까울 가능성이 낮은 사람들인데 왜 많은 경우 외모상으로 서로 닮아 보이는 것일까요? 처음부터 닮았을 가능성도 있지만 그보다는 인생에서 가장 많은 시간을 함께 보내면서 관심사와 고민을 함께 나눈 결과일 것입니다. 같은 상황과 입장에 처한 사람들은 비슷한 감정을 느끼게 되고, 그렇게 공유한 감정 덕분에 비슷한 표정을 짓게 되고, 또 그런 비슷한 표정으로 지내는 시간이 많아지면서 자연스럽게 비슷한 주름과 얼굴 모양을 가지게 될 테니까요. 동화는 이처럼 이질적인 개체들이 많은 시간을 가까운 처지로 있을 때 일어나는 일반적인 현상입니다.

시간과 거리만이 동화의 조건은 아닙니다. 영향을 주고받는 개체 간의 관계에 따라 양상이 좀더 복잡해질 수 있거든요. 한쪽의 영향력이 일방적으로 클 때는 나머지 한쪽이—비록 원하지 않는다고 해도— 어쩔 수 없이 따라가기도 합니다. 더불어 개인의 노력에 의한 것인지, 강요와 압력에 의한 것인지, 자연스러운 발생인지, 얼마나 시간이 걸렸는지 등 다양한 조건에 따라 결과가 달라집니다. 김동인의 「감자」에 등장하는 부부는 시대적 분위기에 동화되어 가는 모습을 보여 줍니다. 일제강점기 초기에 태어난 '복녀'는 조선시대에는 그래도 체면을 챙길 정도의 신분이었기에 가난하긴 해도 함부로 살지 않던 집안의 자손이었어요. 그런데 시간이 지날수록 조선시대의 신분이나 도덕관념 따위가 중요하지 않게 여겨지는 사회적 변화에 동화됩니다.

> 복녀는 열아홉 살이었다. 얼굴도 그만하면 빤빤하였다. 그는, 그 동리 여인들의 보통 하는 일을 본받아서 돈벌이 좀 잘하는 사람의 집에라도 간간 찾아가면, 매일 오륙십 전은 벌 수가 있었시만, 선비의 집안에서 자타난 그는, 그런 일은 할 수기 없었다. 그들 부처는 역시 가난하게 지냈다. (…)
> 그날부터, 복녀도, '일 안 하고 공전 많이 받는 인부'의 한 사람이 되었다. (…)
> 일 년이 지났다. 그의 처세의 비결은, 더욱더 순탄히 진척되었다. 그의 부처는 인제는 그리 궁하게 지내지는 않게 되었다. 그의 남편은 이것이 결국 좋은 일이라는 듯이, 아랫목에 누워서

벌신벌신 웃고 있었다.

— 김동인, 「감자」 중에서

우리 고전문학에서 나타나는 인간과 자연의 관계는 독특합니다. 고전문학에서는 이상적 사회의 모습을 자연으로 상징하는 경우가 많습니다. 욕심내지 않는 순수한 자연의 상태를 가장 청빈하고 선한 인간과 가깝다고 생각한 것이지요. 그래서 자연과 일치하는 인간이 되길 희망하였고, 그런 사람이 가장 높은 경지에 이른 선비라고 생각했습니다. 이런 경지를 물아일체物我一體라 하는데요, 물아일체는 자연에 완전하게 동화된 경지를 말합니다.

강호(江湖)에 병(病)이 깊어 죽림(竹林)에 누엇더니

— 정철, 「관동별곡」 중에서

육곡은 어드메고 조협에 물이 넓다 / 나와 고기와 뉘야 더욱 즐기난고

— 이이, 「고산구곡가」 중에서

정철의 시에서 '강호江湖에 병病이 깊어'라는 구절은 자연사랑을 아예 병에 비유했군요. 강호는 자연을 뜻하고, 병이 깊다는 것은 진짜 아프다는 것이 아니라 자연을 너무 사랑하여 벼슬을

마다하고 대나무 숲이 우거진 시골에서 살고 있다는 의미랍니다. 앞의 이이의 시에서 '나'는 이미 자연 속 물고기와 하나가 되어 있습니다. 넓은 물에서 누가 더 즐기는지 구분할 수 없을 정도로 함께하고 있다는 것이지요. 두 시가 모두 자연에 푹 빠져서 자연 그 자체로 동화되어 가는 자신의 모습을 그리고 있습니다.

앞의 「감자」에서 사회적 변화에 어쩔 수 없이, 또는 중심이 단단하지 못하여 휘말리듯 동화되는 인간의 모습을 볼 수 있다면, 「관동별곡」이나 「고산구곡가」에서는 지향하는 이상을 정하고 그에 동화되기 위해 의식적으로 애쓰는 사람들의 모습이 보입니다. 동화同化는 이처럼 작품에 따라 서로에 대한 배려와 합심일 수도 있고, 스스로 자존감과 이상을 포기하는 패배일 수도 있으며, 공존과 생존을 위한 필수 요건일 수도 있습니다. 여러분은 누구에게 어떤 점이 동화되고 싶으세요?

🔍 #다르던_것이_서로_같게_되어 #관계 #시대에_따라 #사회적_변화 #물아일체 #공존 #패배

매개
내가 너희 둘을 이어 줄게!

매개란 중매 '매媒'와 소개하다, (사이에)끼다라는 뜻을 지닌 '개介'가 합쳐진 말로, 두 대상 사이에서 양편의 관계를 맺어 주는 것을 의미합니다. 그러한 역할을 하는 물건 혹은 개체를 매개물, 매개체라고 해요. 섬과 섬을 잇는 다리, 생산자와 소비자를 연결해 주는 광고, 어린 시절의 '나'를 떠올리게 하는 일기장 등처럼 우린 일상에서 수많은 매개물(매개체)을 만날 수 있습니다. 이번엔 문학 작품을 바탕으로 매개의 의미를 살펴볼까요?

> 거울속에도내게귀가있소
> 내말을못알아듣는딱한귀가두개나있소
>
> 거울속의나는왼손잡이오
> 내악수를받을줄모르는——악수를모르는왼손잡이오
> 거울때문에나는거울속의나를만져보지못하는구료마는

거울이아니었던들내가어찌거울속의나를만나보기만이라도했
겠소(…)

거울속의나는참나와는반대요마는
또꽤닮았소
나는거울속의나를근심하고진찰할수없으니퍽섭섭하오
— 이상, 「거울」 중에서

우린 거울을 통해 제 모습을 인식하고, 때로는 거울 속에 비
친 '나'를 바라보며 스스로에 대해 생각해 보기도 합니다. 작품
속 화자 역시 거울을 통해 자기 자신을 들여다보고 있습니다. 그
런데 거울 속 '나'는 내 말을 알아듣는지도, 나의 악수를 받을 줄도
모릅니다. '참나와는반대'인 '거울속의나'의 모습에 화자는 이질
감을 느끼지만 '또꽤닮았'다고도 말합니다. 거울을 사이에 두고
거울 밖의 현실적 자아와 서울 속의 내면직 자아가 분열된 채 회
합을 이루지 못하고 있죠.
'거울때문에나는거울속의나를만져보지못하는구료마는 / 거
울이아니었던들내가어찌거울속의나를만나보기만이라도했겠
소'에서 알 수 있듯이 '거울'은 현실적 자아와 내면적 자아를 단
절시키는 대상이면서 동시에 화자가 또 다른 '나'를 만날 수 있게
이어 주는 매개물로서 작용합니다. 즉 화자가 자신의 내면세계를

탐색하고 자아 성찰로 나아갈 수 있도록 돕는 매개물인 '거울'인 거죠. 이처럼 두 대상 사이에서 관계를 맺어 주는 것을 매개라고 합니다. 시험의 문학 영역에서는 특정 대상이 매개물(매개체)로서 기능하는지 묻는 문항이 주로 나온다는 점, 참고하세요.

명분

핑계가 되기도 하고
빛나는 가치가 되기도 해요

영화 〈범죄와의 전쟁〉에서 조직폭력배 두목 '최형배'는 자신의 친구 '김판호'가 뒤를 봐주고 있는 나이트클럽을 접수하자는 '최익현'의 제안을 명분이 없다는 이유로 거절합니다. 명분 없이는 같은 조직 출신이자 친구인 김판호를 배신할 수 없다고 생각한 것이지요. 영화 〈남한산성〉은 '김상헌'과 '최명길'이라는 두 인물의 대립으로 이야기를 끌고 나갑니다. 명나라와의 군주-신하 관계를 저버리고 청에 굴복할 것인가에 대해 최명길은 "지금 삶의 길은 명을 섬기기를 포기하고 청과 화친하는 것"이라고 주장합니다. 반면 김상헌은 "더욱 심지를 굳게 하여 대의와 명분, 즉 명나라와의 약속 관계를 지켜야 한다."고 주장합니다. 조선은 결국 명분을 지키는 길을 선택했고, 그 결과 인조와 우리 민족은 삼전도의 굴욕을 겪어야 했습니다.

이처럼 명분이라는 말은 영화는 물론 현실에서도 많은 사람의 입에 오르내리곤 하는데요. 명분이란 과연 무엇일까요? 명분은 이름 '명名'이라는 한자에서도 알 수 있듯이 "각각의 이름이나 신분에 따라 마땅히 지켜야 할 도리나 규범"을 의미합니다. 공자는 "정치를 하면 무슨 일부터 하겠느냐?"는 제자 자로의 질문에 "이름을 바로잡는 일", 즉 "정명"이라고 대답했습니다. 한자어가 들어가는 바람에 다소 어려워 보이지만, 실은 "누구든 그 무엇이든 이름에 부합하게 행동해야 한다."는 뜻입니다. 그것이 바로 명분이기도 하고요.

> 임금은 아버지요
> 신하는 사랑을 주는 어머니요
> 백성은 어린아이라고 하신다면
> 백성이 사랑을 알리라
> 꾸물거리며 사는 물생
> 이들을 먹여 다스려서
> 이 땅을 버리고 어디로 가리 한다면
> 나라 안이 유지될 줄 알리라
> 아아 임금답게 신하답게 백성답게 한다면
> 나라 안이 태평할 것이리라
> ― 충담사, 「안민가」

거듭되는 나라의 위기 속에 흔들리던 민심을 수습하고 위기에서 벗어나기 위해 신라 경덕왕이 충담사에게 짓게 했다는 「안민가」입니다. 이 작품에도 각자의 본분에 충실한 자세, 즉 명분을 지키는 태도가 반영되어 있습니다. 즉, 각자가 자신의 명분을 따라 충실한 자세로 살아간다면 나라의 운영이 안정적으로 될 것이다, 라고 이야기하는 것이지요.

공자의 정명론正名論에서 제시된 명분은 각자의 역할과 지위를 명확히 함으로써 사회적 질서를 유지하고, 개인과 집단이 조화롭게 살아갈 수 있도록 돕는 중요한 원리였는데요. 명분은 시대를 초월해 현대 사회에서도 여전히 그 가치를 발휘합니다.

현대 사회에서 공자의 명분 개념은 리더십, 공공 서비스, 그리고 도덕적 책임과 같은 중요한 영역에서 긍정적으로 작용하지요. 예를 들어 사회복지사나 의료진이 자신이 맡은 역할을 충실히 수행하는 것은 단순히 직업적인 의무를 넘어서 사회적 책무를 다하는 것이라고 할 수 있습니다. 코로나19 팬데믹 시기 의료진이 헌신적으로 국민의 건강을 돌본 사례 역시 명분의 긍정적 역할을 잘 보여 준다고 할 수 있어요. 이처럼 명분을 지키는 올바른 역할과 책임 의식은 개인과 사회의 발전을 촉진하는 중요한 동력으로 기능합니다.

#이름에_맞는_도리 #왕의_본분 #각자_충실하게 #리더십 #사명 #소명감 #책임_의식 #역할

명시적

말하지 않아도 안다고?
말해야 알아요!

'나는 오늘 친구 슬기와 만나서 〇〇아파트 놀이터에서 놀았다.
그리고 〇〇슈퍼에 가서 아이스크림을 사 먹었다. 정말 즐거운
하루였다.'

여러분, 혹시 초등학교 1학년 때 썼던 일기 내용을 기억하나
요? 위에 있는 문장들과 좀 비슷하지 않았나요? 저는 어릴 때부
터 썼던 일기장들을 모두 보관하고 있는데요. 초등학교 1학년 때
일기장을 보니, 대부분 위의 문장들과 같더군요. 초등학교 3학년
쯤의 일기는 선생님과 부모님의 지도 덕분에 문장이 조금 다듬어
졌고요. 나도 모르게 늘 '나는 오늘'로 시작했던 걸 생각해 보면
아마도 이건 '내 이야기야!'라는 걸 강조하고 싶었던 게 아닐까
싶어요. 어린아이들은 이야기할 때도 꼭 '〇〇이가 사과 먹을 거
야.' '〇〇이가 구름 그릴게.' 이런 식으로 자신을 드러내잖아요.
이렇게 '나'라는 주어를 명시적으로 분명히 드러내며 말하고 쓰

다가 어느 순간 자연스럽게 '아, 일기는 오늘의 내 이야기를 쓰는 거지.'라는 걸 새삼스럽게 인지하게 되면서 '나는 오늘'과 같은 표현이 생략되는가 봅니다. 어린아이들이 전해 준 편지를 볼 때도 '선생님, 저 ○○이에요. ○○이는 선생님이 정말 좋아요. ○○ 올림'처럼 자신의 존재감을 곳곳에 드러내서 웃음을 짓곤 하지요. 문학 작품에서도 독자가 쉽게 알 수 있는 내용들은 대개 생략합니다. 이미 문장 안에 충분히 그 뜻을 내포하고 있기에 굳이 드러내지 않아요. 이런 것을 함축이라고 합니다. 아주 오래전에 "말하지 않아도 알아요."라는 초코과자 CM송이 굉장히 유행했는데요. 이렇게 우리는 말하지 않아도 알 수 있는 것을 생략하고, 또 그것을 유추해 보는 데서 흥미를 느끼곤 하지요. 하지만 어떤 경우에는 내용이나 뜻을 분명히 드러내 보이기도 합니다. 이런 것을 명시적이라고 부릅니다.

만 리 밖에서 기다리는 그대여 / 지 불 지난 뒤에 / 흐르는 물로 만나자. / 푸시시 푸시시 불 꺼지는 소리로 말하면서 / 올 때는 인적 그친 / 넓고 깨끗한 하늘로 오라.
— 강은교, 「우리가 물이 되어」 중에서 (2003년 수능 언어 영역 출제 외)

위의 작품에서 화자는 '그대'에게 말하고 있어요. '그대'는 눈에 분명히 보이는 '명시적 청자'로 볼 수 있어요. 2인칭 대명사는 일반적으로 화자가 상대하는 대상인데 왜 굳이 '그대'를 명시적으로 드러냈을까요? '그대'라는 표현에 주목해 봅시다. '그대'는 '만 리 밖'에서 기다리고 있고, 화자는 '그대'와 흐르는 물로 '만나자'는 청유형 표현을 사용하였어요. 화자와 '그대'가 물이 되어 만나면, 불이 꺼지고 넓고 깨끗한 하늘로 갈 수 있죠. 즉 멀리 떨어져 있는 화자와 '그대'가 '물'이 되어 만나야 '불'로 표현된 부정적인 세계가 사라지고 넓고 깨끗한 세계인 '하늘'로 갈 수 있습니다. 화자와 꼭 만나야만 하는 '그대'는 매우 중요한 대상입니다. 그러니 시인은 '그대'를 명시적으로 제시하여 이 시에서 강조하고 있는 '조화'를 드러내는 거예요.

> 가난한 내가 / 아름다운 나타샤를 사랑해서 / 오늘 밤은 푹푹 눈이 나린다
> — 백석, 「나와 나타샤와 흰 당나귀」 중에서

백석의 시에서도 화자인 '나', 시적 대상인 '나타샤'를 명시적으로 드러내고 있어요. 저는 이 시를 처음 접했을 때, '나타샤'라는 여성이 누구일지 굉장히 궁금했답니다. 일제강점기인 1930년대의 작품에 이런 이국적인 이름이 나온다는 것이 굉장히 신선했는데요. '나'는 가난한 모습으로, '나타샤'는 아름다운 모습으로 명시되어 두 사람의 관계가 순탄하지 않았으리라 짐작할 수 있습

니다. 이 작품은 그 해석을 두고, 또 나타샤의 정체에 대한 여러 해석이 있었어요. 영화나 뮤지컬로 재해석되기도 했고요. 드라마 〈폭싹 속았수다〉에서도 백석의 이 시는 '금명'과 '충섭'이 새로운 사랑을 시작하는 계기가 되죠. 이 시에서 '나'와 '나타샤'에 대해 구체적으로 명시한 여러 표현이 독자들의 호기심을 자극하고, 두 인물의 관계에 대한 상상을 불러일으킵니다. 여러 정서를 환기하여 독자들이 감정 이입도 하게 되고요. 이렇게 글에 명시된 표현들은 오히려 독자에게 더 많은 상상력을 불러일으키기도 합니다.

이번에는 2025년 수능에 나온 이청준의 소설을 살펴볼게요.

ⓐ 불편스런 일이 한두 가지가 아니었다. 하지만 허원은 그렇게 스스로 주의하고 고통을 감내해 냈기 때문에 자신의 비밀을 남 앞에 감쪽같이 숨겨 나갈 수 있었다. 아무도 그의 비밀을 눈치챈 사람이 없었다. 비밀이 탄로 나지 않는 한 그의 일상 생활은 더 이상 불편을 겪을 필요도 없었다. (…) ⓑ —그깟 놈의 배꼽, 안 가지고 있음 어때. 그쯤 체념을 하고 될 수 있으면 배꼽에 관한 일들을 잊어버리려 했다.
— 이청준, 「배꼽을 주제로 한 변주곡」 중에서 (2025년 수능 국어 영역 출제)

첫 문장 ⓐ를 보면 누가 누구의 생각을 말하는지 알 수 없습니다. 하지만 우리는 문맥상 흐름을 통해 작품 밖의 서술자가 '허원'에게 생긴 불편스러운 일을 말하고 있음을 알 수 있어요. ⓑ문장도 서술자와 말하는 이를 명시하지 않았지만 우리는 눈치챌 수 있어요. 허원의 목소리로 허원의 생각을 드러냈다는 것을요. 만약 ⓑ를 [허원은 '그깟놈의 배꼽, 안 가지고 있음 어때'라고 생각했다.]와 같이 서술했다면, 독자들은 '허원'이라는 인물에게 거리감을 느꼈을 거예요. '허원'을 굳이 명시하지 않음으로써 서술은 보다 자연스럽고 간결해집니다. '허원'의 내적 독백과 심리를 자연스럽게 전달하여 독자들은 허원의 내면에 더욱 깊이 몰입하고 공감할 수 있게 되지요.

문득 스무 살에 처음 아르바이트를 시작하면서 근로 계약서를 작성했던 순간이 떠오릅니다. 계약서에 명시된 임금, 근로 시간, 근무 장소, 휴가 등의 근무 조건과 관련된 내용들을 읽고 나서 마지막에 제 이름을 서명하고 나니 왠지 모를 책임감이 생겼어요. 서비스 가입부터 부동산 거래, 심지어 혼인 신고할 때도 문서에 명시되어 있는 내용들을 차례로 꼼꼼하게 읽어야 합니다. 명시된 내용을 제대로 파악하지 못하면 나중에 피해 보는 일이 생기기도 하니까요. 말하지 않아도 알 거라고 섣불리 판단하기 전에 명시해야 할 것을 확실히 해 두었는지 먼저 확인해 보면 어떨까요?

🔍 #분명히_드러내요 #존재감 #직접적으로 #표면에 #화자 #시적_대상 #청자 #독자를_위해

묘사

보이지 않는 것을
보이는 것으로 표현해 볼까?

여러분들의 기억 속 가장 아름다운 풍경은 어디인가요? 저는 단 1초의 망설임도 없이 안반데기에서 본 은하수라고 답할 거예요. 안반데기는 강릉, 해발 1,100m의 고산지대에 있는 작은 마을입니다. 배추밭이 아주 넓게 펼쳐진 곳이지요. 이 작은 마을이 은하수 명소로 알려지기 시작했을 무렵, 평소 별 보는 걸 좋아했던 저역시 이곳을 방문했습니다. 새벽 2시가 넘은 시각에 돗자리와 담요를 챙겨 안반데기로 올라갔죠. 그날 배추밭 사이에 누워서 본 밤하늘은 평생 잊지 못할 정노로 아름다웠습니다.

　까만 하늘에 빈틈이 없을 정도로 빼곡하게 박힌 별들. 다양한 크기와 색상으로 빛나는 별들은 나선 모양의 팔을 이루며 은하수를 아름답게 장식하고 있었어요. 푸르스름한, 보랏빛을 띠는 은하수는 당장이라도 눈앞에 쏟아질 것처럼 가깝게 느껴졌습니다. 이날 돗자리에 누워 떨어지는 별똥별을 보며 소원을 빌었던 기억도 나네요. 숨이 막힐 정도로 아름다웠던 하늘을 사진에 담고 싶었지만, 눈에 보이는 모습 그대로를 담을 순 없더라고요. 혹시 이 글을 읽으면서 별로 가득 찬 하늘이 머릿속에 떠오르진 않았나 요? 배추밭 사이 돗자리를 깔고 누워 하늘을 바라보는 사람의 모습이 떠올랐거나요. 글을 읽을 때 머릿속에 한 편의 그림, 장면이 떠올랐다면 묘사를 잘한 덕분입니다. 묘사란 '눈으로 보거나 마음으로 느낀 것을 마치 그림을 그리듯 생생하고 자세하게 표현하는 것'을 말합니다. 작가는 등장인물, 풍경 등의 묘사를 통해 그들의 특징, 성격, 상태를 전달함으로써 작품에 생명력을 불어넣어요. 이러한 상세하고 생생한 묘사는 독자의 상상력을 자극하며 독자가 작품에 더욱 몰입할 수 있도록 해 줍니다. 실제로 독자들이 볼 수 없는 것을 글로써 이미지를 그려 내서 보여 주는 것이 묘사인 셈이지요. 다음은 묘사의 미학을 흠뻑 느낄 수 있는 「메밀꽃 필 무렵」의 한 단락입니다.

> 길은 지금 긴 산허리에 걸려 있다. 밤중을 지난 무렵인지 죽은 듯이 고요한 속에서 짐승 같은 달의 숨소리가 손에 잡힐 듯이 들리며, 콩 포기와 옥수수 잎새가 한층 달에 푸르게 젖었다. 산 허리는 온통 메밀밭이어서 피기 시작한 꽃이 소금을 뿌린 듯이 흐붓한 달빛에 숨이 막힐 지경이다.
> ― 이효석, 「메밀꽃 필 무렵」 중에서 (2005년 수능 언어 영역 출제)

달의 숨소리가 들릴 것처럼 고요한 밤, 메밀꽃이 흐드러지게 핀 풍경을 한 폭의 수채화처럼 아름답게 묘사한 부분입니다. 「메밀꽃 필 무렵」은 작품 속 배경이 머릿속에 선명하게 떠오를 정도로 감각적이고 미학적인 묘사로 손에 꼽히는 작품인데요. 저도 학창 시절, 「메밀꽃 필 무렵」을 읽고 '메밀꽃 모양이 어떻길래 소금을 뿌린 듯하다고 표현한 걸까?' 궁금해서 찾아본 적이 있었답니다. 그리고 들판 가득 펼쳐진 메밀꽃의 사진을 보곤 고개를 끄덕였어요. 작가의 묘사력에 감탄하면서요. 실제로 이 소설의 배경이 된 강원도 평창군 봉평은 매년 가을 수많은 관광객으로 붐빕니다. 눈 덮인 듯 만개한 하얀 메밀꽃을 보러 온 사람들 때문이죠.

아름다운 풍경을 봤을 때, 내가 본 것을 소중한 사람에게 알려주고 싶을 때, 핸드폰으로 찍은 사진 한 장이 모든 말과 글을 대체해 버리는 세상이 된 듯해요. 어찌 보면 우린 묘사가 주는 아름다움과 재미를 놓치며 사는 건 아닌지 모르겠어요. 오랫동안 간직하고 싶은 순간을 마주했을 때 가끔은 핸드폰을 내려놓고 여러분이 보고 느낀 것을 말과 글로써 그림을 그리듯 표현해 보는 건 어떨까요?

#그리듯_표현해요 #등장인물 #풍경 #배경 #특징 #성격 #상태 #몰입해서 #떠올려_봐요

무력감

소용없어!
내겐 힘이 없다고요

서커스 공연을 본 적이 있나요? 오늘날에는 동물 학대 논란으로 동물을 이용한 서커스 공연을 금지하고 있지만 불과 몇십 년 전만 해도 코끼리, 사자, 곰, 원숭이 등 다양한 동물들이 공연에 동원되곤 했는데요. 그중 서커스단에서 자란 코끼리의 이야기를 들려주고 싶습니다. 서커스단의 코끼리는 새끼 때부터 말뚝에 매여 생활합니다. 먹고 자고 놀고… 이 모든 행동을 말뚝에 묶인 채 해요. 그러다 보니 답답하고 불편해서 있는 힘껏 발버둥을 쳐 보았습니다. 아마 수도 없이 시도해 보았을 것입니다. 하지만 아직 어린 코끼리여서 힘이 충분하지 못했습니다. 이렇게 해도 저렇게 해도 벗어날 수 없다는 걸 알게 된 아기코끼리는 어느 순간 노력하기를 포기합니다. 나중에 다 성장해서 말뚝을 뽑아낼 정도의 힘을 가지게 되어도 더는 탈출을 시도하지 않아요. 아주 어렸을 때부터 축적된 경험이 아무리 안간힘을 써 봐도 소용없다는 무력감으로 이어진 것입니다.

무력감은 없을 '무無'에 힘 '력力', 느낄 '감感' 자가 합쳐진 단어로 '자기에게 힘이나 능력 등이 없다는 것을 알았을 때의 허탈하고도 맥 빠진 듯한 느낌'이란 뜻입니다. 자신을 둘러싼 상황을 스스로 바꿀 만한 힘이나 능력이 없다고 느꼈을 때, 지진, 해일 등 인간이 통제할 수 없는 자연재해에 직면하게 됐을 때, 우리는 대개 무력감을 느낍니다. 내 삶에 대한 통제력을 잃게 됐을 때 더 쉽게 무력감에 빠지죠. 이런 무력감은 인간이라면 누구나 살면서 겪게 되는 감정이랍니다. 문학은 우리의 삶을 담고 있는 창작물이기에 작품 속에서 무력감을 다룬 표현을 쉽게 찾아볼 수 있습니다.

조금 전까지는 거기 있었는데 / 어디로 갔나, / 밥상은 차려 놓고 어디로 갔나, (…) 내 목소리는 메아리가 되어 / 되돌아온다. (…) 옆구리 담괴가 다시 도졌나, 아니 아니 (…) 혹시나 하고 나는 밖을 기웃거린다. / 나는 풀이 죽는다. (…)
— 김춘수, 「강우」(2011학년도 6월 평가원 모의고사 출제)

작품 속 상황을 살펴볼까요? 화자는 '조금 전까지는 거기 있었'던, 하지만 지금은 '어디로 갔'는지 모를 '이 사람'을 찾고 있어요. 밥상은 차려져 있는데 옆에 있어야 할 사람이 자취를 감춘 듯하네요. 화자의 목소리는 텅 빈 방을 돌아 메아리가 되어 돌아옵니다. 잠시 어딘가에 누워 있는 건지, 아니면 옆구리 담괴라도 도저서 어디라도 간 것인지 생각해 보지만 '이 사람'을 찾을 순 없죠. 아마도 화자는 늘 자신의 곁에 있었던, 항상 밥상을 마주하며 일상을 함께했던 아내를 찾는 듯해요. 이내 화자는 이전과는 다른 상황임을 인식하면서 아내의 부재를 받아들이게 되죠. 혹시나 하고 밖을 기웃거리지만 상황이 달라질 리는 만무합니다. 화자는 퍼붓는 빗발을 바라보며 '지금은 어쩔 수가 없다.'고 느낍니다. 실제로 이 시는 작가가 아내와 사별한 후 창작한 작품이라고 해요. 아내의 부재를 받아들일 수밖에 없는 슬픔을 담고 있죠. 인간의 생사는 우리가 어찌할 수 없는 영역이기에 화자가 할 수 있는 건 상황을 받아들이는 것뿐입니다. 자신이 처한 상황을 바꿀 순 없어요. 이럴 때 허탈하면서도 맥이 빠지는 듯한 느낌에 사로잡히게 되는데요, 이것이 바로 무력감입니다.

우리는 살면서 여러 번 무력감에 빠질 수 있어요. 이때 한 번쯤 생각해 보세요. 나를 무력감에 빠지게 하는 이 상황이 정말 내 힘과 능력으로 바꿀 수 없는 통제 밖의 상황인지, 아니면 과거의 경험에 사로잡혀 스스로를 과소평가하는 코끼리의 경우는 아닌지 말이에요.

#힘이_없음을_알고 #허탈 #기운이_빠지네 #어쩔_수_없는_일들 #그_사이에서_의미를_찾자

030

무상감

있는 힘껏 쥐었던 손을 펴 보니
아무것도 없었네

에스트라공: 화창한 경치로군. (블라디미르를 돌아보며) 자, 가자.

블라디미르: 갈 순 없어.

에스트라공: 왜?

블라디미르: 고도를 기다려야지.

에스트라공: 참 그렇지. (사이) 여기가 확실하냐?

블라디미르: 뭐가?

에스트라공: 여기서 기다려야 하느냐 말이다.

블라디미르: 나무 앞이라구 하던데. (둘은 나무를 바라본다.) 다른
나무들이 보이냐?

'블라디미르'와 '에스트라공'이 대화를 나눕니다. 그들은 그
저 기다립니다. 확실한 날짜도 없습니다. 장소가 정확한지도 잘
모르지만 같이 기다립니다. 에스트라공과 블라드미르는 오늘도
'고도' 씨를 기다립니다. 이들은 고도 씨에게 자신들의 미래가 달

려 있다고 생각하고 기다리지만 고도 씨가 이들에게 무엇을 해 줄지, 어떻게 약속을 잡게 된 것인지 끝까지 알아내지 못합니다. 심지어 이들은 고도 씨가 어떻게 생겼는지도 몰라서 엉뚱한 사람에게 고도 씨냐고 묻기까지 합니다. 사무엘 베케트의 『고도를 기다리며』라는 극 이야기입니다.

이 극을 보는 내내 '도대체 무슨 이야기일까?' 하고 궁금해집니다. '이게 뭐지? 이게 뭐지?' 하는 아리송함 때문인지 인물의 대사 하나하나에 귀를 기울이면서 긴장하게 됩니다. 이야기의 앞뒤를 연결해 줄 중요한 사연이 곧 나올 거라고 기대하면서요. 고도 씨가 언제 올까, 오면 무슨 일이 벌어질까 내심 기대하고 있는데, 에스트라공과 블라미디미르는 같은 말을 반복하며 기다릴뿐, 정작 고도 씨는 오지 않습니다. 아무 일도 일어나지 않아요. 이들은 결국 지쳐서 스스로 목숨을 끊으려고도 하지만 그마저 실패하고, 다음 날 다시 시도하기로 합니다. 그렇게 또다시 내일을 기약하며 극은 막을 내립니다. 기다리면서 시작해서 기다리면서 끝이 납니다.

1953년에 발표된 이 희곡은 지금도 현대극의 교과서가 되어 전 세계 무대 위에 올려지고 있는데요. 이 연극이 처음 발표되었을 때는 그야말로 아무 의미 없는 연극으로 혹평을 받았답니다. 그런데 이 연극의 가치를 먼저 알아봐 준 사람들이 있었으니, 놀랍게도 캘리포니아 산퀜틴 교도소의 죄수들입니다. 여자 배우가 출연하지 않아 남자 죄수들 속에서도 걱정 없이 공연할 수 있다는 이유만으로 교도소에서 공연되었는데, 놀랍게도 이 연극을 보고 죄수들이 기립박수를 치며 감동의 눈물을 흘린 것입니다. 70년이 지난 지금도 온전히 이해하기 쉽지 않은 이 극의 가치를 죄수들은 해설 없이도 완벽하게 누구보다도 잘 이해할 수 있었을 것입니다. 인간은 모두 감옥에 갇힌 죄수 신세라는 것을요. 보이지 않는 쇠창살에 갇혀 언젠가 우리를 여기에서 석방해 줄 누군가, 무엇인가가 올 거라는 막연한 기대 속에서 '현재'를 허비하는 것이 인생이고, 그것을 깨달았을 때 느끼는 것이 무상감이라는 것을요.

문학에서 다루어지는 무상감은 단순한 허무주의가 아닙니다. 인간이 가치와 의미를 두는 모든 것에 대한 '진짜일까?' 하는 의심은 오히려 인간을 자유롭게 만듭니다. 이 극은 지금 여러분이 그토록 바라는 것이, 여러분을 너무나 슬프게 만드는 것이, 혹은 미칠 정도로 짜릿한 기쁨을 주는 것이, 즉 그 모든 것이 진짜인지 의심해 보라고 이야기합니다. 나에게 죽을 만큼 아픔을 주는 일이 알고 보니, 진짜가 아니라면? 더는 아파하지 않아도 되겠지요!

요즘 많은 사람이 우수한 성적, 통장 속 많은 돈, 가벼워진 몸무게가 내 삶을 완전히 바꿔 줄 마술봉이 될 거라고 생각합니다. 시대나 민족에 따라서는 경전 구절을 외우거나 목이 길어지거나

큰 상처를 많이 내는 것이 성공한 삶으로 여겨지기도 하죠. 하지만 여러분, 그런 것이 진짜일까요? 생산적인 일은 하나도 하지 않으면서 앉아서 기도만 하고는 경전을 얼마나 잘 암기하고 있는가로, 목에 무리를 줄 정도로 목걸이 장식을 얼마나 많이 끼었냐로, 몸에 얼마나 큰 상처를 내느냐로 그 인간의 가치를 따지는 것이 합리적으로 보이나요? 그러다면 성적이나 몸무게, 돈으로 행복을 재려는 우리는요? 이제까지 우리를 앞서간 수많은 사람의 인생을 살펴보면 그 답을 어렵지 않게 찾을 수 있습니다. 세상의 잘못된 편견에 과감하게 '아니오'라는 답을 달고, 진짜 정답을 찾기 위해 노력할 때, 여러분은 진정으로 자신의 인생을 주관하는 주인이 될 수 있을 것입니다.

Q #모든_것이_덧없네 #막연한_기대_속에서 #현재를_허비해 #고민하고 #가치를_찾아서

031

배경

우리가 사는 세계를 이루는 주변의 모든 것

자, 이제 여러분의 상상력으로 대박이 날 온라인 게임을 하나 만들어 봅시다. 제목은 '푸른 들녘 왕국의 101가지 전설'이고, 플레이어의 선택이 이야기를 결정하며, 독특한 배경이 모험을 더욱 풍성하게 만드는 흥미진진한 게임입니다. 플레이어는 맵마다 캐릭터를 고르고 그에 맞는 의상과 특기를 갖출 수 있습니다. 선택한 의상에 따른 지역의 고유한 관습, 신분과 시대에 맞는 임무(퀘스트)를 경험하면서 주인공이 성장하고, 맵을 이동하면서 이야기를 창조해 나갈 수 있는 게임입니다. 각기 다른 맵에서의 특색 있는 환경과 룰을 통해 자신만의 전설을 쓰는 즐거움을 느낄 수 있습니다. 머릿속에 게임이 그려지나요? 이 게임을 대박나게 하려면 정말 그 시대 그곳에서 경험하는 이야기처럼 생생하게 느끼게 해 주어야겠지요? 그러려면 맵마다 우리가 설정한 시대의 특정 왕국을 보여 줄 수 있는 자연환경과 인공물을 실감 나게 재현해 내야 할 것이고, 설정된 시기의 문화와 예절, 법률, 제도, 사람들의 말과 행동을 치밀하게 조사하여 제대로 구현해 내야겠지요.

이렇게 이야기 안에서 독자의 몰입을 유도하고 생생한 경험을 이끌기 위해 구축한 세계를 배경이라고 합니다. 문학의 배경은 단순히 현실감만 부여하는 것이 아니라 작품 전체의 분위기를 형성하고 인물의 성격과 행동을 형성하며 작가가 전하고 싶은 주제와 메시지를 강조해 주는 중요한 역할을 합니다. 작품을 통해 살펴봅시다.

해구를 얼른 나서 오륙도를 뒤 지우고
고국을 돌아보니 야색이 아득하여
아무것도 아니 뵈고 연해 각진포에
불빛 두어 점이 구름 밖에 뵐 만하다
배 방에 누워 있어 내 신세를 생각하니
가뜩이 심란한데 대풍이 일어나서
태산 같은 성난 물쌀 천지에 자욱하니
크나큰 만곡주가 나뭇잎 불리이듯
하늘에 올랐다가 지함에 내려지니
열두 발 쌍돛대는 차아처럼 굽어 있고
쉰두 폭 초석 돛은 반달처럼 배불렀네
— 김인겸, 「일동장유가」 중에서

앞의 글은 일본에 통신사로 떠나는 김인겸의 경험을 쓴 「일동장유가」입니다. 이 장면은 고국을 떠나는 지은이의 불안함이 담긴 부분인데, 고국의 불빛이 점점 작아져 보이는 밤이라는 시간과 큰 바람 속에서 흔들리는 배라는 장소의 배경이 지은이의 두려운 마음을 잘 드러내고 있습니다. 특히 성난 물결에 나뭇잎 같이 흔들리는 배(크나큰 만곡주가 나뭇잎 불리이듯), 하늘과 땅을 오르내리는 듯한 큰 파도(하늘에 올랐다가 지함에 내려지니), 큰 배의 굵은 돛대가 잔가지마냥 휘어져(쌍돛대는 차아처럼 굽어 있고) 부러질 듯하고, 돛은 팽팽해져 찢어질 듯(돛은 반달처럼 배불렀네) 한 무서운 바람을 잘 표현하고 있습니다. 그 속에서 먼 타국으로 떠나는 지은이의 공포가 아주 잘 느껴지지요? 배경이 더 적극적 의미를 갖는 작품도 있습니다. 다음은 이황이 쓴 「도산십이곡」이라는 시조의 일부입니다.

> 연하(煙霞)로 집을 삼고 풍월(風月)로 벗을 삼아
> 태평성대에 병으로 늙어 가네
> 이 중에 바라는 일은 허물이나 없고자
> 〈제2수〉
> — 이황, 「도산십이곡」 중에서

시인은 세속적 욕망을 초월하여 가장 깨끗하고 이상적인 삶을 사는 지혜로운 삶의 자세를 보이고자 합니다. 이런 경지에 다다른 인간의 삶에는 어떤 배경이 가장 어울릴까요? 그렇죠. 자연이지요. 열두 편으로 된 이 시가 전체에서 자연은 매우 중요한 의미를 갖는 배경인데요, 특히 위 2수에서는 자연이 단순한 배경이 아니라 '벗'이 된다고 말하고(연하로 집을 삼고 풍월로 벗을 삼아) 있습니다. 연하(안개와 노을), 풍월(바람과 달)은 자연을 대표하는 것들인데, 단순히 자연 속에 사는 데 그치지 않고 자연과 벗이 된다는 것은 화자 자신이 자연에 동화되어 그 일부가 된 경지에 이르렀음을 보여 주는 것이랍니다. 이와 같이 문학 작품에서 배경을 분석하고 이해하는 것은 작품 속 핵심 의미를 이해하는 데 아주 중요한 요소입니다.

게임을 할 때 각 지역의 특색 있는 배경과 숨겨진 이야기를 잘 알게 된다면 전략이 능숙해질 뿐만 아니라 플레이하는 재미가 훨씬 커질 겁니다. 마찬가지로 문학작품을 볼 때 배경을 찾고 이해하는 데 능숙해지면 내용을 분석하고 작품 속 인물들이 상황과 작가의 의도를 파악하는 지름길을 아는 프로 독자가 될 수 있을 테지요.

🔍 #뒤쪽의_경치 #주위의_정경 #시대적 #특성 #지면 #숨겨진_이야기 #작가의_의도를_담아

032

변주
익숙한 것을 새롭게,
정서를 더 깊게

한국인들이 가장 연주하고 싶어 하는 피아노곡이 〈캐논 변주곡〉이라고 합니다. 여러분도 〈캐논 변주곡〉 들어 보셨죠? 저는 학창 시절에 본 영화 〈엽기적인 그녀〉에서 배우 전지현이 이 곡을 연주하는 모습을 보고 반했던 적이 있어요. 악뮤의 〈오랜 날 오랜 밤〉의 도입부에서도 〈캐논 변주곡〉의 선율이 들려서 반가웠죠. 각종 드라마, 영화, 광고 등에 사용되고, 많은 연주자가 다양한 악기와 멜로디로 변주하여 더욱더 유명해진 〈캐논 변주곡〉. 이 곡의 원곡은 바로크 시대에 활동했던 요한 파헬벨의 〈카논〉입니다. '카논canon'이라는 말은 표준, 규범을 뜻하는데요, 그리스어에 그 어원을 두고 있습니다. 주제인 선율을 일정한 간격으로 모방하는 형식이죠. 우리가 어릴 때 불렀던 '동네 한 바퀴' 같은 돌림노래와도 비슷하다고 볼 수 있어요.

　문학 작품에서도 '주제'를 드러내는 표현이 곳곳에 나오기 마련입니다. 이런 표현을 '카논'의 형식처럼 '모방'하기도 하고,

〈캐논 변주곡〉처럼 변형해서 나타내기도 합니다.

> 눈이 오는가 북쪽엔 / 함박눈 쏟아져 내리는가 (…)
> 연달린 산과 산 사이 / 너를 남기고 온 / 작은 마을에도 복된 눈
> 내리는가 (…)
> 눈이 오는가 북쪽엔 / 함박눈 쏟아져 내리는가
> ― 이용악, 「그리움」 중에서(2021년 수능 국어 영역 출제)

'눈이 오는가'로 시작하는 이 시는 다음 행에서 바로 '함박눈 쏟아져 내리는가'라고 변형하여 표현되었습니다. '눈'과 '함박눈', '오는가'와 '쏟아져 내리는가'에서 표현의 차이는 약간 있지만 '눈이 온다'라는 같은 의미지요. 이를 3연에서는 '복된 눈 내리는가'로 변형했고요. 마지막 연은 1연을 그대로 반복하고 있네요(수미상관 구조이죠?). 이렇게 같은 표현을 반복하면서 조금씩 변형하는 방식은 화자의 감정을 점층적으로 심화시키는 효과를 줍니다. '눈'이라는 소재를 통해 화자가 북쪽 고향에 대한 그리움이 더욱 짙어지도록 만드는 것이죠.

화자의 정서를 강조하기 위한 변형이 곧 변주입니다. 이번에는 김춘수의 「꽃」과 함께 장정일의 「라디오같이 사랑을 끄고 켤 수 있다면 – 김춘수의 '꽃'을 변주하여」라는 시를 한번 비교해 볼까요?

내가 그의 이름을 불러 주기 전에는 / 그는 다만 / 하나의 몸짓에 지나지 않았다.
내가 그의 이름을 불러 주었을 때 / 그는 나에게로 와서 / 꽃이 되었다.

— 김춘수, 「꽃」 중에서 (2021년 11월 전국연합학력평가 출제)

내가 단추를 눌러주기 전에는 / 그는 다만 하나의 라디오에 지나지 않았다.
내가 그의 단추를 눌러주었을 때 / 그는 나에게로 와서 / 전파가 되었다.

— 장정일, 「라디오같이 사랑을 끄고 켤 수 있다면 —김춘수의
   '꽃'을 변주하여」 중에서

위의 두 시는 상당히 비슷하죠? 제목에도 직접적으로 제시되어 있지만 장정일의 시는 김춘수의 시 「꽃」을 변주하여 패러디한 시입니다. '이름을 부르는 것'을 '단추를 누르는 것'으로, '하나의 몸짓'을 '하나의 라디오'로, '꽃'을 '전파'로 변형하여 나타냈죠. 장정일의 시는 김춘수의 시를 모방하여 재창조함으로써 쉽게 만나고 헤어지는 현대인들의 경박한 사랑을 효과적으로 풍자하고 있습니다.

또 김춘수의 「꽃」을 패러디한 오규원의 「'꽃'의 패러디」라는 시도 있답니다. 이슈가 되는 상황이나 표현들을 변형하여 나타내는 것을 '패러디'라고도 하죠. 김춘수의 「꽃」이 이렇게 많이 변형되어 재창작되는 데에는 작품에서 다룬 '존재 가치'가 우리에게 그만큼 중요한 것이기 때문일 거예요. 원시시대부터 인간들은 동굴에 벽화를 남기고 장례를 지내며 자신의 존재 가치에 대해 고민했습니다. 최첨단 시대를 살아가는 우리 역시 스스로의 존재를 드러내기 위해 SNS에 자신의 일상을 공유하기도 하죠. 인간의 보편적 가치(정의, 희망, 죽음, 사랑 등)는 시대가 흘러도 계속해서 중요하게 인식됩니다. 즉 '근본'이 되는 것들은 얼마든지 변주될 수 있는 소재이겠죠(패션계에서도 근본이 되는 클래식한 아이템들은 유행과 무관하게 계속 소비되는 것처럼요.). 2025년 수능에 출제된 이청준의 소설 「배꼽을 주제로 한 변주곡」의 제목에서도 변주라는 개념이 나오는데요. 인간의 배꼽을 존재의 근원으로 인식하고, 개인이 문제가 사회 구성원을 향한 문제로 확장되는 모습을 유머러스하게 표현한 점이 인상적이었죠. 한 시대를 살아가는 작가들이 같은 소재와 주제를 어떻게 다르게 변주하고, 어떤 시선으로 풀어내는지를 찾아가는 과정은 문학을 감상하는 즐거움이죠!

#모방과_변형 #감정 #점층 #심화 #재창조 #패러디 #풍자 #시대에_대한_시선 #감상_포인트

033

병치

나란히 놓으니
새로운 것이 보이네?

우리는 무엇인가를 이해하거나 판단할 때, 흔히 다른 것들과 비교하여 그 의미를 파악합니다. 자신이 속한 무리에서 그 누구보다도 어떤 사람의 키가 크다면 그 사람은 자신을 아주 큰 사람이라고 생각할 것입니다. 하지만 어느 날 그가 걸리버처럼 거인 나라에 가게 된다면, 더는 자신을 큰 사람으로 생각할 수 없겠죠. 어떤 것을 기준으로 생각하는가에 따라서 판단이 달라져요. 작가들은 이런 특성을 종종 이용합니다. 특정한 대상이나 사건 둘을 나란히 제시하여 비교해 생각하게 하고, 그 비교를 통해 새로운 의미를 찾도록 하지요. 이렇게 나란히 제시하는 것을 병치라고 합니다.

특히 소설에서는 두 인물이나 사건을 나란히 제시하여 독자들에게 새로운 판단을 해 보게 하는 기법이 자주 쓰입니다. 예를 찾아볼까요? 다음은 김창협의 「착빙행」이라는 한시를 해석한 것입니다.

설달에 한강이 처음 꽁꽁 얼어붙자

천 사람 만 사람이 강 위로 나와서는

쩡쩡 도끼 휘두르며 얼음을 깎아 내니

은은한 그 소리가 용궁까지 울리누나

깎아 낸 층층 얼음 흡사 설산과도 같아

쌓인 음기 싸늘히 뼛속까지 스며드네

(…)

유월이라 푹푹 찌는 여름 고당 위에서는

미인이 고운 손으로 맑은 얼음을 전해 주니

칼로 내리쳐서 좌중에 고루 나눠 주면

햇살 쨍쨍한 공중으로 하얀 눈발 흩날리네

온 당 안이 더운 줄 모르고 즐거워하지만

얼음 깨는 수고로움을 그 누가 말해 주랴

— 김창협, 「착빙행」 중에서

위 시가에서 앞부분은 섣달(음력 12월로 양력으로 하면 1월쯤의 한겨울이죠.) 꽝꽝 언 한강에서 얼음을 채취하는 백성들의 모진 고생을 보여 주고 있습니다. 아랫부분엔 유월(음력 6월이면 양력 7, 8월 정도의 한여름이죠.) 무더위 속에서 얼음을 먹으며 즐거워하는 양반들의 모습이 그려졌네요. 두 장면은 배경이 되는 계절, 등장하는 사람들의 신분, 전체적 분위기가 아주 대조적입니다. 이렇게 대조적인 두 장면을 연결하는 소재가 있으니 바로 '얼음'입니다. 작가는 이처럼 한겨울 백성의 고단함과 한여름 양반들의 행락을 나란히 보여 주면서 메시지를 전달합니다. 유월 땡볕에 고운 손과 흩날리는 얼음 가루만 보여 주었으면 결코 몰랐을 사실, 즉 양반들의 호의호식好衣好食은 백성들의 고통에서 온 것이라는, 부당한 현실 고발이 두 장면의 병치를 통해 드러난 것입니다. 정신이 올바른 양반들이라면 이 시가를 읽고 나서는 여름에 얼음 먹기를 삼가지 않았을까요?

🔍 #나란히_병 #두다_치 #함께_놓고_새로운_의미를 #대조 #현실_고발 #하나만_봤선_몰라요

034

부각

돋보이게 하려고
한번 준비해 봤어!

문학 작품 안에서 작가의 의도를 잘 파악하면 작품을 이해하기 쉬워집니다. 작가가 자신의 의도를 제대로 알리기 위해 어떤 방법을 쓰고 있는지까지 파악한다면 여러분은 작품에 대한 좋은 지도를 손에 넣은 것이죠. 좋은 지도는 최고의 길잡이입니다! 문학 작품에서 작가들이 자신의 사상이나 감정을 잘 드러내기 위해 어떤 기법을 사용하는지 알아볼까요?

여러분, 여기 손톱만 한 하얀 동그라미가 있습니다. 이 동그라미를 눈에 잘 띄게 하고 싶습니다. 그러면 동그라미 주변을 무슨 색으로 칠해야 할까요? 비슷해 보이는 밝은 노란색이 좋을까요, 아니면 정반대로 검정색을 칠하는 게 좋을까요? 그렇지요. 흰 동그라미의 주변에 검정색을 칠하면 하얀 동그라미가 쏙 올라와 보이고 눈에 확 띄게 됩니다. 이것이 부각입니다. 문학에서 부각을 어떻게 이해하면 좋을지 살펴봅시다.

봄날이 따뜻하여 뻐구기가 보채거늘

동편 이웃 쟁기 얻고 서편 이웃 호미 얻고

집 안에 들어가 씨앗을 마련하니

올벼 씨 한 말은 반 넘게 쥐 먹었고

기장 피 조 팥은 서너 되 부쳤거늘

춥고 주린 식구 이리하여 어이 살리

— 정훈, 「탄궁가」 중에서

농기구 하나 변변한 게 없어서 빌려 써야 하는 가난한 화자의 넋두리죠? 화창한 봄날이 온 것을 보고 이웃에 사정하여 겨우 농기구를 갖추고 농사를 시작하려 하는데, 보관해 두었던 곡물 씨앗을 쥐들이 먹어 버려 다시 가을이 온다고 해도 가족들을 배불리 먹이기 어려워진 상황입니다. 이 시가에서 작가가 말하는 핵심이 무엇일까요? 다음에서 한 번 골라 보세요. 첫째, 봄이 온 풍경과 기쁨. 둘째, 비참한 화자의 처지. 어떤 것을 골랐나요? 이 장면에서 화자가 말하고 싶은 핵심은 두 번째입니다. 화자는 배고프고 힘든 처지의 가장입니다. 얄미운 쥐들이 그 귀한 씨앗, 볍씨를 반도 넘게 훔쳐 먹었습니다. 겨우내 배고파하는 아이들이 안쓰러워도 광에 있는 볍씨와 곡물들을 먹지 않고 참았던 이유는 이것을 봄에 뿌려 다음 가을에 수확한 쌀로 아이들을 잘 먹여 주겠다는 희망 때문이었습니다. 그런데 인정사정없는 쥐들이 부잣

집 광 대신 이 가난뱅이의 쌀을 털어먹었네요. 당장 뿌릴 씨앗이 적어졌고 그러면 덩달아 다음 가을에 수확할 것이 적어지고 아이들은 또 굶주리게 될 것입니다. 희망이 와르르 무너지는 순간이죠.

화자의 비참한 처지를 두드러지게 하기 위해 작가가 사용한 장치는 무엇일까요? 전달하려는 핵심부터 쓰는 대신, 밝고 생동감 넘치는 봄의 모습을 먼저 그려 내고 그 뒤에 화자의 희망이 무너지는 과정을 보여 주어 화자의 비참함이 더욱 두드러지게 했습니다. 봄의 분위기와 상반된 화자의 처지를 함께 제시하여 독자들에게 화자의 비참한 마음에 더욱 공감하도록 말이지요.

대상이나 의미를 부각하기 위해서 사용하는 표현은 여러 가지가 있어요. 몇 가지만 살펴볼까요?

과장법: 산더미 같은 밥을 다 먹었다.
- 밥이 많다는 것을 부각하기 위해 실제를 부풀려서 '산더미 같다고 표현

반복법: 정말, 정말, 정말 미안해.
- 미안한 마음의 진정성이 두드러져 보이도록 '정말'이라는 말을 반복

열거법: 여기는 벽도, 천장도, 의자도, 책상도, 침대도 모두 흰색
이다.
- 온통 하얗다는 것을 부각시키기 위해 하얀 것들을 일일이 나열

도치법: 죽어도 아니 눈물 흘리오리다.
- 절대로 울지 않겠다는 마음을 부각시키려고 문장의 순서에 변화

억양법: 그 애가 좀 눈치가 없고 시끄럽긴 하지만 마음은 참 따
뜻하고 좋은 아이지.
- 좋은 아이라는 것을 부각시키기 위해 반대로 단점부터 시작

작품에서 어떤 부분이 특별히 눈에 띈다면, 그것은 곧 작가가
그 부분을 강조하고 싶었다는 뜻입니다. 이를 위해 다양한 표현
기법을 활용하는 거고요. 작가가 여러분에게 주는 지도를 놓치지
말고 잘 살펴보세요.

Q #뜰_부 #새길_각 #두드러저 #처지 #상반 #제시 #과장법 #반복법 #열거법 #도치법 #억양법

035

부정적

그렇지 않아, 옳지 않다고!

부정적이란 말의 사전적 의미는 크게 '「1」 그렇지 아니하다고 단정하거나 옳지 아니하다고 반대하는 것, 「2」 바람직하지 못한 것'으로 나눌 수 있습니다. 첫 번째 의미는 어떤 상황이나 대상을 향한 관점 혹은 태도라고 볼 수 있어요. 두 번째 의미는 대상 그 자체의 속성을 의미하는 것이고요. 문학은 물론 비문학 글의 감상에서도 이 두 가지 의미가 모두 활용됩니다. 글의 인물이나 상황에 대해 작가 또는 독자가 부정적인 관점이나 태도를 가질 수도 있고, 글에 등장하는 인물이나 대상 혹은 그 상황 자체가 부정적인 것, 즉 바람직하지 못한 것일 수도 있지요. 따라서 글을 읽을 때는 이 둘을 잘 구분해서 보아야 합니다.

2019년 수능 국어에서는 고전소설 「임장군전」을 다룬 문제가 출제되었습니다. 글에 드러난 부정적인 상황에 대한 독자의 반응이나 태도를 묻는 것이었죠. 지문에는 구국 영웅인 임경업 장군이 간신 김자점에 의해 고초를 겪는 장면이 다음과 같이

[A], [B]로 제시되었습니다.

> [A] 경업이 사은하고 퇴궐할 새, 자점은 궐문 밖에 나와 심복 수십 명을 매복하였다가, 경업이 나옴을 보고 불시에 달려들어 난타하니, 경업이 아무리 용맹한들 손에 촌철이 없는지라. 여러 번 맞아 중상하매 자점이 용사들을 분부하여 경업을 옥에 가두고 금부로 가니라.
> [B] 차시, 경업이 자점에게 매를 많이 받아 천명이 진하게 되매 분기대발하여 신음하다 죽으니, 시년 사십팔 세요, 기축(己丑) 9월 26일이라.

장면 [A]와 [B]에는 부정적 인물인 김자점에 의해 임경업 장군이 결국 죽음에 이르게 되는 부정적인 상황이 제시되었습니다. 부정적 상황이란 이처럼 부당한 현실, 권력의 횡포, 인간성의 황폐 등 옳지 않거나 바람직하지 못한 상황을 의미하지요. 이 장면에 대해 38번 문항은 다음과 같은 〈보기〉를 제시합니다.

〈보기〉
『임장군전』을 읽은 당시 독자층은 책의 여백과 말미에 특정 대목에 대한 자신의 생각을 적은 다양한 필사기를 남겼다. '식자층'은 "대역 김자점의 소행이 혐오스러워 붓을 멈춘다."라는 시각을 나타내거나 "잡혔으나 가히 아프고 괴로우며 애석하네." 라며 경업에 대한 안타까움을 드러냈다. 한편 '평민층'은 "슬프다, 임 장군이여. 남의 손에 죽으니 어찌 천운이 아니랴."라며 숙명론적인 반응을 보이거나, "조회하고 나오는 것을 문회의 무사로 박살하니 그 아니 가엾지 아니리오."라는 안타까운 반응을 남기거나. "사람마다 알게 하기는 동국충신의 말임에 혹 만민이라도 깨달아 본받게 함이라."라는 필사를 남겼다.

『임장군전』에 대한 〈보기〉의 필사기들은 작품에 대한 당대 독자들의 작중 상황과 인물에 대한 다양한 반응과 태도를 보여 줍니다. 특히 "대역 김자점의 소행이 혐오스러워 붓을 멈춘다." 라는 부분은 부정적 인물인 김자점에 대한 당대 독자들의 부정적 인 태도를 잘 드러냅니다. 수능 문제에는 이처럼 부정적 대상이 나 상황, 그리고 그것에 대한 작가나 독자의 태도를 묻는 문제가 자주 출제됩니다. 대상에 대한 작가의 관점이나 태도가 부정적인 경우, 이는 작품의 전체적인 표현 양식이나 주제에도 많은 영향 을 미치니 꼭 눈여겨보도록 해요.

🔍 #바람직하지_못해 #관점 #태도 #속성 #인물 #상황 #부담한_현실 #권력 #인간성 #주제

036

사건의 내막

겉으로는 드러나지 않지
속 내용을 살펴야 해!

여러분, 혹시 〈꼬리에 꼬리를 무는 그날 이야기〉라는 TV 프로그램을 알고 있나요? 저는 〈꼬꼬무〉라고도 불리는 이 프로그램의 애청자랍니다. 이야기 전달 방식이 정말 마음에 들기 때문인데요. 꼬꼬무에서는 한 사건을 세 명의 이야기꾼의 관점에서 재조명하여 이야기 친구에게 일대일로 전달합니다.

세간에는 잘 알려지지 않은 사건의 내막을 특정한 인물의 시각에 따라 파헤쳐 나가는 과정은 탐정 소설처럼 흥미롭습니다. 역사 교과서나 신문에 딱 한 줄로 표현된 '그날'을 심도 있게 재조명한 구성 방식도 몰입도를 높여 주지요. 그러나 제가 이 방송을 좋아하는 제일 큰 이유는 '그날에 대해 당신은 어떻게 생각하십니까?'라며 시청자 스스로 생각할 여지를 준다는 점입니다.

저는 이러한 방식이 소설과 무척 닮았다고 생각합니다. 여러분이 잘 알고 있다시피 모든 소설에는 특정한 사건이 등장합니다. 그리고 그 사건은 중심인물과 주변 인물, 또는 중심인물과 그를 둘러싼 세계 간의 갈등을 중심으로 전개되죠. 이 갈등이 어떤 식으로 전개되고 또 해결되는지는 작가가 독자에게 전달하고자 하는 주제와 밀접하게 관련됩니다. 또 서술자의 시점에 따라 이 야기는 전혀 다른 방식으로 펼쳐지기도 해요. 때로 작가는 사건을 독자에게 있는 그대로 친절하게 전하는 대신 사건의 내막을 감추는 방식을 쓰기도 합니다. 내막은 '겉으로 드러나지 아니한 일의 속 내용'을 의미하는데요, 때로 작가는 독자가 사건의 내막을 작중 상황을 통해 스스로 파악하도록 이야기를 전개하기도 합니다. 이는 독자가 더욱 적극적으로 이야기에 몰입하게 해 주는 효과가 있습니다.

이청준 작가의 「소리의 빛」이라는 소설을 읽어 보셨나요? 이 작품은 이청준의 『남도 사람』 연작 중 하나로 판소리를 매개로 우리 민족이 지닌 한의 정서가 예술적으로 격상되는 모습을 보여 줍니다.

어떤 사내가 주막에서 소리하는 눈먼 여자를 만나게 되고, 이 둘은 이내 서로 어우러져 여자는 소리를 하고 사내는 북장단을 칩니다. 두 사람은 이러한 행위로 서로의 한을 승화시키는데, 여기까지가 표면적으로 드러난 이야기입니다. 그런데 이 작품에는 또 하나의 숨겨진 이야기가 있습니다. 사실 여자를 찾아온 사내는 눈먼 여자의 오라비였습니다. 좀 더 정확하게는 서로 아버지는 다르고 어머니는 같은 사이였어요. 사내의 어머니는 여자를 낳은 뒤에 숨을 거두었고, 남자는 이 때문에 소리꾼 아비를 증오하게 되었습니다. 이후 소리꾼 아비는 사내와 여자에게 소리를 가르치며 떠돌게 되었고, 소리를 하는 운명에서부터 벗어나고 싶었던 사내는 어느 날 소리꾼 아비와 어린 누이를 버려두고 도망칩니다. 그러자 소리꾼 아비는 자기 딸도 사내와 같이 소리를 하지 않고 도망칠까 두려워 딸의 눈을 일부러 멀게 하는 비정한 선택을 했었지요. 그 후 오랜 세월이 흘러 사내와 그의 누이인 눈먼 여인이 주막에서 재회하게 된 것입니다.

작가는 이러한 사내와 눈먼 여인의 관계에 대해 직접 설명하는 대신 두 인물의 행동과 말을 통해 독자가 사건의 내막을 짐작하게 이끕니다. 그리고 이 두 사람이 왜 서로의 존재를 알면서도 모른 척했는지, 서로에게 어떤 감정을 가졌는지 등을 독자 스스로 생각해 보게 합니다. 이 질문에 대한 답은 독자마다 다르겠지요? 이처럼 동일한 사건의 내막을 서로 다른 관점에서 바라보고 해석해 보는 것, 이것이 소설 읽기의 즐거움이 아닐까요?

Q   #안_내 #장막_막 #속_내용 #구성_방식 #중심인물 #주변_인물 #관점 #세계 #주제 #서술자

상관관계와 인과관계

관련성이 있으면 상관
원인과 결과라면 인과

상관관계는 두 변수 간에 어떤 관련이 있음을 나타내는 통계적인 개념입니다. 상관관계는 −1에서 +1까지의 값으로 표현되는데, 하나의 변수가 증가할 때 다른 변수도 함께 증가하는 경우를 양의 상관관계, 하나의 변수가 증가할 때 다른 변수가 감소하는 경우를 음의 상관관계라고 한답니다. +1에 가까울수록 강한 양의 상관관계, −1에 가까울수록 강한 음의 상관관계, 0에 가까우면 상관관계가 거의 없거나 약하다고 볼 수 있습니다. 예를 들어 신장(키)과 발 크기는 양의 상관관계, 온도와 난방비용은 음의 상관관계, 발 크기와 도서관 방문 횟수는 상관관계가 0이거나 0에 가까울 겁니다.

상관관계가 두 변수 간에 어떤 관련성이 있음을 보여 주는 개념이라면, 인과관계는 한 변수가 다른 변수에 직접적인 영향을 주는, '원인과 결과'의 관계임을 나타내는 개념입니다. 한 예로, 많은 연구에서 담배 흡연과 폐암 간에 강한 인과관계가 있다는 결론을 도출했는데요. 이때 흡연은 폐암 발병의 확률을 증가시키는 원인으로 두 변수는 인과관계를 가집니다. 지난겨울, 기록적인 폭설로 인해 잇따라 항공기가 결항된 적이 있었습니다. 폭설, 폭우 등의 '기상 조건 악화'와 '항공기 결항' 두 변수 역시 인과관계로 볼 수 있겠죠?

상관관계를 인과관계로 혼동하는 오류를 종종 범하는데요. 상관관계가 곧 인과관계를 의미하지는 않습니다. 한 예로 아이스크림 판매량과 익사 사고 발생 건수를 들 수 있어요. 무더위가 기승을 부리는 여름에는 아이스크림 판매량이 많아질 수밖에 없죠. 이와 동시에 여름이면 바다, 계곡, 워터파크 등으로 피서를 가서 물놀이를 즐기는 사람이 많아지고, 물놀이를 즐기는 인구가 늘어나다 보니 그만큼 익사 사고 발생 건수도 많아집니다. 날이 더워질수록 아이스크림 판매량이 증가하고 익사 사고의 발생 건수가 늘어난다면 두 사건 간에는 상관관계가 있다고 볼 수 있습니다. 그렇다고 해서 아이스크림을 먹는 것이 익사 사고를 유발한다고 말할 수 있나요? 두 사건은 여름철 자주 발생할 수 있는 현상으로 상관관계는 있지만 인과관계는 아니랍니다.

상관관계는 단순히 두 변수 간의 연관성을 나타냅니다. 그런데 이를 인과관계로 잘못 해석한다면 어떻게 될까요? 원인을 잘못 파악했기 때문에 그 원인을 해결하기 위한 해결책 또한 잘못 내려질 수 있습니다. '아이스크림 판매량'과 '익사 사고 발생 건

수'는 여름철에 많이 발생하는 현상이지만, 한 현상이 다른 현상을 유발한 원인이라고 볼 수 없습니다. 만약 이 상관관계를 인과관계로 혼동한다면, '익사 사고를 줄이기 위해 아이스크림 판매를 중지해야 해!'와 같은 말도 안 되는 해결 방안이 도출될 수 있겠지요. 상관관계의 또 다른 예로 키와 체중을 들 수 있습니다. 키가 클수록 체중이 더 많이 나갈 확률이 높으므로 두 변수는 일정 정도 상관관계가 있습니다. 하지만 키가 크다고 해서 반드시 체중이 더 많이 나간다거나, 반대로 체중이 많이 나간다고 해서 반드시 키가 큰 것은 아니기 때문에 인과관계라 말할 순 없습니다.

상관관계를 인과관계로 혼동한 채로 의사결정을 내린다면 더 큰 오류를 범할 수 있습니다. 그러므로 두 변수, 요인 간의 인과관계를 확인하려면 다양한 통계적 방법을 사용해야 합니다.

#서로_상 #관계_관 #인하다_말미암다_인 #실과_열매_과 #관련성 #영향 #의사결정 #통계

상징

표면적, 그 너머의 의미

여러분은 무슨 띠인가요? 저는 호랑이띠인데요, 어릴 때 빨리 호랑이띠 해가 되었으면 하는 바람으로 만 12세가 되기를 기다렸던 기억이 납니다. 왠지 좋은 일이 잔뜩 일어날 것 같았거든요. 2025년은 '푸른 뱀의 해'로 청색을 의미하는 '을'과 뱀을 의미하는 '사'가 만난 을사년乙巳이지요. 2024년은 푸른색의 '갑', 용을 의미하는 '진'이 만난 갑진년甲辰年, 즉 청룡의 해였습니다. 상상 속의 동물인 용이 이렇게 십이지十二支의 동물에도 들어가고, 고대 문명의 발상지인 이집트·바빌로니아·인도·중국 등의 신화나 전설에서 중요한 제재로 등장했다니, 참 놀랍지요? 상상 속 동물이기에 민족이나 시대에 따라 그 모습이나 기능 면에서는 차이가 있습니다. 그러나 공통점도 확실하죠. 대개 거대한 뱀의 형상을 한, 초자연적인 능력을 지닌 동물로 용을 표현하니 말입니다. 원시종교에서는 뱀을 부활과 재생의 힘을 지닌 동물로 신격화하였는데요. 시간이 지나면서 이를 형상화한 것이 '용'이 되었다고 보기도 합니다. 우리 민족의 여러 이야기에도 용이 자주 등장해요. '개천에서 용 난다'와 같은 관용적 표현에도 종종 사용되고요. 특히 승천하는 용의 형상은 희망과 포부를 상징합니다. 어떤 구체적인 사물이나 동물, 혹은 형상에 추상적인 관념, 사상, 가치 등을 덧입혀 나타내는 것을 상징이라고 합니다. 문학에서는 이러한 상징적 표현들이 아주 많이 사용됩니다. 명시적으로 드러낼 때는 그 의미를 정확히 전달할 수 있지만, 드러나 있는 내용 외에 다른 것들로 해석하기 어려울 때도 있죠. 상징적 표현을 사용하게 되면 함축적이고 간결한 표현만으로도 다양한 의미를 전달할 수 있습니다. 또 표면적인 의미 너머에 있는 깊이 있는 내용을 전달할 수 있고, 다양한 관점에서 해석할 가능성도 생겨서 독자의 몰입도를 높여줄 수 있어요. 수업 시간 도입부에 선생님께서 오늘은 '여러분의 다양한 생각을 풀무질하는 시간'이라고 언급한다면 '풀무질'이라는 표현에 수업 내용이 더 궁금해지지 않을까요? 처음부터 오늘은 교과서 2단원, 글쓰기 수업을 진행한다고만 하셨다면 따분하게 생각하는 친구들도 있었을 거예요. 상징은 다양하게 해석될 수 있다는 점에서 독자들의 호기심을 불러일으킵니다.

예를 들어 '문'은 여닫이 시설이므로 '개방', '소통' 등을 상징하기도 하지만, '문이 닫혔다.'와 같은 문장에선 '폐쇄', '단절', '차단' 등을 나타낼 수 있습니다. 또 '마침내 작가로서의 문이 열린 것이다.'와 같은 문장에서는 시작을 의미하기도 하죠.

기왓장마다 푸른 이끼가 앉고 세월은 소리없이 쌓였으나 문은
상기 닫혀진 채 멀리 지나가는 바람 소리에 귀를 기울이는 밤이
있었다. (…) 유달리도 푸른 높은 하늘을 눈물과 함께 아득히 흘
러간 별들이 총총히 돌아오고 사납던 비바람이 걷힌 낡은 처마
끝에 찬란히 빛이 쏟아지는 새벽, 오래 닫혀진 문은 산천을 울
리며 열리었다. (…)
— 김종길, 「문」 중에서(2024년 수능 국어 영역 출제)

이 작품에서 '문'은 어떤 상징적 의미로 쓰였을까요? '푸른
이끼'가 앉고 '세월'이 쌓였다는 표현에서 쇠퇴하고 있는 모습을
보여 줍니다. 그리고 '문'은 '닫힌 채' 바람 소리에 귀를 기울인다
고 표현하고 있네요. 여기서 '문'이 닫혔으니 '폐쇄되었구나'라고
단정 짓기보다 '귀를 기울이는 밤이 있었다.'에 주목해 보면 어
떨까요? 쇠퇴하고 있는 역사 속에서 무언가를 해 보려고 하는 모
습이 보이지요? 특히 뒤이어 '유달리도 푸른 높은 하늘', '흘러간
별'이 돌아오고 '사납던 비바람'이 걷히고 있는 새벽, '오래 닫혀
진 문'이 '산천을 울리며 열리'고 있잖아요. 그러니 위에서의 닫
혀 있는 문은 쇠퇴하는 역사 속에서도 자신의 자리를 굳게 지키
며, 오랜 세월 모진 풍파를 이겨냈음을 상징해요.

상징은 크게 세 가지로 나누어 볼 수 있어요. ① 개인적 상징
은 작가가 자신만의 독특한 의미를 부여한 것, ② 관습적 상징은

특정 사회나 집단에서 오랫동안 널리 사용되어 온 것입니다. 우리나라에서 불길함을 상징하는 까마귀를 영국에서는 행운으로 받아들인다는 점에서 각 사회와 집단마다 차이가 있다는 것을 알 수 있어요. ③ 원형적 상징은 특정 사회나 집단을 뛰어넘어 인류 전체가 사용하는 것이에요. 예를 들어 불이 파괴, 소멸, 상승의 의미를 갖는다면 물은 정화, 재생, 순환, 하강 등 인류의 되풀이되는 삶의 경험 속에서 공통적 의미로 인식되죠. 자주 쓰이는 상징적 표현과 그 의미를 알아두면 작품을 해석할 때 많은 도움이 되기도 합니다. 하지만 작가마다 사회마다 다르게 사용되기도 하고, 또 같은 표현이라도 문맥에 따라 그 상징적 의미는 다르게 해석될 수 있어요. 따라서 제일 중요한 것은 작품을 읽을 때 문맥을 통해 그 의미를 파악해야 한다는 점이겠지요?

Q #모양_형상_상 #구체화 #추상적 #구체적 #표현 #함축적 #해석 #개인적 #관습적 #원형적

039

색채 이미지

색깔, 형태, 모습, 움직임 등을 떠오르게 해

"저는 지금 함박눈이 내리는 곳에서 눈을 맞고 있습니다."

이 문장을 읽으면서 여러분은 무엇을 떠올렸나요? '겨울 왕국', '꼬마 눈사람', '첫눈 내리는 날 거리에서 마이크를 잡은 기자' 등 다양한 이미지들이 있을 겁니다. 그렇다면 이번엔 4월 초, 여의도 윤중로의 벚꽃 축제를 떠올려 봅시다. 어떤 그림이 그려지나요? 저는 '핑크빛 거리', '설렘 가득한 데이트'가 떠올라요. 우리의 오감은 어떤 단어나 문장을 접할 때 자동으로 여러 인상들을 떠올리게 마련입니다. 그동안의 축적된 경험을 바탕으로 말이에요. 이 장에서는 그중 색채 이미지에 대해서 이야기해 보려고 합니다. 색채는 말 그대로 물체가 빛을 받을 때 나타나는 특유한 빛입니다. 색채어는 색깔이나 빛깔을 나타내는 말이고요. 그래서 색채어가 활용되었다고 하면 여러분들이 알고 있는 색깔이 표현되어야 해요. 영어로 'red'인 이 색은 우리말로 매우 다양하게 표현할 수 있습니다. 붉은색, 빨간색, 홍색, 적색 등 같은 범주에 속하는 색채어를 사용해서요. 그런데 '사과', '딸기', '산수유 열매' 등의 어휘도 앞에서 표현한 것과 유사한 이미지들을 자동으로 떠오르게 하죠? 이는 색채 이미지라고 표현합니다. 즉 '색채어'는 색깔이 직접적으로 드러나는 어휘, '색채 이미지'는 색깔의 이미지를 떠올리게 하는 표현들을 말합니다. 그러면 '시각적 이미지'는 무엇일까요? 시각적 이미지는 형태나 모습, 움직임, 색깔 등 눈으로 그릴 수 있고 보아서 상상할 수 있는 모든 것을 아우릅니다. 그러니까 시각적 이미지가 가장 큰 범위로군요. 색채어, 색채 이미지를 모두 포함하잖아요. 예를 들어 볼게요.

흰 벽에는 ──
어련히 해들 적마다 나뭇가지가 그림자 되어 떠오를 뿐이었다.
(…) 단청은 연년(年年)이 빛을 잃어 두리기둥에는 틈이 생기고,
(…) 기왓장마다 푸른 이끼가 앉고 (…) 문은 상기 닫혀진 채 멀리 지나가는 바람 소리에 (…) 주춧돌 놓인 자리에 가을풀은 우거졌어도 봄이면 돋아나는 푸른 싹이 살고, 그리고 한 그루 진분홍 꽃이 피는 나무가 자랐다. (…) 유달리도 푸른 높은 하늘을 눈물과 함께 아득히 흘러간 별들이 (…)
— 김종길, 「문」 중에서(2024년 수능 국어 영역 출제)

이 시에도 여러 색채어가 사용되었는데요. 함께 살펴볼까요?

'흰 벽', '푸른 이끼', '푸른 싹', '진분홍 꽃', '높고 푸른 하늘' 같은 단어들을 보세요. '흰', '푸른', '진분홍'이라는 색채어가 쓰였어요. 또한 '그림자', '가을풀' 같은 단어는 직접적으로 색깔을 표현하진 않았지만 여러분의 머릿속에도 어떤 색채 이미지가 떠오르지 않나요? '그림자'는 검정색, 진회색 등의 색깔이, '가을풀'은 누런색, 혹은 갈색의 잎이 떠오르죠. 그러고 보니 '그림자'의 어두운 이미지는 '흰 벽'과, '가을풀'은 '푸른 싹'과 색채 대비를 보여 주네요. 이번에는 '나뭇가지가 그림자 되어 떠오를 뿐이었다', '단청은 연년이 빛을 잃어 두리기둥에는 틈이 생기고', '문은 상기 닫혀진 채', '주춧돌 놓인 자리', '가을 풀은 우거졌어도'와 같은 표현들에 주목해 보세요. '떠오르다', '빛을 잃다', '틈이 생기다', '문이 닫혀 있다', '주춧돌이 놓여 있다', '우거져 있다'처럼 형태나 움직임을 떠오르게 하는 시각적 이미지가 사용되었어요. 이 시는 대상을 여러 방식으로 이미지화하여 쇠락한 현실을 극복하고 새로운 세상을 맞이하는 감격을 느러내고 있습니다.

10,000가지 이상의 색을 시스템으로 체계화한 색채 전문 기업 팬톤에서는 매년 올해의 컬러를 선정하는데요. 단순히 색상만 선정하는 것이 아니라 해당 색상이 주는 이미지를 함께 제시합니다. 이 색상은 일 년간 전 세계의 트렌드를 이끌어 가죠. 2023년의 색은 '비바 마젠타'로, 팬데믹 시대의 장기화한 경기 침체 속 불안과 불확실성을 극복할 역동적 컬러라고 발표했습니다. 2024

년의 색은 부드럽고 온화한 복숭아 톤의 '피치 퍼즈'였고, 2025년의 색은 '모카 무스'라고 합니다. 따뜻하고 깊이 있는 브라운 톤으로 초콜릿과 커피가 주는 풍부한 매력을 떠올리게 합니다. 역사 교과서에서 조선시대 왕의 어진을 본 적이 있죠? 대부분의 왕들은 붉은 곤룡포를 입고 있어요. 서양권의 루이 16세, 나폴레옹이 붉은 옷을 입고 있는 초상화도 쉽게 떠올릴 수 있죠. 빨강은 권위, 신성함을 상징하는 색이었기에 동서양을 막론하고 왕들이 가장 사랑했던 색이었나 봅니다. 애니메이션 〈인사이드 아웃〉에 등장하는 다섯 가지 감정도 각 캐릭터에 고유의 색깔로 표현되었어요. '기쁨joy'이는 노란색으로 표현되어 밝고 긍정적인 에너지를 주는 역할을 했죠. '슬픔sadness'이는 파란색으로 표현되어 우울, 슬픔의 감정을 표현했고요. '버럭anger'이는 격렬하고 열정적인 빨간색, '소심fear'이는 신비롭고 경계심을 유발하는 보라색, '까칠disgust'이는 혐오감과 불쾌감을 드러내는 초록색으로 표현하여 주인공 라일리의 감정을 효과적으로 표현했어요. 이렇듯 색채어들은 단순히 색깔 그 자체만을 의미하지 않습니다. 여러 의미와 이미지를 내포하지요. 여러분은 어떤 색으로 표현되고 싶나요? 주위 친구들이 여러분들을 어떤 색깔로 기억하길 바라는지 궁금합니다.

#빛깔 #심상 #인상 #어휘 #의미 #시각적 #트렌드 #초상화 #상징색 #에너지 #감정 #표현

서사
의미가 있는 사건의 흐름

서사란 이어지는 행위들을 언어로 옮겨 놓는 글의 양식을 말합니다. 국어사전에는 '사실을 있는 그대로 적음'이라고 풀이되어 있는데요, 그런 점에서 본다면 사건이 일어났을 때, 이것을 취재하면서 기자가 쭉 옮겨 적어 놓은 글이나 아픈 환자를 관찰하면서 그 경과를 기록한 간호사가 쓴 일지도 서사입니다. 하지만 단순한 사건의 나열만을 서사라고 부르지 않습니다. 사건들이 하나의 흐름을 가지고 의미가 있는 이야기로 완성되어야 비로소 서사라고 불립니다.

문학에서의 대표적인 서사는 현실이 아니라 작가의 머릿속에서 일어난 사건들을 예술적으로 재연한 글인 소설이지요. 소설은 실제 일어난 일이 아닌 것을 독자가 '실제 일어난 일처럼' 느끼도록 생생하게 만든 이야기입니다. 생생한 느낌을 살리기 위해 구체적인 시간과 공간을 설정하고 그에 맞는 세밀한 장치들을 만듭니다. 그 시대와 지역, 시간에 딱 맞는 거리 풍경, 옷차림, 사투

리, 행동, 풍속, 날씨 등 다양한 장치를 통해 소설 속 사건들을 생생한 이야기로 엮습니다. 소설의 서사 구조를 시간적 순서로 나열해 보면, 발단-전개-위기-절정-결말의 순서로 이어지는 것이 가장 일반적이지요. 좀 더 풀어서 설명해 볼게요. 인물과 배경이 소개되는 도입 부분에서 주요 사건들이 벌어지기 시작하고, 인물들의 캐릭터가 차츰 드러나면서 인물들 간의 갈등이 높아지다가, 절정에 다다르는 과정에서 독자의 흥미와 집중도가 올라갑니다. 그러다가 모든 사건의 해결과 함께 갈등이 확 꺾여 다시 평지 상태에 이르게 되는 결말에서 독자는 감동과 깨달음을 얻게 됩니다. 발단에서 결말까지의 갈등 정도를 그래프로 그리면 아래 그림과 같습니다. 이런 구조는 독자에게 흥미를 끌면서 인물들의 행동에 공감하고 여기에 비추어 자신의 인생을 돌아보며 감동을 느끼는 데 가장 편리한 구조라고 할 수 있지요.

서사는 소설을 비롯해 소설의 모태가 된 신화, 전설, 민담과 같은 산문에서 주로 나타나는 대표적인 문학 양식입니다. 그러나 압축적인 문학 형식인 시에서도 서사적 성격이 드러날 수 있습니다. 서사를 중심으로 삼는 서사시가 그 대표적인 예입니다. 물론 이외의 시들 속에도 일정한 서사성이 담겨 있지요. 서사시는 아주 오래 전, 군중에게 이야기를 음악에 실어 들려주던 형태에서 출발했는데요, 이는 거의 모든 문화권에 존재하는 형태입니다.

> 왕이 해모수의 왕비인 것을 알고 / 이에 별궁에 두었다
> 해를 품고 주몽을 낳았으니 / 이 해가 계해년이었다
> 골상이 참으로 기이하고 / 우는 소리가 또한 심히 컸다
> 처음에 되만 한 알을 낳으니 / 보는 사람들이 깜짝 놀랐다
> 왕이 상서롭지 못하다 / 이것이 어찌 사람의 종류인가 하고
> 마구간 속에 두었더니 / 여러 말들이 모두 밟지 않고
> 깊은 산 속에 버렸더니 / 온갖 짐승이 모두 옹위하였다 (…)
> ― 이규보, 「동명왕 편」 중에서

위 시는 건국 신화를 시가로 만든 영웅서사시입니다. 하늘의 신인, 천제의 아들 해모수가 이 땅에 내려왔다가 강의 신인 하백의 딸 유화를 만나서 사랑을 나누게 되고, 해모수가 떠난 후 유화는 아이를 가진 채, 아버지에게 쫓겨나 떠돌게 됩니다. 북부여의

금와왕이 우연히 유화를 만나 사연을 듣게 되어 궁으로 데려왔는데, 신기하게도 유화가 알을 낳았습니다. 금와왕이 괴이하게 여겨 길에 알을 버리니 동물들이 해치지 않고 오히려 보호하였답니다. 이 기이한 현상을 보고 알을 다시 유화에게 돌려주니 얼마 후 알에서 주몽이 탄생하였는데 골격과 생김새가 남다르고 재주가 뛰어났답니다. 그러나 뛰어난 능력을 시기한 금와왕의 왕자들에게 쫓겨서 주몽은 남쪽으로 도망가 나라를 세우게 되는데, 그가 바로 고구려의 시조 동명왕입니다.

「동명왕편」은 동명왕의 탄생과 국가 건립을 노래한 한문 서사시입니다. 하늘의 신과 물의 신의 피를 함께 이어받았다고 전해지는 동명왕에 얽힌 신비한 이야기는 고구려인들에게 자신의 국가와 조상에 대한 호감도와 자부심을 높여 주었겠죠? 물론 영웅 서사는 왕의 이야기에만 있는 것이 아닙니다. 굿할 때 무당이 부르는 무가巫歌 역시 영웅 서사를 보여 줍니다. 다음은 「바리데기」라는 서사 무가의 일부입니다.

이봐라 딸이냐 공주더냐, 아기를 여기에 데려와 보자.
아이고, 대비 마마여 공주를 탄생했나이다.
그 말을 듣더니마는 그 자리에서 기절하여 또 넘어간다.
아이고, 답답해라. 아이고 답답해라. 아이고 아이고 아이고 내
팔자야. 내 팔자야 내 신세야.

공 들여 낳은 자식 딸이란 웬 말인고?
— 서사 무가, 「바리데기」 중에서

바리데기는 비록 공주라는 귀한 신분으로 태어났지만 일곱 번째 딸로 태어나는 바람에 무정하게 버려집니다. 그래서 이름도 바리데기이지요. 버려진 공주는 동명왕처럼 짐승들이 보호해 주었고, 어떤 할머니 할아버지에게 구출되어 목숨을 부지합니다. 그러다 15세에 자신을 버린 아버지 왕이 죽을 병에 걸린 것을 듣고 지옥까지 가서 불사약을 구해와 아비를 살립니다. 그러고 나서는 죽은 이들을 위한 신이 되지요. 이 시가는 죽은 영혼을 위로하고 저승으로 인도하는 제사에서 무당이 부르는 무가입니다. 단지 딸이라는 이유로 처참히 버려지고 그러고도 무한한 희생을 감내하는 한국 여성들의 '한'이 응축된 서사 무가예요. 당시 무당들이 부르는 노래 속 바리데기 인생 서사에 수많은 여성이 슬픔의 눈물을 흘리는 한편으로 신격으로 승화되는 결말에서 위로를 받았을 것입니다. 이렇게 서사는 이야기를 통해 특정 사건과 인물을 깊이 이해하고 공감할 수 있게 해 주며 이를 통해 스스로를 돌아보게 하고 교훈과 위로를 주는 최고의 거울이자 친구이고 선생님이 되어 준답니다.

🔍 #글_글자_문장_서 #역사_시 #글의_흐름 #재연 #이야기 #현장감 #신문 #시 #신격화 #교훈

선경후정

먼저 경치를 보여 주고
정서를 드러내 볼래

선경후정先景後情은 한자 뜻 그대로 '경치를 먼저 보여 주고 그다음에 화자의 감정이나 생각을 제시하는 방법'을 말합니다. 중국에서 흔히 한시를 창작할 때 선경후정의 기법을 사용하지요. 화자의 정서를 드러내기 전에 화자를 둘러싸고 있는 자연이나 사물의 모습을 먼저 묘사하는 것입니다. 한시의 창작기법에 영향을 받아 우리나라에서도 선경후정에 따라 시상을 전개한 작품이 많답니다. 선경후정에 대해 직접적으로 묻는 문제가 수능에서 출제된 적이 있습니다. 함께 살펴볼까요?

해ㅅ살 피여
이윽한* 후,

머흘 머흘
골을 옮기는 구름.

길경(桔梗)** 꽃봉오리
흔들려 씻기우고.

차돌부리
촉 촉 죽순(竹筍) 돋듯.

물 소리에
이가 시리다.

앉음새 갈히여
양지 쪽에 쪼그리고,

서러운 새 되어
흰 밥알을 쫓다.

— 정지용, 「조찬(朝餐)」(2015년 수능 국어 영역 출제)

　　* 시간이 지난, ** 도라지

　작품명인 '조찬'은 손님을 초대해서 함께 먹는 아침 식사를 뜻합니다. 화자가 누군가를 초대해서 함께 아침 식사를 하는 내용일까요? 그런데 작품을 읽어 봐도 화자 이외에 손님으로 보이는 대상은 좀처럼 찾아볼 수 없네요. 총 7연으로 이루어진 이 작품은 크게 두 부분으로 나누어 볼 수 있는데, 전반부인 1~4연에는 화자가 바라본 자연 풍경이 담겨 있습니다. 햇살이 피어오르고, 조금 전까지 비를 뿌린 듯한 구름은 산과 산 사이 너머로 멀어지고 있으며, 도라지꽃은 흔들리며 빗방울에 씻긴 듯하고, 돌에 물방울이 톡톡 튀어 오르는 모습은 마치 죽순이 돋는 모습과 같다고 묘사했습니다. 전반부에서 자연 풍경을 그렸다면 후반부에서는 화자가 느끼는 감각과 정서가 드러나기 시작합니다. 물 흐르는 소리에 이가 시리다며 볕이 잘 드는 양지에 쪼그려 앉은 화자는 자신을 '서러운 새'라고 표현했어요. 아름다운 풍경 속에서 홀로 아침 식사를 하는 화자에게서 왠지 모를 외로움과 쓸쓸함이 느껴집니다. 일제강점기에 창작되었다는 점을 고려하면, '서러운 새'는 일제에 대항하지 못하는 초라하고 서글픈 자신의 처지를 형상화한 것이라고 이해할 수도 있습니다. 이처럼 시상을 전개할 때 자연 풍경의 모습을 먼저 담고, 그 후에 화자의 정서를 표현하는 방식을 선경후정이라고 합니다. 오늘 하루 중 여러분의 기억에 남는 풍경이 있나요? 여러분 눈에 비친 풍경이 어땠는지 그리고 그 풍경을 바라보며 어떤 감정을 느꼈는지 한번 이야기해 보세요. 그것이 바로 선경후정이랍니다.

🔍 #먼저_선 #경치_경 #뒤_후 #뜻_정서 #화자 #한시 #시상_전개 #감각 #감정을_형상화하죠

042

설의적 표현

질문하는 것 같지만
뜻을 강조하려는 거야

여러분은 평소에 아침 식사를 하는 편인가요? 가장 좋아하는 음식은 무엇인가요?

위와 같은 질문에 여러분 모두 속으로나마 대답했을 거예요. 첫 번째 질문엔 '네' 또는 '아니요'로, 두 번째 질문엔 여러분이 가장 좋아하는 음식을 떠올렸을 것입니다. 이처럼 보통의 의문문은 듣는 사람에게 특정 대답을 요구합니다. 그런데 아래와 같은 상황에서는 이야기가 조금 달라져요.

친구1: 수행평가 준비할 게 너무 많아. 내일 세 개나 있어….
친구2: 나도 마찬가지야. 나 오늘 잠은 잘 수 있을까?

친구2의 마지막 말은 의문문의 형식이지만 그렇다고 해서 상대방에게 특정 대답을 요구하는 것은 아닙니다. '오늘 (수행평가 준비하느라) 잠자긴 글렀다.'라는 뜻을 전달하고 있는 거죠. 이처럼 물음의 형식을 빌려 자신이 하고 싶은 말을 더욱 강조해서 전달할 수 있는데, 이와 같은 표현이 문학 작품에서 쓰일 때 이를 설의적 표현, 또는 설의법이라고 합니다. 2020년 수능에 출제되었던 작품과 선택지를 바탕으로 좀 더 살펴볼까요?

동쪽 언덕 밖의 크나큰 넓은 들에

넓고 누런 들판이 한 빛이 되어 있다

중양절이 가깝구나. 물놀이 하자꾸나

붉은 게 여물고 누런 닭이 살쪘으니

술이 익었으니 벗이야 없겠는가

농가의 흥미는 날마다 깊어가는구나

산여울 긴 모래에 밤불을 밝히니

게 잡는 아이들이 그물을 흩어 놓고

후두포(항구) 먼 굽이에 밀물이 밀려오니

돛단배의 뱃노래는 고기파는 장사로다 (…)

경치도 좋은데 생활이 괴롭겠는가

— 신계영, 「월선헌십육경가」 중에서 (2020년 수능 국어 영역 출제)

「월선헌십육경가」는 작가가 79세가 되던 해에 벼슬을 그만 두고 고향인 충남 예산으로 돌아와 쓴 작품입니다. 자기 집인 '월선헌'에서 지내며 주변의 16경관을 그린 작품이죠. 넓은 들판은

곡식이 모두 여물었는지 누런색을 띠고, 닭도 한껏 살이 올랐습니다. 말 그대로 결실의 계절, 가을을 맞이하여 집집마다 흥이 넘쳐흐릅니다. 아이들은 게를 잡기 위해 그물을 펼치고, 바다에서 고기를 잡는 돛단배에서도 노랫소리가 한창입니다. 풍요로운 결실, 아이들의 여유로운 놀이 장면, 생업의 현장에서 느껴지는 현장감 등 화자는 전원생활을 이야기하며 '경치도 좋은데 생활이 괴롭겠는가'라고 묻습니다. 하지만 이때의 물음은 특정 대답을 요구하는 물음이 아닌, '경치가 이렇게나 좋으니 이곳에서의 생활이 괴로울 리 없다.'라는 뜻을 전달하는 것이지요.

해당 작품에 대한 설명으로 적절하지 않은 것을 고르는 문항이 출제됐었는데(2020 수능 22번 문항), '생리라 괴로오랴(생활이 괴롭겠는가)'는 전원생활에서의 즐거움, 만족감을 설의적 표현을 바탕으로 드러낸 것이기에 선택지 ⑤번 '전원생활의 여유를 즐기면서도 생업의 현장에서 느끼는 고단함을 '생리라 괴로오랴'와 같은 설의적인 표현으로 드러냈군.'이 정답이 되었지요. 의문문의 형식을 띠었다고 해서 모두 물음에 해당하는 건 아니라는 사실, 잊지 말아요!

🔍 #내세우다 #의심_의문_의 #의문문을_이용하지만 #대답이_필요한_건_아니야 #강조할_뿐

043

성찰

지난 일을 되돌아보며
깊이 반성하고 살피다

"성찰하지 않는 삶은 살 가치가 없다."

고대 그리스의 철학자 소크라테스가 한 말입니다. 동시대의 철학자이자 수학자였던 피타고라스는 매일 같이 자기 삶을 성찰하며 하루를 마무리했다고 해요. 성찰의 중요성을 강조하며 "하루의 행동을 오늘 한 일이 무엇인지, 할 일을 빠뜨린 것은 없는지, 규칙에 어긋난 것은 없는지 등 세 가지 측면에서 생각해 보되, 생각해 보지 않았으면 잠들지 말라."라는 말을 남겼습니다. 소크라테스와 피타고라스는 왜 이토록 성찰을 강조했을까요?

성찰이란 지나간 일을 되돌아보며 반성하는 것입니다. 성찰은 회고 또는 회상과는 달라요. 단순히 과거의 일을 돌이켜 생각하는 것을 회고 또는 회상이라고 한다면, 성찰은 회고, 회상에서 한 걸음 더 나아가 과거의 일에 어떤 잘못이나 부족함이 없었는지 생각해 보며 반성하는 행위도 포함합니다. 우리는 누구나 살면서 수많은 잘못과 실수를 저지릅니다. 자신이 어떤 잘못을 저질렀는지 인식하지 못할 때도 많은데요. 잘못을 바로잡고 실수를 반복하지 않으려면 자신이 저지른 잘못과 실수를 정확하게 인식하는 것이 선행되어야 합니다. 더 나은 사람이 되기 위한, 더 바람직한 삶을 살기 위한, 더 좋은 사회와 세상을 만들기 위한 첫 단계인 셈이지요. 이것이 우리의 삶에 성찰이 필요한 이유입니다.

이 글을 읽고 있는 여러분 모두, 잠시 책을 내려놓고 오늘 하루를 성찰해 보는 건 어떨까요? 이런 사소한 과정이 쌓이다 보면 오늘보다 성장한 내일의 '나'를 만나게 될 것입니다.

Q #살피다_깨닫다_성 #살피다_알다_찰 #반성하고_살피내 #발전의_계기 #제대로_인식해야_해

세속적
거스르기도 힘들어
세상의 풍속을 따를래

누군가에게 반하는 순간을 '큐피드의 화살을 맞았다.'라고 이야기합니다. 큐피드는 로마 신화에 나오는 사랑의 신으로 대개 나체에 날개가 달리고 활과 화살을 가진 아이 모습으로 그려집니다. 로마 신화의 쿠피도Cupido, 아모르Amor, 그리스 신화에 나오는 사랑의 신 '에로스Eros'. 이 신들의 이름은 라틴어와 고대 그리스어에서 모두 욕망esire이라는 뜻을 지니고 있습니다.

'에로스'는 본래 고대 그리스 세계에서 '사랑'이라는 관념 그 자체로 쓰였다고 합니다. '인간의 애욕을 초월하는 절대적인 사랑'을 의미하던 에로스라는 표현이 요즘은 육체적 사랑, 관능적인erotic의 의미로 대치되었죠. 그리스 신화의 세계가 그리스도교를 기반으로 한 세계로 대체되면서 사랑을 통칭하는 표현은 아가페적 사랑으로 바뀌었고, 에로스는 육체적 사랑을 의미하게 되었습니다. 실제로 영어 사전을 찾아보면 'erotic'은 '에로틱한', '성적인'이라는 의미를 담고 있어요. 상반되는 의미인 정신적 사랑은 '플라토닉 사랑'으로 표현합니다.

이런 욕망과 떼놓을 수 없는 말이 바로 세속이에요. 인간의 욕망은 끝이 없습니다. 사전은 '욕망'이라는 단어를 "부족을 느껴 무엇을 가지거나 누리고자 탐함. 또는 그런 마음"이라고 풀이하는데요. 인간은 대개 더 가지고 싶어 하고, 더 먹고 싶어 하고, 더 알고 싶어 하면서 살아갑니다. 끊임없이 무엇인가를 '더' 추구하죠. 이번에는 사전에서 세속적을 찾아볼게요. "세상의 일반적인 풍속을 따르는 것"이라는 풀이 뒤에 반의어로 '종교적', '초월적'이라는 단어가 나옵니다. 뭔가 경지가 느껴지는 단어들이죠?

어떤 사람들은 자신의 종교에 따라, 즉 도교, 기독교, 불교 등 다양한 종교적 이념에 따라 모든 것을 초월한 상태에 이르기를 희망합니다. 우리가 잘 아는 문학 작품 중에도 그런 바람들을 다룬 것이 많습니다. 유교적 가치와 도교사상을 중시했던 고전 문학에서는 특히 이런 내용을 쉽게 찾아볼 수 있는데요. 비단 고전문학만 그런 것은 아닙니다. 갖은 욕망이 넘쳐 나는 세속적인 사회를 다룬 현대문학에서도 종종 찾아볼 수 있습니다.

우리가 살고 있는 현실 세상에서는 욕망을 초월하기가 쉽지 않아요. 아주 사소한 물질적인 것부터 높은 정신적인 단계에 이르기까지, 모두 말입니다. 그래서 초월을 꿈꾸는 작품 속 인물들은 주로 자연에 거주하고 싶어 하거나 자연에 살고 있는 경우가 많아요.

2022년 수능에 출제된 김관식의 「거산호2」를 같이 볼게요.

(…)

장거릴 등지고 산을 향하여 앉은 뜻은

사람은 맨날 변해 쌓지만

태고로부터 푸르러 온 산이 아니냐.

고요하고 너그러워 수(壽)하는 데다가

(…)

— 김관식, 「거산호 2」 중에서(2022년 수능 국어 영역 출제)

'태고부터 푸르러 온', '고요하고 너그러운', '겸허한' 산을 이 야기하고 있어요. 이 산을 사랑하고, 평생 산을 보고 배운다고 말합니다. 그래서 화자는 '장거릴' 등지고 '산'을 향하여 앉아 있나봅니다. '맨날 변해 쌓는' 사람들이 시끌벅적한 '장거리'는 이 시에서 '세속적' 욕망, 이해관계가 넘치는 곳으로 볼 수 있어요.

환몽 구조가 드러난 대표적 작품, 김만중의 소설 『구운몽』이야기를 해볼까요? 주인공인 '성진'은 승려로서 불도를 수행하던 중, 용왕의 권유로 마신 술에 의해 세속적인 욕망에 눈을 뜨게 됩니다. 돌아오는 길에 아름다운 팔선녀들을 만나고, 이들과 희롱을 주고받으며 속세의 삶을 부러워하게 됩니다. 초월적인 것으로 볼 수 있는 승려로서의 삶은 지루하게 느껴진 것이죠. 결국 성진, 그리고 그와 희롱을 주고받던 팔선녀 이 아홉 인물은 인간 세상으로 환생하는 벌을 받게 됩니다. 이들은 각각 인간 세상에서 부귀영화를 누리다 문득 인생무상을 느끼고 불교에 귀의하기로 합니다. 이 순간 이 아홉 인물은 꿈에서 깨어 현실로 돌아오게 되죠. 그러고는 인간 세상에서의 욕망, 부귀영화는 결국 구름과도 같은 헛된 일임을 깨닫게 됩니다. 소설 제목에 나오는 '구름'처럼 욕망은 결국엔 사라지는 것이죠. 우리가 꿈꾸는 세속적인 욕망도 잡힐 것 같지만 어쩌면 절대 잡을 수 없는 뜬구름 같은 것이 아닐까요?

045

소시민

왜 이렇게 비겁하고
이기적인 사람이 많을까?

우리나라의 근대화는 아픈 과정이었습니다. 내 나라 내 땅에 태어나 살고 있는데, 우리 나라를 침략한 일본에 의해 삼등 시민으로 취급받으며 온갖 서러움과 모멸을 겪었죠. 그런데 이게 웬일입니까? 일본이 최고 힘센 나라인 줄 알았는데 어느 날 갑자기 그들이 다 없어지더니 다른 외국 세력들이 들어와 우리 땅에서 싸움을 벌이는 거예요. 그 바람에 일제강점기 민족을 배신한 사람들을 정리하기도 전에 우리 민족끼리 반으로 갈라져 전쟁하며 삼 년을 보내게 되었고, 그 결과 전 세계에서 가장 가난하고 살기 힘든 나라가 되어 있었습니다. 농업 소출은 보잘것없고, 자원이랄 것도 산업이라 할 만한 것도 없었습니다. 이런 세상을 살아 내면서 사람들은 어떤 의식을 가지게 되었을까요? 일제강점기 이전의 도덕관념과 오래 이어졌던 신분 제도가 끝이 나면서 정의라고 믿었던 일들이 사실 아무것도 아니라는 것을 깨닫게 되었습니다. 그 결과 이 땅에 가장 보편화된 인간 유형이 소시민입니다. 자신의 이득을 위해 힘센 사람들의 비리에 눈을 감고 오히려 그들에게 아첨하여 자신의 이득을 취할 기회를 노리며 타인의 고통과 사회 정의에는 무신경한, 무기력하고 비주체적인 인간형이죠.

우리나라 문학계에 소시민이라는 개념을 정착시킨 작품은 이호철의 소설 「소시민」입니다. 이 소설은 한국전쟁 당시의 부산을 배경으로 물질만능주의를 추구하는 자본주의 사회 속에서 비겁한 소시민이 어떤 방식으로 형성되는지를 사실적으로 그려냅니다. 이 소설 속 제면소(국수공장)의 사람들은 모두 자기만의 이익과 고집 속에 살고 있으며 내면은 모두 나약하고 나름의 아픔을 가진 보잘것없는 인간들입니다. 이 소설에서 소시민들이 비겁하고 이기적인 태도를 보이는 이유는 오직 하나 곧 '살아남기'입니다. 그렇기에 이들의 이기적인 행동을 칭찬할 수는 없지만 무조건 비난할 수도 없어요. 그 시대는 생존 자체가 가장 어렵고도 중요한 문제였으니까요. 한국 현대 소설에서 소시민은 처음에는 허약하고 탐욕스러운 인간형으로 묘사되었습니다. 그러나 시간이 흐르면서 본질적으로는 마음이 약하고 선량하지만 시대적 현실에 떠밀려 이기적으로 살아가는 존재로 변화해 갑니다. 이를 형상화한 대표적 작품이 윤흥길의 「아홉 켤레의 구두로 남은 사나이」입니다.

권 씨는 여전히 일자리를 구하지 못한 채였다. 일정한 직장이 없으면서도 아침만 되면 출근 복장을 차리고 뻔질나게 밖으로 나가곤 했다. 몸에 붙인 기술도, 그렇다고 타고난 뚝심도 없으면서 계속해서 공사판 같은 데 나가 막일을 하는 눈치였다. "동주운아, 노올자아!" 하고 둘이 합창하듯이 길게 외치면서 일단 안방까지 들어오는 데 성공한 권 씨의 아이들은 끼니 때가 되어도 막무가내로 버티면서 문간방으로 돌아가지 않는 적이 자주 있게 되었다. 문간방의 사정이 심상치 않다는 징조였다.

— 윤흥길, 「아홉 켤레의 구두로 남은 사나이」 중에서

위 소설의 제목이 재미있지요? 수능(2016학년도)에 '1970년대 한국 소설에는 산업화 과정에서 공동체적 유대감이 파괴되고 개인주의가 팽배하면서 그 사이에서 고민하게 되는 소시민'이 등장한다고 소개된 소설입니다. '나'는 교사를 하면서 셋방살이를 전전하다 무리하여 집을 한 채 마련했지만 형편이 여의찮아 방을 하나 세놓은 소시민이에요. 그런데 그 방에 세 들어온 '권 씨네'의 형편도 좋지 않습니다. 권 씨는 원래 출판사에 다니면서 가족을 위해 살던 평범한 직장인인데요, 집을 마련하려고 철거민 입주권을 사는 과정에서 어려움이 발생하여 같은 처지의 사람들과 항의하기 위해 시위하러 갔다가 불법 시위 주모자로 몰리는 바람에 감옥을 다녀오고, 결국 직장과 가진 것을 모두 잃게 되었습니다. 게다가 경찰들에게 요주의 인물로 감시를 받고 있어 새 직장

을 구하지도 못하는 형편이에요. 아내는 셋째까지 임신한 상황이고요. 계속 집세도 밀려서 집주인이긴 하나 그리 넉넉한 형편이 아닌 '나'와 나의 아내에게 걱정을 끼치고 있습니다. 결국 임신한 아내를 병원에 데려가 위독한 지경에 이르지만 돈이 없어 수술을 못 하자 권 씨는 집주인인 '나'에게 아내 수술비를 빌리려고 합니다. 하지만 권 씨가 돈을 갚지 못할 것을 뻔히 아는 '나'는 이를 거절하지요. 그날 밤 권 씨는 강도가 되어 얼굴을 가리고 '나'의 집을 침입하죠. 권 씨는 자신이 원래 배울 만큼 배운 지식인이라는 자존심이 있기에 남들에게 아쉬운 소리하며 돈을 빌리는 것도 잘 못하지만, 경험이 없어 강도질도 아주 서툽니다. 결국 권 씨는 강도질에 실패한 뒤 마지막으로 '대학 나온 사람'이라는 말로 자존심을 세우고는 집을 나가 버립니다. 그러고는 돌아오지 않아요. 권 씨나 집주인인 '나'나 하나같이 착하고 평범한 사람들이었지만 자신의 가정과 양심을 지키는 일은 어렵기만 합니다. 아이들이 배를 곯고 아내가 위급한 상황에서도 도와달라고 막무가내 내달리지 못하는 권 씨와 타고난 착한 마음씨를 가졌지만 대책 없이 이웃을 돕기에는 내 가족, 내 집안이 우선인 '나', 모두 소시민입니다. 급속한 근대화 과정에서 만들어진 소시민들의 애환이 잘 담긴 소설이지요?

🔍 #작을_소 #노동자와_자본가_사이 #살아남기_위한 #근대화 #애환 #무능 #본질 #소생산자

046

순응

상황을 바꾸려고 하기보다는
내가 환경에 잘 적응해 볼게!

벼룩 실험 이야기, 들어 본 적 있나요?

곤충학자인 로스차일드 박사는 벼룩으로 아주 흥미로운 실험을 진행했어요. 10cm 정도 되는 높이의 유리병에 벼룩을 넣고 뚜껑을 닫은 후 벼룩의 행동을 관찰합니다. 벼룩은 자기 몸의 50배에서 100배 이상 뛰어오를 수 있을 정도로 놀라운 점프력을 가졌기에 사실상 마음만 먹으면 10cm 유리병쯤이야 가뿐하게 뛰어넘을 수 있는 능력자입니다. 하지만 박사가 뚜껑을 닫아 놓은 탓에 벼룩은 점프할 때마다 유리병 뚜껑에 부딪혔어요. 아무리 힘차게 뛰어올라도 유리병에서 벗어날 수 없는 상황이었습니다. 몇 분 정도 지난 뒤 박사는 유리병 뚜껑을 열어 주었어요. 하지만 유리병을 뛰어넘어 밖으로 나온 벼룩은 단 한 마리도 없었어요. 왜냐고요? 이미 벼룩은 변화된 자신의 환경에 적응해서 10cm보다 더 높이 뛰어오르지 않았기 때문입니다.

실험 속의 벼룩처럼 자신에게 주어진 상황 또는 환경에 적응해서 따르는 것을 순응이라고 해요. 만약 벼룩이 유리병 속에 갇힌 상황에 순응하지 않았다면 벼룩은 계속해서 유리병 뚜껑에 부딪히는 고통을 받으며 살아야 했겠죠? 벼룩 역시 자기 삶을 잘 살아가기 위한 하나의 방법으로 순응을 선택한 겁니다. 벼룩 실험 이야기만 하면 마치 순응하는 삶의 태도가 주어진 환경에 굴복하는, 부정적인 삶의 태도로 비칠 수 있는데요, 하지만 절대 그렇지 않습니다.

진시황의 이야기를 잠깐 해 볼게요. 옛날 중국의 진시황은 영원한 삶을 꿈꾸며 불로장생을 이루어 준다는 전설의 풀, 불로초를 애타게 찾았습니다. 죽는 그 순간까지도 말이죠. 꽃이 피면 시들고, 아침에 밝게 떠올랐던 태양도 저녁이 되면 지는 것처럼, 인간 역시 태어나면 언젠가는 죽음을 맞이하는 것이 자연의 순리인데요. 진시황은 인간의 힘으로는 도저히 바꿀 수 없는 자연의 순리를 마지막까지 거부했던 사람입니다. 거꾸로 생각해 보면 순응하지 않은 탓에 살아 있는 동안 끝없이 죽음이라는 공포에 사로잡혀 고통스러운 삶을 산 인물이기도 하지요. 주어진 상황을 받아들이고 따랐다면 그의 삶은 어땠을까요?

우리 모두 각자에게 주어진 상황과 환경이 있습니다. 때로는 주어진 상황에 맞서 새로운 길을 개척해 나가는 도전 정신과 용기가 필요한 순간도 있습니다. 그저 인류가 주어진 환경에 순응하기만 했다면 그 어떤 발전과 혁신도 이루지 못했을 겁니다. 하

지만 또 어떤 때는 주어진 상황에 잘 적응하며 순응하는 삶의 태도가 요구되기도 하죠.

여러분은 무엇에 순응하고, 무엇에 맞서고 싶어요?

#적응해_따르다 #따를_순 #응할_응 #살아가기_위한_방법 #굴복하는_것만은_아니죠 #발전

시간

문학은 시간을 담아 둔
타임캡슐

문학에서 시간의 설정은 아주 중요합니다. 시대 배경이 언제인지에 따라 문화와 사회 제도, 정치적 상황, 풍습, 인물의 사고나 행동 패턴 등이 결정되니까요. 이러한 점들이 서로 정교하게 맞물려 돌아가지 않으면 작품의 가치는 크게 떨어집니다. 예를 들어 조선 중기를 배경으로 쓴 소설인데 인물들 간의 신분 관계가 드러나지 않는다거나 인물이 사용하는 언어가 지금과 동일하거나, 당시의 생활상이 그 시대와 다르게 묘사된다면, 십중팔구 고증이 잘못된 작품으로 비난받을 것입니다.

1994년에 개봉한 스티븐 스필버그의 명작 〈쉰들러 리스트〉는 나치의 유대인 학살을 막아 보려 애썼던 독일인 사업가, '쉰들러'의 이야기를 생생하게 그려 낸 영화입니다. 감독은 다른 독일인들과 달랐던 당시 쉰들러의 삶을 보여 주려고 했습니다. 그래서 그때 그 장소를 거의 그대로 재현하고, 당시 입었던 옷과 언어는 물론 세세한 소품에 이르기까지 영화의 정교함을 살리기 위해 당시로서는 놀라울 정도의 거액을 투자했다고 합니다. 감독이 이 토록 노력한 이유는 무엇일까요? 그 시대를 사실적으로 그려 냄으로써 당시 유대인이 겪은 고통과 두려움을 후대의 우리가 경험하기를 바랐기 때문이겠죠. 감독 자신이 유대인이기도 하지만 민족을 넘어서서 인간이 인간을 학살하는 역사의 오류를 반복해서는 안 된다는 교훈도 전하고 싶었을 테고요. 우리가 일제강점기나 한국전쟁 같은 아픈 시간을 배경으로 하는 예술을 계속 창작하고 감상해야 하는 이유도 그것입니다.

계절과 같은 시간적 배경은 한 인간의 성장과 관련된 의미를 보여 주기도 합니다. 김유정의 「동백꽃」이라는 소설은 아직 2차 성징이 시작되지 않은 어리숙한 소년과 사춘기가 먼저 시작되어 사랑에 눈뜬 옆집 소녀 '점순이'의 좌충우돌 애정일지입니다. 이들의 발달 단계 차이는 거칠게 갈등을 일으키고 여러 문제를 만들지만 결국 아찔한 동백꽃(이 소설의 노란 동백꽃은 강원도에서 생강나무꽃을 가리키는 것으로, 봄에 향이 굉장한 나무랍니다.) 향기 속에 둘이 포개져 쓰러지는 마지막 장면을 통해 사랑이 꽃피는 봄에 이르렀음을 보여 줍니다. 또한 황순원의 소설 「소나기」는 이제 막 사춘기로 접어드는 시골 소년이 도시에서 온 병약한 소녀를 만나 아름답고 슬픈 첫사랑을 경험하게 되는 이야기인데요. 이 소설도 첫사랑을 다루고 있지만 시간적 배경으로는 여름, 특히 소나기가 내리는 계절로 설정되어 있어요. 소나기는 예기치 못한 때에 거센 빗줄기를 뿌리지만 곧 거짓말처럼 개어 버린다는 특징이 있지요? 이때를 시간 배경으로 한 것은 소나기처럼 짧고 강렬한 첫사랑의 특성을 보여 주면서 원숙한 가을로 접어들기 전에 뜨거운 여름과 같은 청춘을 지나가야 한다는 인생의 진리를 보여 주려는 의도도 있습니다.

　시간적 배경은 작가가 가진 곤란한 문제를 해결하기도 합니다. 권력자에게 잘못된 점을 지적하고 싶지만 그랬다가는 여러 가지 문제가 발생할 수 있기에 작가들은 종종 현재의 일을 과거의 일로 꾸며서 이야기를 만들어요. 신라 때 현명하고 나이 많은 신하 설총이 있었습니다. 그는 신문왕이 아첨하는 달콤한 말에 현혹되어 충신의 말을 듣지 않게 되는 것을 걱정했지요. 그렇다고 이런 생각을 그대로 직언하면 왕이 건방지다고 노할 수도 있잖아요? 현명한 설총은 왕이 거부감 없이 자신의 충고를 받아들이도록 옛날 아주 먼 옛날 꽃나라 왕 이야기를 들려주어 스스로 깨닫도록 해 주었답니다. 이것이 설총이 지은 「화왕계」 이야기입니다. 아주 옛날이야기이니 왕은 경계심 없이 설총의 말에 귀를 기울였다가 큰 깨달음을 얻을 수 있었던 것이지요.

　이야기를 전할 때, 시간을 구체적으로 제시할수록 사실성이 부각됩니다. 우리는 특정 이야기를 들을 때 자세한 설명이 더해질수록 진짜라고 믿는 경향이 있습니다. 문학 작품에서도 특정한 시간을 좁혀서 설명하면 사실성이 강화되지요. 자, 여러분이 작가가 되어 어떤 이야기를 사람들이 진짜처럼 생각하게 만들려고 하면 어떻게 시작하겠어요? 첫 번째 그냥 '옛날에', 두 번째 '옛날 조선시대에', 세 번째 '조선시대 세종 5년에'. 그렇죠, 가장 구체적인 세 번째가 가장 사실로 느껴지는 시작이죠.

제시하는 방법만이 아니라 시간 자체의 특성도 작품의 분위기를 형성하는 데 큰 영향을 줍니다. 여러분이 시인이라면, 참혹하고 어려운 시절을 보여 주려 할 때 아침, 낮, 밤 중에서 어느 시간적 배경을 선택하겠어요? 그렇죠, 밤이 가장 잘 어울리겠지요? 반대로 희망찬 시간을 말할 때는 새벽이나 아침을 택하겠지요. 이처럼 시간은 문학 작품에서 아주 중요한 의미를 갖는답니다.

#때 #동안 #사이에 #시점 #시대 #역사 #배경 #특성 #성격 #고민 #사실성 #분위기 #의미

시간의 역전
과거 장면으로
시간 여행을 해 볼까!

여러분은 혹시 돌아가고 싶은 과거의 순간이 있나요? 며칠 전 친구들과 대화하면서 돌아가고 싶은 순간을 이야기했는데요, 다들 대학교 1학년 시절을 손에 꼽았습니다. 입시 부담과 스트레스에서 벗어나서 가장 푸릇푸릇한 청춘을 보냈기 때문인가 봐요. 여러분도 입시 스트레스가 가득한 시간을 뛰어넘어 대학교 1학년으로 혹은 초보 사회인으로 점프하고 싶지요?

요즘 드라마나 영화를 보면 시간 여행을 소재로 한 것들이 많습니다. 소설이나 드라마, 영화, 웹툰 등 각종 매체에서 시간을 되돌리거나 먼 미래로 가는 이야기를 다루는 이유는 무엇일까요? 아마도 '시간을 되돌리는 일'만큼은 현실에서는 절대 불가능하기 때문일 겁니다. 그러니 역으로 생각하면 '절대 불가능한 일'을 다루는 창작의 짜릿함은 그 무엇과도 비교할 수 없겠죠. 소설은 픽션입니다. 아무리 현실적인 이야기라도 또 실제 사건을 모티프로 했다고 해도 어디까지나 픽션이에요. 픽션, 즉 이야기는 작가의 상상력을 빌려 만들어진, 제법 그럴듯한 허구의 세상 속에 우리들의 소망을 담아내곤 합니다. 자신이 원하는 이상적인 모습의 주인공, 염원하던 일의 성공, 불행을 딛고 일어서는 일 등처럼요. 시간을 되돌리고 싶은, 미래의 우리 모습을 들여다보고 싶은 소망도 픽션을 통해 담아내는 것이라고 생각해요.

> 성기가 다시 자리에서 일어나게 된 것은 이듬해 우수(雨水)도 경칩(驚蟄)도 다 지나, 청명(淸明) 무렵의 비가 질금거릴 무렵이었다. (…) 아들의 미음상을 차려 들고 들어온 옥화는 성기가 미음 그릇을 비우는 것을 보자 이렇게 물었다.
> "아직도, 너, 강원도 쪽으로 가 보고 싶냐?" / "……"
> 성기는 조용히 고개를 돌렸다.
> "여기서 장가들어 나랑 같이 살겠냐?" / "……"
> 성기는 역시 고개를 돌렸다.
> 그해 아직 봄이 오기 전, 보는 사람마다, 성기의 회춘을 거의 다 단념하곤 하였을 때 옥화는 (…) 자기의 같은 왼쪽 귓바퀴 위의 검정 사마귀까지를 그에게 보여 주었다.
> ― 김동리, 「역마」 중에서 (2012년 평가원 모의고사 외 출제)

김동리의 「역마」 일부분입니다. '성기'가 다시 자리에서 일어나게 된 것은 우수, 경칩이 지난 청명 무렵의 비가 질금거릴 무렴이라고 힌트를 주고 있어요. 즉 성기가 어떤 일을 겪고 회복한 현재 시점은 꽃들이 피는 봄인 거죠. 그런데 아래에는 '그해 아직 봄이 오기 전'이라는 단서가 하나 더 나옵니다. 현재의 시간인 '봄'에서 봄이 오기 전 '과거'를 언급하고 있습니다. 작가는 성기가 어찌할 수 없는 운명에 의해 현실에 순응하고 받아들이게 된 계기를 더욱 효과적으로 나타내기 위해 이렇게 시간의 역전을 활용했을 거예요. 어머니 '옥화'의 이복동생일지도 모르는 '계연'과 사랑할 수 없는 관계임을 깨달은 성기의 감정과 변화 과정을 더욱 극적으로 보여 주는 것이죠.

역전逆轉, 거스를 '역'자와 구를 '전'자를 쓰고 있어요. 즉 시간을 거꾸로 뒤집는다는 것이죠. 역순행적 구성, 역행적 구성도 같은 의미입니다. 2024년 상반기에 화제가 되었던 드라마 〈선재 업고 튀어〉도 시간을 거슬러 돌아가는 이야기입니다. 주인공 '임솔'이 삶의 의지를 놓아 버린 순간, 자신에게 희망을 심어 준 유명 아티스트 '류선재'의 죽음으로 절망하다 시간을 거슬러 가게 되고, 그를 지키기 위해 고군분투합니다. 현재의 장면에서 과거의 장면으로 되돌아가는 역순행적 구성으로, 임솔이 시간을 되돌려 바꾼 사건들을 통해 과연 선재를 살릴 수 있을 것인지에 대한 궁금증으로 많은 이들에게 과몰입을 유발했죠.

하지만 안타깝게도 우리의 현실은 과거로 돌아가 진상을 알게 되어 타인과의 오해를 풀거나 과거의 내 실수를 만회할 기회를 제공하지 않습니다.

실망스러울 수도 있지만, 바로 그렇기 때문에 현재가 더욱 소중하게 느껴집니다. 나태주 시인은 자신의 묘비명을 미리 정해두고, 자식들에게도 우리는 모두 반드시 사라질 '필멸자必滅者'임을 잊지 말라고 하셨대요. 매일 맞이하게 되는 오늘도 사라질 날이 될 테니, 지금 살아 있는 이 순간이 아주 소중한 선물처럼 느껴졌습니다. 여러분도 오늘을 더 의미 있게 보내고 싶은 마음이 들지 않나요?

🔍 #뒤집다 #거스르다 #선회하다 #회귀 #시간_여행 #상상 #이상과_소망 #감정_변화 #오늘

시상

시에 녹아 있는
생각과 감정

언덕과 나무에 눈이 수북하게 쌓여 있습니다. 기울어진 산등성이에는 헐벗은 나무들이 위태롭게 발을 딛고 서 있지요. 쉽사리 끝날 것 같지 않은 깊은 겨울, 이 한겨울의 추위를 뚫고 한 선비가나귀를 타고 다리를 건너려 합니다. 나귀를 탄 선비는 목을 감싸고 허리까지 내려오는 두건을 걸쳤으며 머리에는 방한 모자를 썼어요. 선비는 깊은 생각에 잠긴 듯 고개를 앞으로 쑥 내밀고 몸을잔뜩 움츠렸습니다. 그 바람에 양어깨가 올라가 등이 굽은 사람처럼 보여요. 선비를 등에 태운 나귀는 비틀거리며 겨우겨우 앞으로 나아가고, 그 뒤를 어깨에 책보자기와 거문고를 멘 시동이뒤따릅니다.

심사정의 〈파교심매도〉라는 그림을 한번 묘사해 보았습니다. 어떤가요? 여러분들의 머릿속에도 나귀에 앉은 채 고심하는선비의 모습이 그려지나요? 이 그림은 당나라 시인 맹호연의 에피소드를 그린 작품입니다. 맹호연은 진사 시험에 낙방한 뒤 가난과 고독 속에서 은둔생활을 하며 수많은 시를 남겼는데요, 이른 봄이 되면 매화를 찾아 당나귀를 타고 장안에서 파교라는 다리를 건너 설산으로 떠났다고 합니다. 이 이야기를 근거로 〈파교심매도〉가 그려졌지요. 〈파교심매도〉 속 시를 짓는 맹호연의 이미지는 조선의 문인들 사이에서도 널리 회자되었습니다. 조선 초기 서거정은 「설행도」라는 시에서 '시객의 두 어깨는 산처럼 솟았고, 절뚝거리는 나귀의 외로운 그림자는 눈길에 비틀거리네. 두 글자 퇴고만 일삼는 게 가련하여라, 언 입으로 읊조리다 뼛속까지 춥겠구나.'라고 노래했습니다. 시작時作에 골몰하다 보니 자기도 모르게 어깻죽지가 올라가게 된 가난한 시인의 모습을 선명하게 드러낸 것이지요. 추위도 잊은 채로 나귀 위에 앉아 깊은 생각에 잠겨 있던 시인 맹호연, 그는 과연 어떤 시상時想을 떠올리고 있었을까요?

시에 담긴 시인의 생각이나 감정을 시상이라고 합니다. 시인이 살아가며 접하는 다양한 자연이나 사물, 현상, 인간을 포함한 다양한 생명체 등으로부터 떠오르는 감정이나 생각이 바로 시상이고, 이러한 시상을 형상화한 것이 바로 '시'이지요. 시인은 자기 생각이나 의도를 효과적으로 전달하기 위해 특정한 구조를 사용하며, 이를 '시상 전개 방식'이라고 합니다. 예를 들어 어떤 풍경을 보고 시를 쓴다고 칩시다. 이때 머릿속에 떠오르는 대로 단어나 글귀를 나열하지는 않습니다. 대개 앞부분에는 눈으로 본 경치를 묘사하고, 뒤에는 정서를 표현해요. 이러한 시상 전개 방식은 시인이 말하고자 하는 바와 밀접하게 관련되는데요. 따라서 시상 전개 방식을 파악하며 읽으면 시를 통해 표현하고자 하는 시인의 생각이나 감정을 더욱 잘 이해할 수 있습니다.

나는 나룻배
당신은 행인

당신은 흙발로 나를 짓밟습니다.
나는 당신을 안고 물을 건너갑니다.
나는 당신을 안으면 깊으나 옅으나 급한 여울이나 건너갑니다.
만일 당신이 아니 오시면 나는 바람을 쐬고 눈비를 맞으며 밤에서 낮까지 당신을 기다립니다.
당신은 물만 건너면 나를 돌아보지도 않고 가십니다 그려.
그러나 당신이 언제든지 오실 줄만은 알아요.
나는 당신을 기다리면서 날마다 날마다 낡아 갑니다.

나는 나룻배
당신은 행인

— 한용운, 「나룻배와 행인」(2003년 수능 언어 영역 출제)

이 작품은 화자인 '나'와 '당신'을 '나룻배'와 '행인'의 관계로 설정했습니다. 임에 대한 진정한 사랑을 위하여 희생하고 인내하겠다는 의지를 노래했는데요. 화자는 이와 같은 자신의 의지를 '나는 나룻배 / 당신은 행인'이라는 말을 앞뒤로 배치하여 변치 않는 관계를 강조합니다. 이처럼 시인은 '시상' 즉, 자신의 생각과 감정을 효과적으로 표현하기 위해 소재나 시구 등을 일정한 기준에 따라 배열하여 시의 구조를 만듭니다.

따라서 시를 감상할 때는 시인의 마음에서 비롯된 시상이 어떤 방식으로 펼쳐지는지를 살펴보는 것이 중요합니다. 때로는 눈 덮인 언덕 위 나귀 탄 선비처럼, 때로는 물가에 정박한 나룻배처럼, 시인의 생각과 감정은 사물과 풍경 속에 녹아 있습니다.

다음에 시를 읽게 된다면, 단순히 눈에 보이는 표현만이 아니라 그 속에 담긴 시인의 생각이 어떤 흐름을 따라 전개되고 있는지 주의 깊게 살펴보세요. 시의 구조를 따라가다 보면, 시인의 마음과 한 발짝 더 가까워질 수 있을 것입니다.

🔍 #생각_상 #시에_담긴_상 #시적인_감정 #형상화 #전개_방식 #화자의_의지 #시인의_마음

신이함

우리를 끌어당기는
신기하고 이상한 무언가

여러분에게 슈퍼히어로는 누구인가요? 저는 '아이언맨'을 정말 좋아해서 그가 나오는 영화들을 챙겨 보며 웃고 울곤 했답니다.

여러분에게도 자신만의 최애 히어로가 있나요? 히어로의 시작 지점은 언제인지, 기원은 무엇인지 궁금합니다. 흥미로운 점은 우리에게 친숙한 마블 히어로나 DC 히어로들의 원형을 신화에서 찾아볼 수 있다는 점입니다. 물론 당시에는 히어로라는 말 대신 '영웅'이라고 불렀지만요. '단군 신화', '그리스 로마 신화', '북유럽 신화' 등등 이숙한 신화 속 등장인물들을 떠올려 보세요. 곰에서 사람이 된 단군, 변신술은 물론 시간 이동이 자유로운 천하무적 제우스, 천둥의 신 토르…. 이들은 모두 결정적인 순간에 신기하고도 이상한 능력을 발휘하여 위기에서 벗어납니다. 또 하나 재미있는 점은 이들 히어로의 출생이나 신분이 평범하지 않다는 점입니다. 대표적인 예로 신라의 건국 신화 주인공인 '혁거세'는 출생이 이상하고(알에서 태어남), 홍길동은 무예와 도술에 능하였지만 서얼(어머니가 천민임)의 신분이라는 이유로 출세할 수 없음을 한탄했죠. 결국 홍길동 스스로의 길을 개척하며 이상의 땅 '율도국'을 세웠어요. 『박씨전』의 박씨는 어땠나요? 허물을 벗기 전까지는 흉측한 외모 때문에 남편에게 푸대접을 받지만, 재주와 지혜, 용맹을 갖춘 인물이었죠. 그리고 허물을 벗게 되면서 각종 도술로 용골대를 물리치게 됩니다. 영웅들의 이상한 출생, 또 신기하리만큼 뛰어난 능력, 이를 신이하다고 표현합니다.

꼭 영웅 소설에서만 신이한 요소가 나오는 것은 아니에요. 여러분, 혹시 부모님께서 여러분의 태몽이 무엇인지 알려주셨나요? 태몽은 부모님이 꾸기도 하고 가까운 친척이나 지인이 대신 꾸기도 한대요. 흔히 복숭아, 금두꺼비, 돼지, 잉어, 호랑이 등이 꿈에 나타나면 이를 태몽이라고 봅니다. 2023년 수능에 출제된 작품 『최척전』에도 결혼한 후 자식이 없는 것을 걱정하던 '최척'과 '옥영' 부부가 부처께 기도를 올렸고, 옥영의 꿈에 나타난 '장육금불'이 사내아이를 점지해 주는 장면이 나옵니다. 이후에 두 부부는 정말 아들을 출산했지요. 장육금불은 최척과 옥영에게 도움을 주는 신이한 존재로 볼 수 있습니다.

히어로물 영화 말고도 판타지 소설, 게임 속 가상현실을 좋아하는 친구들 꽤 많죠? 신이한 이야기가 주를 이루었던 고전소설은 현대의 판타지 소설과 꽤 닮아 있습니다. 문학 평론가 최강민은 "우리는 종종 비현실적 환상의 서사에서 당대의 진실을 발견한다. 디지털 문화를 배경으로 한 가상현실의 롤플레잉 게임RPG도 환상소설을 유행시키는 촉매제로 작용한다."라고 했어요. 이런 환상적인 이야기, 가상현실은 혼란스러운 현실로부터 탈출할 기회를 제공해 주는 것이죠. 또 역경을 이겨 내는 인물의 모습을 통해 희망과 용기도 얻게 되고요. 그래서 아주 오래전부터 지금까지 우리는 신이한 이야기들을 계속 보고 싶어 하는 것 같아요.

Q #신기하고도_이상하네 #초능력 #태몽 #판타지 #가상현실 #환상소설 #현실과_가상_사이

심미적
아름다움을 살펴보는 태도

중국의 저명한 미학자이자 교육자인 주광첸은 저서 『아름다움은 무엇인가』에서 삶을 알고자 한다면 주변의 사물을 느끼고 감상하라고 했습니다. 아름다움은 그것을 볼 수 있는 눈을 가졌을 때만 볼 수 있다고 했지요. 우리 주변에 있는 것들을 느끼고 감상하는 자세에 관해 이야기한 거예요. 사물 하나, 풍경 하나에서도 이전에는 느끼지 못했던 진한 여운과 다양한 감정을 발견하는 힘. 사소한 주변의 풍경에서도 아름다움을 느끼는 경험. 이런 것들을 '심미적 인식'이라고 부릅니다. 여기서 심미의 '심' 자는 흔히 떠올리는 깊을 '심深' 자가 아니라 살필 '심審'이랍니다. 즉, 심미審美란 아름다움을 살펴보는 것을 의미하고, 심미적 인식이란 대상의 가치를 아름다움의 측면에서 깨닫는 행위를 의미합니다. 여기서 아름다움이란 단지 예쁜 것만이 아니라 삶의 진실을 담고 있는 모든 것을 의미하는데요. 슬프거나 추한 것, 웃기는 것 등도 모두 아름다움의 대상이 될 수 있습니다. 조금 어렵게 느껴진다고요?

다음 작품을 감상하면서 심미적 인식에 대해 알아봅시다.

> 어린 매화나무는 꽃 피느라 한창이고
>
> 사백 년 고목은 꽃 지느라 한창인데
>
> 구경꾼들 고목에 더 몰려섰다 (…)
>
> 새 진물이 번지는가 개미들 바삐 오르내려도
>
> 의연하고 의젓하다 (…)
>
> 상처 깊은 이들에게는 훈장(勳章)으로 보이는가
>
> 상처 도지는 이들에게는 부적(符籍)으로 보이는가 (…)
>
> ― 유안진, 「상처가 더 꽃이다」 중에서

이 작품은 한창 꽃이 피는 중인 어린 매화나무와 한창 꽃이 지고 있는 사백 년 고목의 모습을 대조하여 표현했습니다. 그런데 웬일인지 사람들은 꽃이 한창인 어린 매화나무보다 울퉁불퉁하고 거친 모습의 고목에 더 관심이 있나 봅니다. '새 진물이 번지는가 개미들 바삐 오르내려도 / 의연하고 의젓하다'라는 표현은 현재도 고통이 지속되지만 이를 이겨 내는 숭고하고 굳건한 고목의 모습을 떠올리게 해 줍니다. 이런 고목 앞에서 사람들은 꽃이 아닌 고목의 '상처'에 주목합니다.

'상처 깊은 이들에게는 훈장勳章으로 보이는가 / 상처 도지는 이들에게는 부적符籍으로 보이는가'라는 구절에서 알 수 있듯이 고목의 상처는 고통을 이겨 내고 살아온 이들에게는 훈장과도 같이 느껴지고, 상처가 심한 이들에게는 그것을 치유해 줄 부적같이 보일 것이라고 시인은 이야기합니다. 이어서 고목의 상처를 쓸어 보고 어루만지기도 하는 사람들의 모습을 통해 고통을 이겨 낸 상처가 더 아름답다는 깨달음에 도달하지요. 이 시에는 고통을 이겨 낸 상처가 꽃보다 아름답다는 시인의 심미적 인식뿐만 아니라 고목을 바라보는 사람들의 심미적 인식도 함께 담겨 있습니다. 상처의 아름다움을 인식하고 고목을 만지며 향기를 맡아 보는 구경꾼들의 모습이 그려지나요? 이런 장면이야말로 삶의 진정한 아름다움을 체험하는 것이라고 할 수 있어요.

노인의 주름 가득한 손을 추하다고 말하는 대신 아름답다고 이야기한다면 그것은 세파를 겪어 낸 한 인생의 노고를 보았기 때문일 거예요. 이처럼 심미적 인식이란 대상에 대한 세심한 관찰을 통해 일어납니다. 참된 아름다움을 분별하고, 이를 통해 삶을 좀 더 깊게 이해하고 성찰하는 심미적 인식은 우리의 삶을 깊고 풍요롭게 만들어 줄 것입니다.

🔍 #살펴_심 #아름다울_미 #살펴서_발견하고_느끼고_깨닫고 #상처도_아름다울_수_있어 #인생

052

심화
감정도 갈등도
점점 깊어지고 있네요

어떤 감정은 처음에는 조용히 마음속에 스며들지만, 시간이 지날수록 더 짙고 깊어집니다. 문학 작품 속 감정이나 갈등도 마찬가지예요. 우리는 이런 과정을 심화深化라고 부릅니다. 사전에서는 '정도나 경지가 점점 깊어지는 것'이라고 설명하고 있지요

수능시험의 문학 〈보기〉에서도 심화라는 단어는 자주 등장합니다. 특히 시에서는 화자의 정서, 소설에서는 인물 간의 갈등이 점차 깊어질 때 사용되지요. 그럼 문학 속에서 감정과 갈등이 어떻게 심화되어 가는지 함께 살펴볼까요?

산산이 부서진 이름이여!
허공 중에 헤어진 이름이여!
불러도 주인 없는 이름이여!
부르다가 내가 죽을 이름이여!
심중에 남아 있는 말 한마디는

끝끝내 마저 하지 못하였구나.
사랑하던 그 사람이여!
사랑하던 그 사람이여!

붉은 해는 서산마루에 걸리었다.
사슴의 무리도 슬피 운다.
떨어져 나가 앉은 산 위에서
나는 그대의 이름을 부르노라.

설움에 겹도록 부르노라.
설움에 겹도록 부르노라.
부르는 소리는 비껴가지만
하늘과 땅 사이가 너무 넓구나.

선 채로 이 자리에 돌이 되어도
부르다가 내가 죽을 이름이여!
사랑하던 그 사람이여!
사랑하던 그 사람이여!
— 김소월, 「초혼」

여러분은 이 작품에서 어떤 감정이 느껴지나요? 이 작품은 임과의 사별, 즉 죽음으로 인한 이별의 슬픔을 표출하는 시입니다. 화자는 해가 지는 저녁 무렵, 산 위에서 이젠 세상에 없는 연인의 이름을 부릅니다. 하지만 이 세상을 떠나간 연인의 이름은 이제는 주인 없는 것으로 남아 있을 뿐이죠. 사랑하는 연인의 죽음으로 인한 화자의 슬픔은 '산산이 부서진 이름이여! / 허공 중에 헤어진 이름이여! / 불러도 주인 없는 이름이여! / 부르다가 내가 죽을 이름이여!'라는 점층적인 표현을 통해 생생히 전해집니다.

임의 죽음이 더욱 서러운 이유는 마음속에 담아둔 사랑한다는 말을 끝내 다 하지 못했기 때문입니다. 설움에 겨운 화자는 목 놓아 임을 불러봅니다. 그러나 자신의 목소리가 임에게 들릴 리가 없어요. 절망스러운 중에도 화자는 이 자리에서 돌이 되어도 좋다면서 다시 한번 임에 대한 변함없는 사랑과 슬픔을 표출합니다. 이처럼 이 작품은 화자의 심화되는 슬픔의 정서를 점층법이나 영탄법 같은 다양한 수사법을 통해 효과적으로 드러냈습니다.

소설은 장르 특성상 인물의 내면적 갈등이나 주변 세계와의 갈등을 깊이 파고들 수 있는데요. 특히 소설에 드러나는 갈등의 심화는 작품의 구성 단계는 물론 주제 형성과도 밀접하게 관련되어 있습니다. 김유정의 단편소설「동백꽃」을 살펴볼까요?

이 작품은 시골 소년 '나'와 이웃 소녀 '점순이' 사이의 알쏭달쏭한 관계를 중심으로 이야기가 전개됩니다. 점순이는 '나'에게 감자를 건네며 호감을 표현하지만, '나'는 이를 오해하고 짜증을 내며 거절합니다. 사소한 오해에서 시작된 감정의 충돌은 닭싸움이라는 사건을 계기로 본격적인 갈등으로 이어지지요. '나'는 화가 난 끝에 점순이의 수탉을 죽이고, 죄책감과 당혹감에 휩싸입니다. 죄책감과 당혹감에 눈물을 흘리는 '나'의 모습을 본 점순이가 먼저 다가와 말을 건네면서, 두 사람은 감정을 확인하고 화해하게 됩니다.

이 과정을 통해 독자는 다채로운 감정의 변화와 관계의 전환을 읽어 낼 수 있어요. 이처럼 소설 속 갈등의 심화는 단순한 사건의 반복이 아니라, 인물의 심리 변화, 관계의 균열과 회복, 작품 전체의 주제 형성으로 이어집니다. 앞으로 소설을 감상할 때, 갈등이 심화되고 해결되는 과정에 주목한다면, 소설이 전달하고자 하는 메시지와 인물의 내면을 훨씬 더 풍부하게 이해할 수 있을 거예요.

🔍 #점점_심해져 #깊고_짙게 #감정도_갈등도 #점층법 #영탄법 #수사법 #감정_변화_관계_전환

암시
숨겨진 뜻이 무엇일까?

암시란, 어둡다 또는 숨기다의 뜻을 지닌 '암暗'과 보일 '시示'가 합쳐져 '넌지시 알림 또는 그 내용'이라는 의미를 지닌 단어예요. 암시의 특징은 어떤 사실이나 정보를 직접적으로 전달하는 것이 아니라 넌지시 알려준다는 것이지요.

문학에서는 작가가 작품 속 인물에 대한 정보나 앞으로 전개될 사건의 양상 등에 관한 정보를 간접적으로 전달하고자 할 때 암시를 사용해요. 영화, 드라마에서도 앞으로 전개될 내용을 암시해 주는 장치를 찾아볼 수 있습니다. 드라마 〈응답하라 1988〉은 덕선의 미래 남편이 정환이냐, 택이냐를 맞추는 것이 재미있는 시청 포인트 중 하나였는데요. 드라마는 각 인물을 나타내는 인형의 위치, 예를 들어 인형이 서로 마주 보고 있다거나 한 인형이 다른 인형의 뒷모습을 바라보고 있는 장면 등을 바탕으로 인물들 간의 관계를 암시했지요. 공포 영화를 보다가 배경이 어두운 밤으로 바뀌고 음산한 배경 음악이 흘러나오면 긴장하게 되는 것 역시 곧 사건이 발생할 것임을 암시하기 때문이랍니다.

작가가 넌지시 숨겨 놓은 정보를 빠르게 알아채는 독자가 있는 반면에 아무것도 눈치채지 못한 채 흘려보냈다가 나중에서야 '아! 그게 결말을 암시한 거였구나' 하고 뒤늦게 알아차리는 독자도 있기 마련이죠. 암시는 작가가 어떤 정보나 의미를 직접적으로 알려주는 것이 아닙니다. 독자 스스로 자기 상상력과 이해력을 총동원해서 작품을 읽게 해서 작품을 보다 주체적으로 감상하게 견인해 줍니다. 나아가 어떤 글이나 책의 의미를 찾아내 이를 새롭게 구성해 나갈 수 있도록 유도해 줘요. 그 과정에서 독자는 더 큰 즐거움과 흥미를 느끼게 되지요. 작품을 바탕으로 한 번 살펴볼까요?

이효석 작가의 단편소설 「메밀꽃 필 무렵」에는 '허 생원'과 '동이'라는 두 인물이 등장합니다. 두 인물 모두 장을 돌아다니며 물건을 파는 장돌뱅이인데요. 그중 허 생원은 과거 봉평에서 성 서방네 처녀와 하룻밤 인연을 맺었던 것을 아름다운 추억으로 간직하며 사는 인물입니다. 대화 장터로 이동하는 길에 허 생원과 동이가 동행하게 됩니다. 동이의 성장 내력과 어머니에 관한 이야기를 들은 허 생원은 어쩌면 동이가 제 아들일지도 모른다고 생각합니다. 작가는 두 인물의 관계를 직접 제시하지 않고, 허 생원과 마찬가지로 동이의 왼손에 채찍이 들려 있는 장면을 마지막으로 작품을 마무리합니다. 두 인물 모두 왼손잡이임을 보여 줌으로써 허 생원과 동이가 부자지간임을 암시한 거죠. 물론 현대 의학의 상식상 왼손잡이, 오른손잡이가 유전적으로 결정되는 것이 아님은 명백한 사실이지만 「메밀꽃 필 무렵」이 1930년대에 발표된 작품임을 감안한다면 왼손잡이라는 설정은 두 인물의 관계를 보여 주기 위한 암시라 할 수 있습니다.

날카로운 관찰력과 세심한 주의력을 바탕으로 작가가 숨겨 놓은 암시의 장치를 찾아보는 건 어떨까요? 작가가 작품 속에 넌지시 숨겨 놓은 정보를 파악해서 그 의미까지 알아챘다면 분명 여러분은 작품을 더 넓게 더 깊이 이해하게 될 것입니다.

애상적

슬픔이란 크나큰 물줄기 위에서 느껴지는 것

애상이란 슬플 '애哀'와 다치다, 애태우다의 뜻을 지닌 '상傷'이 합쳐진 단어입니다. 슬퍼하거나 가슴 아파하는 것을 애상적이라고 하지요. 작품 속에서 그려지는 장면의 분위기가 애상적일 수도, 특정 상황에서 화자나 등장인물이 느끼는 정서나 보이는 태도가 애상적일 수도 있지요. 또는 말하는 어조에서 슬픔이 느껴질 수도 있습니다.

영화나 드라마를 보다가 슬픈 감정과 함께 가슴이 먹먹해진 경험이 있나요? 이준익 감독의 영화 〈동주〉는 일제강점기라는 시대의 아픔 속에서 글을 쓸 수밖에 없었던 한 시인의 내적 갈등과 부끄러움을 담은 영화입니다. 암울한 시대상을 드러내듯 영화는 흑백으로 제작되었고, 중간중간 담담한 어조로 흘러나오는 윤동주의 시가 관객의 마음을 더욱 먹먹하게 만들었지요. 진정 애상미를 느낄 수 있었던 영화입니다. 이번엔 2021학년도 수능에 출제된 작품을 바탕으로 한번 살펴볼까요?

눈이 오는가 북쪽엔 / 함박눈 쏟아져 내리는가 //

험한 벼랑을 굽이굽이 돌아간 / 백무선 철길 위에 / 느릿느릿 밤 새워 달리는 / 화물차의 검은 지붕에 //

연달린 산과 산 사이 / 너를 남기고 온 / 작은 마을에도 복된 눈 내리는가 //

잉크병 얼어드는 이러한 밤에 / 어쩌자고 잠을 깨어 / 그리운 곳 차마 그리운 곳 (…)

— 이용악, 「그리움」 중에서(2021년 수능 국어 영역 출제)

작품의 제목이 '그리움'인 것으로 짐작해 보건대 화자가 무 언가를 그리워하고 있는 듯하네요. 화자는 내리는 눈을 보며 '북 쪽'의 '작은 마을'에도 눈이 내리고 있는지 묻습니다. 시인은 '철 길이 험한 벼랑을 굽이굽이 돌아'간다고 묘사하여 그곳 지형이 매우 험준하다는 것을 보여 주는데요. 밤새 달려야 할 정도로 깊 은 산과 산 사이에 위치한 '작은 마을'에는 화자가 북쪽에 남기고 온 '너'가 있습니다. 화자는 '너'를 남겨둔 채 홀로 떠나온 것 같 습니다. 추운 밤, 잠에서 깬 화자는 내리는 함박눈을 보며 '그리운 곳 차마 그리운 곳'인 '북쪽'을 떠올립니다. 화자가 있는 곳도 잉 크병이 얼 정도로 추운데 '너'가 있는 북쪽은 분명 더욱더 매서울 테지요. 이처럼 화자는 먼 곳에 두고 온, 사랑하는 대상을 떠올리 며 그리워하고 있습니다. 실제로 이 작품은 해방 직후 서울에서

홀로 생활하던 작가가 북쪽인 함경북도 무산에 두고 온 가족을 그리워하며 쓴 작품이라고 해요. 먼 곳에 두고 온 가족을 그리워하며 슬퍼하고 가슴 아파하는, 애상적 정서가 느껴지나요? 위 작품과 관련해서는 다음과 같은 설명이 선택지로 출제됐었어요.

> (나)는 계절을 나타내는 어휘를 활용해 애달픈 정서를 부각하고 있다. '잠을' 깬 자신에게 '어쩌자고'라는 의문을 던져 현재의 상황에서 느끼는 화자의 애달픈 심정을 드러내고 있다.

'애달프다'의 어원을 잠깐 살펴보면 '애'는 우리의 신체 기관 중 하나인 '창자'를, '달'은 안타깝거나 조마조마한 마음을 의미해요. 그래서 오늘날 애달프다는 말은 '마음이 안타깝거나 쓰라리다, 애처롭고 쓸쓸하다'는 뜻으로 쓰입니다. 이용악 시인의 「그리움」이란 작품에 다시 적용해 보면 북쪽에 두고 온 '너'를 그리워하는 것 외에는 화자가 할 수 있는 것이 없으니 슬프고 쓸쓸한 마음이 들었을 거예요. 그러니 애달픈 심정을 담고 있다고 말할 수 있겠네요.

🔍 #애달프다 #슬프다 #애태우다 #장면 #분위기 #상황 #정서 #태도 #어조 #화자의_그리움

열거와 연쇄

비슷한 표현을 늘어놓고
꼬리에 꼬리를 물어 잇대고

열거법, 연쇄법은 국어 시험지에서 여러분들이 쉽게 접하는 표현법입니다. 어려운 개념은 아니지만, 의미를 정확히 알아두어야 실수하지 않겠지요? 열거법은 내용상으로 비슷한 표현을 쭉 늘어놓는 것입니다. 공통 주제를 가진 요소들을 늘어놓았지만, 나열된 단어들은 모두 달라요. 예를 들어 볼게요. '너에게 선물하고 싶은 마카롱, 타르트, 에그타르트, 까눌레' 이 문장에는 다양한 디저트 이름이 쭉 나열되어 있군요.

연쇄법도 언뜻 보면 비슷한 표현을 늘어놓은 것 같지만, 앞에서 나온 표현을 뒤에서 이어받는다는 점이 다릅니다. '너에게 선물하고 싶은 마카롱, 마카롱은 알록달록하지. 알록달록한 타르트를 보면 눈이 행복해져. 행복이란 너와 함께 에그타르트를 나누어 먹는 것.' 이 문장도 디저트들을 이야기하는 것 같지만, 앞에서 이야기한 마카롱, 알록달록, 행복을 뒤에서 이어받고 있습니다. 여러분들이 어릴 때 불렀던 '원숭이 엉덩이는 빨개. 빨가면 사과.

사과는 맛있어. 맛있으면 바나나'라는 노래 있잖아요? 이 노래가 바로 연쇄법의 문장입니다. 마치 도미노가 쓰러지듯 표현들이 꼬리에 꼬리를 물고 있다면 연쇄법으로 볼 수 있어요.

싱어송라이터 BIG Naughty의 〈사랑이라 믿었던 것들〉의 가사를 보면 '사랑'이라고 믿었던 것들은 '어린 날의 추억'일 뿐이고, '추억'이라고 믿었던 것들은 '오래 썩는 기억'일 뿐이라고 했어요. 또 '기억'이라고 믿었던 것들은 '지금 너와 나의 기쁨'이라고 했지요. '추억', '기억'이라는 단어가 앞 문장의 끝에서 뒤 문장의 시작으로 이어지며, 문장들이 마치 사슬처럼 연결됩니다. 여러분도 연쇄법이 쓰인 것, 찾았나요? 이 노래의 뒷부분에는 이런 가사도 나옵니다. "길 잃었다 / 실없다 / 일없다 / 사랑에" 이별한 화자가 '사랑'에 대해 느낀 감정을 '길 잃었다', '실없다', '일없다'로 낱낱이 제시하며 열거법을 쓰고 있네요. 그러면 2024학년도 수능시험에 출제되었던 지문으로 같이 살펴볼게요.

ⓐ 먼 것을 보고 나면 가까운 것을 잊고, 새것을 보고 나면 옛것을 잊는다. 입에서 말이 나올 때 가릴 줄을 잊고, 몸에서 행동이 나올 때 본받을 것을 잊는다. 내적인 것을 잊기 때문에 외적인 것을 잊을 수 없게 되고, 외적인 것을 잊을 수 없기 때문에 내적인 것을 더더욱 잊는다.

그렇기 때문에 ⓑ 하늘이 잊지 못해 벌을 내리기도 하고, 남들이 잊지 못해 질시의 눈길을 보내며, 귀신이 잊지 못해 재앙을 내린다. ⓒ 그러므로 잊어도 좋을 것이 무엇인지를 알고 잊어서는 안 되는 것이 무엇인지를 아는 사람은 내적인 것과 외적인 것을 서로 바꿀 능력이 있다. 내적인 것과 외적인 것을 서로 바꾸는 사람은, 다른 사람의 잊어도 좋을 것은 잊고 자신의 잊어서는 안 될 것은 잊지 않는다."

— 유한준, 「잊음을 논함」 중에서(2024년 수능 국어 영역 출제)

위의 문장 중 열거와 연쇄가 사용된 문장을 찾아볼까요? 열거가 사용된 문장은 ⓑ입니다. ⓑ는 잊어도 좋을 것이 무엇인지를 알지 못할 때 생기는 일을 나열하고 있어요. 벌, 질시의 눈길, 재앙, 모두 비슷해 보이지만 각기 다른 것이지요? 그렇다면 연쇄가 사용된 문장은 무엇일까요? 정답은 ⓒ입니다. 내적인 것과 외적인 것을 서로 바꾸는 것을 앞의 문장과 뒤에 문장에서 반복해서 이어받았습니다. 그럼 ⓐ는 무엇일까요? ⓐ도 비슷한 표현들이 나오는 것 같아서 헷갈리는 친구들이 있을 것 같아요. ⓐ는 먼 것 ↔ 가까운 것, 새것 ↔ 옛것이 대조되는 의미로 사용되었습니다. 모두 글쓴이가 자신이 말하고자 하는 것을 강조하기 위해 사용하는 수사법입니다.

Q #벌일_열 #들_거 #여러_가지를_들어서 #이어질_연 #쇠사슬_쇄 #잇대어_보자 #강조 #수사법

영탄법
벅찬 감정을
강조해서 표현해요

지난 2021년 옥스퍼드 영어사전에 26개의 한국어가 새로 등재되었어요. 옥스퍼드 영어 사전은 영국의 옥스퍼드 대학교 출판부에서 출간하는 세계에서 가장 권위 있는 영어 사전인데요, 이 사전에 kimbap(김밥), banchan(반찬)과 같이 한국 음식 종류를 일컫는 단어는 물론 mukbang(먹방)처럼 한국 대중문화와 관련된 단어들이 목록에 올랐답니다. 이 외에 눈길을 사로잡은 단어가 하나 있었는데, 바로 'daebak(대박)'이라는 신조어였습니다. 사전에서는 이 단어를 '우연히 언거나 발견한 가치 있는 것을 뜻하는 명사', '열렬한 찬성을 뜻하는 감탄사' 등으로 소개했어요. 학교에서 학생들이 주고받는 대화에서도 자주 듣는 단어였고, 수업 시간에 감탄사를 설명하면서 종종 예로 들었던 단어였기에 더 반가웠답니다. MZ세대는 놀라움을 표현할 때 '대박'이라는 표현 대신 '홀리몰리과카몰리'라는 새로운 표현을 사용한다고 해요. 이제 예시를 바꿔야 할 것 같아요.

갑자기 웬 감탄사 이야기냐고요? 이번 시간에는 감탄사와 밀접한 관련이 있는 영탄법과 영탄적 어조에 대해 설명할 참이거든요. 영탄법은 슬픔이나 기쁨, 감동 등의 벅찬 감정을 강조하여 표현하는 수사법의 일종입니다. 주로 '아, 오, 아아, 오호라, 어즈버' 등의 감탄사를 사용하거나 호격조사인 '아, 야, 이여, 이시여' 또 '-구나, -아라/-어라'와 같이 감탄형 어미를 사용하여 고조된 감정을 나타내지요.

고운 폐혈관이 찢어진 채로
아아, 너는 산새처럼 날아갔구나!
— 정지용, 「유리창」 중에서

작품에서 확인할 수 있듯이 정지용의 「유리창」에는 '아아'라는 감탄사와 '산새처럼 날아갔구나!'에서 '-구나'라는 감탄형 어미가 사용되었습니다. 영탄법을 활용하여 시적 화자의 고조된 감정을 효과적으로 표현하고 있지요.

그렇다면 영탄적 어조라는 것은 무엇일까요? 영탄적 어조는 '어조'라는 단어로 짐작할 수 있듯이 감탄사나 감탄형 어미를 직접 쓰지는 않습니다. 대신, 화자 혹은 작중 인물의 감정을 강조해서 표출하거나 고조된 그대로 드러내지요. 더 간명하게 정리하면 영탄법은 표현법의 일종이고, 영탄적 어조는 시 전반에 드러나는 화자의 목소리입니다. 시에서 격양, 걱정, 예찬, 탄식, 경외, 단호함 등의 감정이 강조되어 드러났다면 영탄적 어조가 사용되었다고 말할 수 있답니다. 영탄적 어조는 어떤 모습으로 시에 드러날까요? 조지훈의 시 「맹세」를 함께 살펴보겠습니다.

사랑하는 것 사랑하는 모든 것 다 잃고라도
흰 뼈가 되는 먼 훗날까지
그 뼈가 부활하여 다시 죽을 날까지

거룩한 일월(日月)의 눈부신 모습
임의 손길 앞에 나는 울어라.

마음 가난하거나 임을 위해서
내 무슨 자랑과 선물을 지니랴

의(義)로운 사람들이 피흘린 곳에
솟아오른 대나무로 만든 피리뿐

흐느끼는 이 피리의 아픈 가락이
구천(九天)에 사무침을 임은 듣는가
— 조지훈 「맹세」 중에서 (2024년 6월 전국연합학력평가 출제)

이 시에서 화자는 '뼈가 부활하여 다시 죽을 날까지'라는 현실적으로는 불가능한 상황을 상상합니다. 이러한 설정을 통해 임을 향한 절대적인 사랑과 다짐을 표현하고 있습니다. 특히 '나는 울어라'라는 구절이 눈에 띄는데요. 이 표현은 감탄사나 감탄형 어미를 직접 사용한 것은 아니지만, 그 자체로 화자의 격정적인 감정을 드러내고 있습니다. 마치 사랑하는 이를 향해 북받치는 마음을 있는 그대로 쏟아내는 것 같지요.

이처럼 조지훈의 「맹세」는 어떤 하나의 문장이나 표현을 넘어서, 시 전체가 고조된 감정, 즉 격렬한 사랑과 헌신의 정서로 가득 차 있어요. 이런 경우 우리는 '영탄법'이라는 표현 기법이 아니라 그보다 더 넓은 개념인 영탄적 어조가 사용되었다고 말할 수 있답니다.

영탄적 어조는 단지 말의 형식이 아니라 시인이 느끼는 감정의 크기와 깊이가 그대로 배어 나오는 목소리입니다. 때로는 절절하게, 때로는 경건하게 우리 마음을 두드리죠. 시를 읽을 때 이런 어조의 흐름에 귀를 기울인다면, 단어 너머의 진심을 더 깊이 느낄 수 있을 거예요. 여러분도 앞으로 시를 읽으며 '화자의 마음은 어떤 높낮이로 흐르고 있을까?'를 한 번쯤 떠올려 보면 어떨까요?

🔍 #감탄사 #감정을_읊다 #이 #오오 #어조 #화자의_목소리 #탄식 #격앙 #다짐 #화자의_마음

예찬

나의 사랑과 존경을 받아주세요!

예찬은 무언가를 높여 찬양하는 것, 즉 대상이 나보다 높은 차원에 있음을 인정하고, 나 스스로를 그 앞에 내려놓는 겸손한 자세로 비판 없이 찬양하는 것입니다. 우리는 어떤 것을 예찬할까요?

남들은 자유를 사랑한다지마는, 나는 복종을 좋아하여요.
자유를 모르는 것은 아니지만, 당신에게는 복종만 하고 싶어요.
복종하고 싶은데 복종하는 것은 아름다운 자유보다 달콤합니
디. 그것이 니의 행복입니다.

그러나 당신이 나더러 다른 사람을 복종하라면, 그것만은 복종
할 수가 없습니다.
다른 사람을 복종하려면 당신에게 복종할 수가 없는 까닭입
니다.
— 한용운, 「복종」

님이여, 당신은 / 봄과 광명과 평화를 좋아하십니다.

약자의 가슴에 눈물을 뿌리는 / 자비의 보살이 되옵소서.

님이여, 사랑이여, / 얼음 바다의 봄바람이여.

— 한용운, 「찬송」 중에서

한용운의 시에서는 예찬의 대상이 되는 절대적 존재가 자주 등장합니다. 「복종」이라는 시에서는 '당신'에게 복종하지 말라는 명령 외에는 다 복종하겠다는 절대 충성 서약을 하고, 「찬송」에서는 '님'에게 '봄', '광명', '평화', '자비의 보살', '사랑', '봄바람' 등 많은 긍정적 의미를 부여하고 있네요. 그가 이토록 예찬하는 대상은 어떤 존재일까요? 그의 직업이 승려였으니 중생들을 구원해 줄 부처님(신)으로 볼 수도 있고, 죽음을 불사하고 독립운동을 하였으니 광복이라고 볼 수도 있으며, 우리 민족을 평화와 안식으로 이끌어 줄 선각자라고 생각할 수도 있습니다. 또 사랑에 빠진 사람이 이 시를 감상한다면 한창 사랑하고 있는 연인으로 볼 수도 있겠지요. 이처럼 찬양의 대상은 가치나 이념, 종교(신), 자연, 유산, 사람 등 다양합니다. 문학 작품에서 상대에 대한 찬양의 태도가 나타나면 그 찬양의 대상이 무엇이며, 왜 그렇게 예찬하는지 잘 해석해 보아야 합니다.

해동(우리나라) 육룡이 나시어 하는 일마다 하늘의 복이시니

옛날 성인과 서로 꼭 맞으시니

- 정인지 외, 「용비어천가(龍飛御天歌)」 중에서 〈제1장〉

위 작품은 세종대왕님께서 훈민정음을 창제하신 뒤 얼마나 잘 만들어졌는지 시험해 보시고자 지은 작품의 시작 부분입니다. 훈민정음 1호 출판물로 한글을 온 나라에 반포하기도 전에 만들어진 최초의 한글 문학 작품이랍니다. 지금 1만 원권 지폐가 있다면 한 번 보세요. 세종대왕님의 배경에 세로로 훈민정음이 적혀 있습니다. 네, 용비어천가랍니다. 제목부터가 범상치 않습니다. '용비어천가龍飛御天歌'는 용龍이 날아올라飛 하늘天을 다스린다御는 의미랍니다. 그 시작은 위와 같으며 제목과 잘 맞습니다. 해동은 우리나라를 말하는 것인데 그곳에 여섯 용이 날아올라 하시는 일마다 하늘의 복이 가득하며 중국의 옛 성인들과 다를 바 없었다고 이야기합니다. 당시 우리나라는 가장 앞서가는 나라를 중국이라고 보았는데요. 그 중국의 많은 사람 가운데서 가장 훌륭한 성인들과 동급인 여섯 용이 우리나라를 다스려서 하늘의 축복이 가득하다는 뜻이지요.

여기에서 여섯 용은 조선을 건국한 세종대왕의 조상님들을 말합니다. 직접적으로 조선을 건국한 태조와 그의 아들 태종(세종대왕의 아버지), 그리고 태조 이성계의 조상님들을 사후 왕으로 격상하여 목조(이성계의 고조부), 익조(이성계의 증조부), 도조(이성계의 조부), 환조(이성계의 부친)라고 칭하고 이들을 여섯 용이라고 칭한 것입니다. 모두 세종대왕님의 조상님들이니, 후손으로서 칭송하는 태도를 지니는 것이 당연하기도 하지만, 의미는 거기에서 그치지 않습니다. 이들을 예찬하는 것은, 이들이 만들어 낸 조선이라는 나라가 얼마나 복된 국가인지 알리고, 당시로서는 신생 국가인 조선을 근본이 있는 훌륭한 나라라고 백성들이 믿게 하려는 의도, 더불어 이들의 피를 물려받은 세종 자신이 우수한 혈통을 가진 좋은 왕임을 선포하는 효과도 있었던 것이지요. 「용비어천가」는 총 125장이나 되는데, 대부분이 육룡의 업적을 예찬하는 내용입니다.

한글도 시험하면서 백성의 애국심을 고취하고 자신의 정치적 입지도 단단하게 하는, 그야말로 세종대왕님의 현명함이 엿보이는 작품이지요. 이처럼 예찬은 상대를 향하기도 하지만 결국 자신과 연관되는 것이기도 합니다. 문학 작품은 오묘한 뜻을 숨기고 있을 때가 많은데요, 그것을 발굴해 내는 것이 문학을 감상하는 여러분의 실력이랍니다.

#존경해_칭찬하며_감탄하다 #찬양 #복종 #찬송 #절대적_존재 #충성 #상징적 #대상 #해석

058

외양

겉으로 보이는 모습을 통해
정보를 얻기도 해요

"누구든 나이 마흔이 넘으면 자기 얼굴에 책임을 져야 한다."

미국의 16대 대통령인 에이브러햄 링컨이 남긴 말입니다. 링컨은 왜 이런 말을 한 걸까요? 대통령으로 당선된 직후, 링컨은 내각을 구성하기 위해 백악관에 참모들을 불러 모았어요. 그중 한 사람이 좋은 배경에 실력 또한 좋은 인물을 추천했지만, 링컨은 얼굴이 마음에 들지 않는다는 이유로 거절했습니다. 타고난 외모를 가지고 문제 삼아선 안 된다는 추천자의 말에 링컨은 다음과 같이 밀했죠.

"태어났을 때의 얼굴은 부모님이 물려준 것이지만, 그 이후의 얼굴은 자기 스스로 만든 것이다. 그 사람이 살아온 인생이 얼굴에 드러나는 법이기 때문이다. 누구든 나이 마흔이 넘으면 자기 얼굴에 책임을 져야 한다."

링컨은 '어떤 삶을 살아왔는가? 또 어떠한 생각과 태도로 살아가고 있는가?'가 그 사람의 얼굴에 새겨질 수밖에 없다고 생각했기 때문에 위와 같이 말했습니다. 겉으로 드러나는 우리의 모습, 즉 외양은 어쩌면 우리의 단순한 생김새를 넘어서 더 많은 정보를 전달해 주고 있는지도 몰라요. 이는 문학에서도 마찬가지예요. 작품 속에서도 인물의 생김새나 특징, 차림새, 인상 등을 묘사하는 경우가 많은데요. 때때로 작가는 이러한 외양 묘사를 통해 해당 인물의 생각, 태도, 습관, 취향, 가치관, 처한 상황 등을 간접적으로 전달해 줍니다. 작품 속의 특정 상황, 분위기가 전환되었음을 인물이나 사물의 외양 변화로 나타내기도 하고요. 〈슬램덩크〉의 주인공인 강백호가 대회 결승에서 해남과 맞붙어 패배한 후 길었던 머리를 삭발하고 나타난 장면 역시 이에 해당하죠. 경기 중 자신이 저지른 치명적 실수가 패배로 이어졌다는 죄책감을 딛고 다시 한번 심기일전하겠다는 다짐을 외양의 변화로 드러낸 장면입니다. 이번엔 2025학년도 수능 출제 작품인 「갑민가」를 바탕으로 살펴볼게요.

어져 어져 저기 가는 저 사람아

(아아 저기 가는 저 사람아)

네 행색을 보아 하니 군사 도망 네로구나

(네 행색을 보아하니 도망가는 군사 너로구나)

허리 위로 볼작시면 베적삼이 깃만 남고

(허리 위로 보면 베로 만든 적삼은 깃만 남고)

허리 아래 굽어보니 헌 잠방이 노닥노닥

(허리 아래 굽어보니 헌 홑바지가 너덜너덜)

곱장 할미 앞에 가고 전태발이 뒤에 간다

(등 굽은 할미 앞이 가고 다리를 저는 사람이 뒤에 간다)

— 작자 미상, 「갑민가」 중에서(2025년 수능 국어 영역 출제)

　화자는 도망가는 군사에게 말을 건네고 있습니다. 그런데 도망가는 '너'의 행색을 보면 말이 아닙니다. 상의는 베적삼의 깃만 남아 있고, 하의는 얼마나 헐었는지 너덜거릴 정도니까요. 함께 도망가는 할머니의 등은 굽어 있고 뒤따라가는 사람은 다리를 절고 있습니다. 도망가는 군사의 누추한 행색과 온전치 않은 가족의 모습을 통해 우리는 그들이 목숨을 걸고 탈영할 정도로 힘들었음을 짐작할 수 있습니다. 이처럼 작품 속 인물의 외양 묘사는 인물에 대해 더 많은 정보를 간접적으로나마 전달해 주기도 한답니다. 위 작품과 관련해서 출세된 2025학년도 수능 32번 문항의 선택지, '① 대구 표현으로 외양을 묘사하여 대상의 처지를 드러낸다.'는 적절한 설명에 해당하겠죠?

🔍 #겉모양 #비깥_외 #겉보기 #얼굴 #외모 #생김새 #특징 #차림새 #인상 #간접적으로_전달

059

우화
동물과 식물, 사물을 통해
인간의 삶을 들여다 보아요

동화 『아낌없이 주는 나무』의 줄거리를 잠시 떠올려 볼까요? 소년은 매일 같이 나무를 찾아와 나뭇가지에 매달려 놀기도 하고, 사과도 따 먹으며 행복한 시간을 보냅니다. 시간이 흘러 어른이 된 소년은 나무에게 열매, 나뭇가지, 줄기 등 자신에게 필요한 것들을 요구하고 나무는 아낌없이 자신이 가진 걸 내어 주죠. 결국 나무는 밑동만 남게 되고, 그마저도 삶에 지쳐 돌아온 소년에게 쉴 공간으로 내어줍니다. 나무의 모습에서 조건 없는 사랑의 위대함을 느낄 수 있지요. 『아낌없이 주는 나무』는 오늘날 인간관계를 맺는 데도 실리를 따지고 조금도 손해 보지 않으려 하는 이들에게 사랑의 진정한 의미를 떠올려 보게 합니다.

이처럼 인격화한 동식물이나 기타 사물을 주인공으로 설정하여 그들의 행동을 바탕으로 윤리적 교훈을 전달하거나 현실에 대한 비판의식을 드러내는 이야기를 우화라고 합니다. 우화는 위탁할(맡길) '우寓'에 이야기 '화話'가 합쳐진 말인데요. 동식물 또는 사물의 이야기에 위탁하여 결국 인간에 대해 말하고자 한 것이 우화임을 알 수 있어요. 더 구체적으로 고전 작품을 통해 우화를 이해해 볼까요?

『규중칠우쟁론기』는 조선 후기, 규중에서 지내는 한 부인이 쓴 것으로 추정되는 수필로, 규중이란 부녀자들이 거처하는 곳을 말합니다.『규중칠우쟁론기』는 규중에서 지내는 부인의 일곱 벗(칠우)이 서로 다투어 토론하는(쟁론) 이야기예요. 일곱 벗이 누구냐고요? 바로 바느질에 쓰이는 일곱 가지 사물인 바늘, 자, 가위, 실, 다리미, 인두, 골무입니다. 초반에 이들은 옷을 지을 때 자기 공이 제일 크다면서 저마다 능력을 과시합니다. 상대를 비난하고 헐뜯으면서요. 이 모습에 규중 부인이 크게 질책하자 가장 연장자인 '감토 할미(골무)'가 사죄하고, 이후 규중 부인이 돌아가자 일곱 벗은 입을 모아 인간을 원망하기 시작합니다.『규중칠우쟁론기』는 바느질에 쓰이는 일곱 도구를 인격화하고 그들의 언행을 통해 '공을 다투는 이기적인 세태'와 '상황에 따라 또는 이해관계에 따라 쉽게 태도를 바꾸는 세태'를 풍자하고 있는데요. 자칫 무겁게 느껴질 수 있는 주제를 우화의 형식을 빌려 전달하면 독자는 더 흥미롭게, 한결 가벼운 마음으로 주제에 접근할 수 있겠죠?

#인격화 #풍자 #교훈 #빗대어_보자 #동물과_식물에_맡겨 #이야기 #위탁 #무겁지만은_않게

운치
고상하고 우아한 멋과 느낌

여러분은 운치라는 단어를 들으면 어떤 장면이 떠오르나요? 저는 하얀 눈이 소복하게 쌓인 달밤의 정경이 가장 먼저 떠오릅니다. 은은한 달빛을 받으며 나지막한 처마 아래로 흩날리는 눈. 어디선가 들려오는 사르륵사르륵 눈 밟는 소리. 어때요? 운치 있게 느껴지나요?

운치韻致는 '고상하고 우아한 멋'을 뜻하는 말로 고상하고 우아한 느낌뿐 아니라 그윽하고 깊은 느낌, 아름답고 신비로운 느낌도 포함합니다. 주로 정경이나 분위기를 묘사할 때 언급되지요. '한옥의 운치', '비오는 날의 운치'와 같은 표현을 여러분도 들어 보았을 거예요. 운치는 고전 시가를 논할 때 단골손님처럼 등장하는 개념이기도 합니다.

넓은 바위에 누워 달을 보며
나와 누우니 푸른 하늘에 밝은 달이라

넓은 바위는 바로 좋은 자리가 됐네
주위의 숲에는 그림자 운치 있게 흩어져
깊은 밤인데도 잠 이룰 수 없어라
— 김인후, 「넓은 바위에 누워 달을 보며」

　이 시조는 한국의 가장 아름다운 정원으로 손꼽히는 담양 소쇄원의 아름다운 풍경을 노래한 작품이에요. 이 시조를 읽노라면 소쇄원의 밤 풍경이 자연스레 머릿속에 그려집니다. 대숲의 바람, 밝게 빛나는 달, 달빛을 받아 함께 빛나는 서늘한 바위…. 그 바위에는 왠지, 달을 올려다보며 초여름 밤의 운치를 즐기는 사내가 팔베개를 한 채 누워 있을 것 같습니다. 그런 장면을 상상하다 보니 저도 바쁜 일상을 잠시 미뤄두고 운치를 느끼고 싶은 마음이 간절한데요. 여러분은 어떤가요? 바쁘게 돌아가는 일상 가운데 여러분만의 운치를 느껴 보는 것은 어떨까요?

#정취 #깊은_흥취 #풍경 #정서 #멋_풍취 #감성 #고상한_매력 #완연한_분위기 #정경_묘사

원경과 근경
멀리서 보는 경치와
가까이 보이는 경치

'인생은 멀리서 보면 희극이고 가까이서 보면 비극이다.'라는 말을 들어 보셨죠? 무성영화 시대의 명배우이자 영화인이었던 찰리 채플린의 명언으로 인생을 논할 때 곧잘 인용되곤 합니다. 어떤 사람은 이 말을 '인생은 하나하나의 사건을 보면 비극이지만 전체적으로 보면 살만한 것'이라고 해석하고, 어떤 이는 '인간은 자신이 겪어 보지 못한 타인의 삶에 대해 부러워하면서도 그 삶에 수반되는 어려움은 이해하지 못한다.'는 의미로 해석하기도 합니다. 사실 이 '인생은 멀리서 보면 희극이고 가까이서 보면 비극이다.'라는 말에 담긴 채플린의 원래 의도는 이런 것이 아니었다고 해요. 인생을 바라보는 관점을 이야기한 것이 아니라 장르에 따른 카메라의 움직임 차원에서 꺼낸 이야기라고 합니다. 1977년 채플린의 사망 소식을 전한 영국의 《가디언》지의 기사에 따르면 1915년 마지막 영화 〈카르멘〉을 촬영하고 난 뒤 채플린은 "비극은 얼굴의 미묘한 표정 변화나 눈빛으로 연기해야 하므로 가까이 촬영해야 하고, 코미디는 큰 몸짓이나 걸음걸이, 슬랩스틱을 포착해야 하므로 먼 시점에서 잡아야 한다."는 점을 강조했다고 합니다. 이 말이 돌고 돌아서 오늘날 우리가 알고 있는 바로 저 말 '인생은 가까이서 보면 비극, 멀리서 보면 희극'이 된 것이죠. 장르에 따라 원경, 근경으로 촬영 기법을 달리해야 한다고 생각한 채플린처럼 문학 작품의 창작자도 원경과 근경을 활용합니다. 여기서 원경과 근경은 화자와 대상과의 물리적 거리를 의미해요. 즉, 화자와 대상과의 물리적 거리가 멀다면 화자의 시선이 원경에 있다고 말하고, 화자와 대상과의 물리적 거리가 가깝다면 화자의 시선이 근경에 있다고 말합니다. 문학 작품에서는 이 원경과 근경이 동시에 활용되는 경우가 많습니다. 초반에는 시선이 원경이었다가 근경으로 바뀌기도 하고, 또는 초반에는 시선이 근경이었다가 원경으로 바뀌기도 하는데요, 이를 원경에서 근경으로 또는 근경에서 원경으로 시선이 이동했다고 표현합니다. 이러한 시선의 이동은 시상 전개 방식의 일종이기도 해요.

넓은 벌 동쪽 끝으로 / 옛이야기 지줄대는 실개천이 회돌아 나가고, / 얼룩배기 황소가 / 해설피 금빛 게으른 울음을 우는 곳, (…) 질화로에 재가 식어지면 / 비인 밭에 밤바람 소리 말을 달리고 / 엷은 졸음에 겨운 늙으신 아버지가 / 짚배게를 돌아 고이시는 곳. (…) 전설 바다에 춤추는 밤물결 같은 / 검은 귀밑머리 날리는 어린 누이와 / 아무렇지도 않고 예쁠 것도 없는 / 사철 발 벗은 아내가 / 따가운 햇살은 등에 지고 이삭 줍던 곳, / 그곳이 차마 꿈엔들 잊힐리야.

— 정지용, 「향수」 중에서

정지용의 시 「향수」는 원경에서 근경으로 시선이 이동하는 시상 전개를 보여 주는 작품이에요. 첫 연에서는 넓은 벌이 펼쳐 진 고향의 전체적인 풍경이 그려집니다. 이처럼 원경에 머물렀던 화자의 시선이 '늙으신 아버지', '어린 누이', '사철 발벗은 아내' 처럼 점차 가깝고 구체적인 대상들, 즉 근경으로 옮겨 갑니다. 이 처럼 화자의 시선은 고향의 넓은 풍경(원경)에서 시작해 그 안에 깃든 추억 어린 대상(근경)으로 이동하고 있어요. 이와 같은 원경 에서 근경으로의 이동은 특정 대상에 독자의 시선을 집중시킴으 로써 독자가 화자의 감정에 더욱 몰입하게 해 줍니다. 반면에 근 경에서 원경으로의 시선 이동은 독자의 시선을 외부 세계로 확장 하는 효과가 있지요. 따라서 시를 읽을 때, 시선이 어디서 시작해 어디로 이동하는지를 살펴보면 작가가 강조하고자 한 정서의 흐 름이나 감정의 밀도를 더 깊이 이해할 수 있습니다.

Q #멀_원 #가까울_근 #먼_곳에서_가까운_곳으로 #가까운_곳에서_먼_곳으로 #대상과의_거리

은거

벼슬에서 물러나
한가로이 지내다

자연은 우리 선조에게 언제든 돌아가고자 하는 이상적인 공간이었어요. 태초의 순리에 맞게 움직이는 공간이 바로 자연이니까요. 복잡한 도시를 떠나 산, 바다 등 자연에서의 한적한 노년을 꿈꾸는 현대인들이 많은 것 역시 이와 같은 이유일 겁니다.

하지만 자연을 꿈꾸는 양반 사대부에겐 이와 상충하는 또 하나의 유교적 덕목이 있었어요. 바로 입신양명, 즉 벼슬길에 나아가 출세함으로써 자신의 이름을 널리 떨치는 것이었죠. 과거에 급제해 부모에게 효도하고 더 나아가 임금을 보필하는 것이 양반 사대부들의 목표였거든요. 그래서 그들은 벼슬길에 나아가서도 자연으로 돌아갈 날을 꿈꾸기도 했고, 반대로 자연에 있으면서도 속세에서의 정치 현실과 임금을 걱정하는 등 마음속 갈등을 겪었답니다. 물론 속세의 모든 일을 잊고 자연에 동화되어 살아가는 이들도 있었지요.

이처럼 벼슬자리에서 물러나 한가로이 지내던 것을 은거라고 합니다. 한자의 뜻 그대로 풀이해 보면 숨을 '은隱'에 살 '거居', 세상을 피해 숨어서 사는 것을 뜻하지요. 고전 작품, 특히 사대부들이 지은 작품 속 은거는 속세, 즉 현실의 정치에서 벗어나 자연 속에서 머무는 것을 의미합니다. 특히 물가에서 한가로이 낚시하는 어부의 모습으로 자주 그려졌답니다.

　물론 이때의 은거는 개인의 의지에 따른 자발적인 선택일 수도 있지만, 반대로 타의에 의해 정치적 수세에 몰려 어쩔 수 없는 선택이 되었을 수도 있습니다. 은거의 상황은 같지만 실제로 은거하는 삶의 주체가 원한 삶이었느냐, 자연 속에서 은거하면서도 속세를 그리워하거나 다시 임금의 곁으로 돌아가길 희망하고 있진 않은가 등에 따라 작품의 주제는 달라집니다. 이번에는 「어부사」와 「강호사시가」 두 작품을 바탕으로 간략하게 비교해 볼까요?

이 듕에 시름 업스니 어부(漁父)의 생애(生涯)로다
일엽편주(一葉片舟)를 만경파(萬頃波)애 띄어 두고
인세(人世)를 다 니젯거니 날 가는 주를 알랴
〈제1수〉

장안(長安)을 도라보니 북궐(北闕)이 천 리(千里)로다
어주(魚舟)에 누어신들 니즐 스치 이시랴

두어라 내 시름 아니라 제세현(濟世賢)이 업스랴

〈제5수〉

— 이현보, 「어부사」 중에서

제1수를 보면 화자는 시름없는 삶이 바로 어부의 삶이라고 이야기하며 만경파, 즉 넓은 바다에 일엽편주, 한 척의 조그마한 배를 띄어 두고 모든 인간 세상의 일(속세)을 다 잊었다고 말합니다. 속세에서 떨어져 자연 속에서 한가로이 지내고 있는 것 같아요.

그런데 제5수를 보면 화자가 정말 속세의 모든 것을 잊은 건 아닌가 봅니다. '장안'은 당시 수도인 한양을, '북궐'은 임금이 계신 궁궐을 의미하거든요. 정말 속세를 잊었다면 임금이 계신 북궐이 있는 장안 쪽을 돌아볼 일이 없겠죠. 또 배에 누워서도 잊은 적이 없다며 솔직한 심정을 고백하고 있잖아요? 자연 속에서 은거하고 있지만 실상 화자의 마음은 임금에 대한 걱정뿐인가 봅니다. 그러나 이내 화자는 제세현(세상을 구제할 현명한 선비)이 있을 것이라며 자신이 걱정할 게 아니라 말해요.

강호(江湖)에 봄이 드니 미친 흥(興)이 절로 난다

탁료계변(濁醪溪邊)에 금린어(錦鱗魚) 안주로다

이 몸이 한가하옴도 역군은(亦君恩)이샷다

강호(江湖)에 여름이 드니 초당(草堂)에 일이 없다
유신(有信)한 강파(江波)는 보내느니 바람이로다
이 몸이 서늘하옴도 역군은(亦君恩) 이샷다

강호(江湖)에 가을이 드니 고기마다 살져 있다
소정(小艇)에 그물 실어 흘리 띄어 던져두고
이 몸이 소일(消日) 하옴도 역군은(亦君恩) 이샷다

강호(江湖)에 겨울이 드니 눈 깊이 자히 남다
삿갓 비껴 쓰고 누역으로 옷을 삼아
이 몸이 춥지 아니하옴도 역군은(亦君恩) 이샷다
— 맹사성, 「강호사시가」

이번엔 맹사성의 「강호사시가」를 살펴볼까요? '강호'는 강과 호수를 아울러 이르는 말로 자연을 의미합니다. 「강호사시가」는 강호의 봄, 여름, 가을, 겨울을 노래하고 있는데요. 봄의 흥겹고 한가로운 생활도, 여름에 서늘하게 지내는 생활도, 가을이 되어 고기를 잡으며 즐기는 생활도, 겨울에 춥지 않게 지내는 것도 모두 다 '역군은', 즉 임금의 은혜 덕분이라고 이야기합니다. 자연에서의 만족스러운 삶을 드러냄과 동시에 자신이 누리는 모든 것이 다 임금의 은혜, 덕이라는 것이지요.

「어부사」와 「강호사시가」 두 작품 모두 화자가 자연 속에서 은거한다는 점에서 같습니다. 그러나 「어부사」의 화자가 마음 한 편에 속세에 대한 걱정과 염려를 지니고 있으며 이를 떨쳐내려는 태도를 보인다면, 「강호사시가」의 화자는 임금에 대한 감사를 드러내고 있다는 점에서 차이를 보입니다. 같은 상황에서도 화자가 느끼는 정서와 보이는 태도가 다를 수 있다는 점, 기억하세요!

🔍　#숨을_은 #살다_거 #벼슬을_하지_않는다네 #세상을_피해_자연에_머물다 #화자의_정서

이미지
기억의 서랍을 여는 열쇠

이윽고 눈 속을 / 아버지가 약을 가지고 돌아오시었다. // 아, 아버지가 눈을 헤치고 따 오신 / 그 붉은 산수유 열매 // 나는 한 마리 어린 짐승 / 젊은 아버지의 서느런 옷자락에 / 열로 상기한 볼을 말없이 부비는 것이었다.

— 김종길, 「성탄제」 중에서(2010년 3월 모의고사, 2011년 6월 모의평가 출제)

자, 이제부터 위 시로 미래 영화를 찍으려고 합니다. 미래 영화는 단순히 눈으로 보는 것이 아니라 청각, 미각, 후각, 촉각까지 모두 느낄 수 있는, 아주 생생한 체험을 제공한답니다. 그러면 위 시의 장면을 어떻게 만들어야 할까요? 먼저 온통 하얀 눈밭 속에서 아주 선명하고 빨간 산수유 열매를 따는 한 젊은 남자를 보여 줘야겠지요? 바람 소리와 그 속에서 거칠게 몰아쉬는 남자의 소리도 들려줍니다. 그리고 이 장면을 보여 주는 동안 관객의 피부에 아주 차가운 바람이 스치게 하고 간간이 서늘하고 세찬 눈발이 느껴지게 합니다. 다음에 남자는 열매를 따서 아주 소중하게 품고 다시 눈바람을 헤치며 걷습니다. 이때도 하얀 눈밭, 거친 숨소리와 바람 소리, 매섭게 차가운 공기를 느끼게 해야겠지요. 그리고 저 멀리 작은 초가집이 보입니다. 남자가 그 초가집으로 힘겹게 달려가 벌컥 문을 열면, 카메라의 앵글은 방 안에 있는 아기에게 집중됩니다. 그리고 아이가 아빠의 차가운 옷자락을 쥐고 열에 들뜬 붉은 얼굴을 비비는 장면을 보여 줍니다. 관객은 이때 바스락 거리는 소리를 들으면서 잠깐 뜨거운 것이 닿는 느낌을 받도록 합니다. 이 정도면 관객들은 영화 속에 있는 것처럼 생생한 느낌을 받고 아들을 위해 약을 구하는 아버지의 상황에 공감할 수 있겠지요? 이때 시에 담긴 의미를 관객들에게 생생하게 전달하기 위해 어떤 감각들이 동원되었나요? 시각과 청각, 촉각과 같은 감각적 요소들이 동원되었지요. 매섭게 차가운 촉각과 하얀 눈은 우리에게 겨울이라는 계절을 실감 나게 합니다. 춥고 바람 부는 겨울에 눈밭을 걸어가는 것은 참 힘들고 고통스러운 기억으로 남게 되지요. 거친 숨소리는 우리에게 힘겨운 일을 계속할 때의 기억과 연결되고요. 이런 소리, 색깔, 촉감은 시 속의 아버지와 병든 아들이 겪은 고난과 어려움을 나타냅니다. 또한 산수유 열매의 새빨간 색은 흰 눈이 내린 추운 겨울과 대비되는 따스한 생명과 사랑의 의미와 연결됩니다. 이런 것을 이미지라고 합니다.

우리 머릿속에는 선명한 감각과 연관되어 남게 되는 특별한 감정들이 있는데요, 그 특별한 감정들을 불러내기 위해 시각, 청각, 후각, 촉각, 미각의 감각들을 활용하는 것입니다.

앞서 '색채 이미지'에서 살펴보았던 김종길의 「문」이라는 시를 다시 볼게요, 이 시는 거스를 수 없는 자연의 큰 흐름 속에서 끊임없이 흥하고 망하기를 거듭하면서 또다시 '깃발'을 향해 새로운 가능성을 찾아나서는 인간의 역사를 '문'으로 표현하고 있습니다.

흰 벽에는 —— / 어련히 해들 적마다 나뭇가지가 그림자 되어 떠오를 뿐이었다. 그러한 정밀*이 천년이나 머물렀다 한다. // 단청은 연년(年年)이 빛을 잃어 두리기둥에는 틈이 생기고, 볕과 바람이 쓰라리게 스며들었다. 그러나 험상궂어 가는 것이 서럽지 않았다. // 기왓장마다 푸른 이끼가 앉고 세월은 소리없이 쌓였으나 문은 상기 닫혀진 채 멀리 지나가는 바람 소리에 귀를 기울이는 밤이 있었다. // 주춧돌 놓인 자리에 가을풀은 우거졌어도 봄이면 돋아나는 푸른 싹이 살고, 그리고 한 그루 진분홍 꽃이 피는 나무가 자랐다. // 유달리도 푸른 높은 하늘을 눈물과 함께 아득히 흘러간 별들이 총총히 돌아오고 사납던 비바람이 걷힌 낡은 처마 끝에 찬란히 빛이 쏟아지는 새벽, 오래 닫혀진 문은 산천을 울리며 열리었다. // — 그립던 깃발이 눈뿌리에 사무치는 푸른 하늘이었다.

— 김종길, 「문」(2024년 수능 국어 영역 출제)

  ＊정밀: 고요하고 편안함

    역사가 퇴락해 가는 모습을, '흰 벽'에 검은 '그림자', '단청은 연년年年이 빛을 잃어', '푸른 이끼가 앉고', '가을풀은 우거졌어도'와 같이 시각적 이미지로 제시한 동시에, '비바람이 쓰라리게 스며들었다.'라는 촉각적 해석, '나가는 바람 소리에 귀를 기울이는 적막한' 밤이라는 청각적 감각으로도 그리고 있어요. 결국 마지막 구절에서 무자비한 자연의 성장에 지지 않고 새로운 역사를 탄생시키는 인간의 부활 의지가 '오래 닫혀진 문은 산천을 울리며 열리었다.'라는 청각적 구절로 표현되었지요.

    수많은 느낌은 대체로 그것을 겪었을 때 맡았던 향기나 스쳤던 풍경, 혀를 강타한 맛, 피부에 느껴진 감촉, 세차게 들리던 소리와 함께 묶여서 우리 머릿속 서랍들에 간직되어 있답니다. 경험이 많아질수록 머릿속 서랍들은 풍부해지며, 문학 작품 분석 공부를 많이 할수록 타인의 서랍을 쉽게 이해할 수 있는 안목이 생긴답니다.

Q #감각을_동원해 #상 #심상 #직관적인_느낌 #시각 #청각 #촉각 #후각 #풍부한_기억들

이상화
착각할 결심

여러분에게는 '최애'라고 불리는 연예인이 있나요? 연예인을 우상IDOL으로 삼아 그 팬들만의 세계를 구축하고 그들만의 언어로 숭배에 가까운 사랑을 쏟는 것은 그리 드문 일이 아니지요? 팬들은 그 세계를 지키기 위해 시간과 돈을 아끼지 않으며, 최애의 성공과 실패에 울고 웃습니다. 그 연예인의 말은 다 진리이고 하는 행동은 모두 정의라고 여기며, 외모는 세상의 표준이고, 어쩌다 보이는 오점은 그저 실수로 받아들입니다. 이것이 바로 이상화입니다. 이제 이상화라는 문학적 장치가 주는 효과를 알아봅시다.

여러분, 혹시 〈전원일기〉라는 드라마에 대해 들어 본 적 있나요? 이 드라마는 1980년부터 2000년대 초반까지 20년 넘게 MBC에서 방영하였고 이후로도 계속 여러 매체에서 재방영되는 한국 드라마의 고전인데요. 이 드라마가 그토록 오래, 많은 사람에게 사랑받았던 이유는 무엇일까요? 바로 그 시대 한국인들의 바람을 담아냈기 때문이랍니다. 우리나라는 1970년대 이전에는 국가 산업의 중심이 농업이었고요, 빈곤국에 속했습니다. 그러다 2차 산업, 즉 제조업으로 방향을 돌리면서 눈부신 성장을 이루었죠. 그러니까 이 드라마가 방영된 시기는 농촌에 살던 인구들이 공장이 많은 도시로 대거 이주하면서 마을 공동체가 사라져가던 때라고 할 수 있지요. 〈전원일기〉에서 당시 농촌의 모습을 그대로 잘 보여 주었기 때문에 사랑받은 거냐고요? 아니에요. 이 드라마에 담긴 현실은 결코 그 당시 농촌의 모습이 아니랍니다. 이제 모두 사라져 사람들이 그리워하는 옛 시골의 모습을 담아낸 덕에 성공할 수 있었던 거죠. 드라마 속 양촌리는 사 대가 어우러져 살고 가족과 이웃 간에 사랑과 관심이 넘치는 곳입니다. 당시 농촌을 사실 그대로 옮길 필요는 없었죠. 양촌리를 자신의 고향 마을처럼 착각하고 싶은 시청자들을 위해 이상적인 시골 마을로 그려 놓은 거예요. 당시 이 드라마는 대한민국 전 국민에게 가상의 고향을 제공해 주었답니다. 등장인물의 성장을 지켜보며 그들을 제2의 가족처럼 여기기도 해 주었고요.

닷봇근 명경 중 절로 그린 석병풍
(잘 닦은 거울 속 저절로 그려진 바위 병풍)
도원은 어드매오 무릉이 여긔로다
(무릉도원이 어디인가 바로 여긔로다)
― 정철, 「성산별곡」 중에서

앞의 시가는 성산을 찬미하는 중에 맑은 시냇물 가에 아름답게 펼쳐진 바위들을 돌아보며 여기가 무릉도원이라고 말합니다. 무릉도원은 중국의 도연명이 쓴 「도화원기」에 나오는 이상적인 세상인데요, 성산에 흐르는 물이 거울처럼 맑고 잔잔하며 주변의 절벽은 마치 병풍처럼 멋있게 둘려 있습니다. 하지만 풍경의 아름다움을 묘사하는 데서 그치지 않아요. 바로 이곳이야말로 세속에 더럽혀지지 않은 곳, 따라서 행복이 넘쳐 사람이 살기에 완벽한 곳이라는 찬사로 무릉도원을 언급합니다. 이상화는 이처럼 현실적 불만을 보완해 줄 대상을 현실과 다른, 완벽에 가까운 모습으로 왜곡하여 제시하는 것이지요. 이를 통해 우리는 현실의 괴로움에서 잠시 벗어나 대리 만족을 통해 꿈을 이루는 행복을 만끽하게 되지요.

Q #유토피아 #바람 #낭만적_접근 #무릉도원 #완전하고_절대적인_상태 #대리_만족 #행복

이해관계
이익과 손해가 얽힌 관계

이해관계라는 말 많이 들어 보셨죠? 이해관계란 이익과 손해가 얽힌 관계를 의미합니다. 이익과 손해가 복잡하게 얽히다 보면 갈등이 생기게 마련인데요. 이해관계로 불거지는 갈등은 인물 간의 관계뿐 아니라 현실 사회의 다양한 계층 간의 관계를 보여 주는 장치로 활용됩니다. 「토끼전」을 한 번 살펴볼까요?

중병에 걸린 동해 용왕은 고명한 세 의원에게서 "토끼의 간이 병을 치료하는 데 효험이 있다."는 말을 듣습니다. 이에 자라가 동해 용왕의 명을 받들어 토끼의 간을 구하러 육지로 나가죠. 자라는 산중에서 만난 토끼에게 "용궁에 가면 높은 벼슬을 주겠다."고 유혹합니다. 벼슬자리에 욕심이 난 토끼는 자라를 따라 용궁으로 갔다가 그만 간을 내어 주어야만 하는 위기에 처합니다. 위험천만한 순간, 토끼는 "간을 육지에 두고 왔다."며 기상천외한 기지를 발휘해 위기를 모면하는데요. 자라와 함께 다시 육지로 나온 토끼는 자라를 조롱하고 달아나지요.

우화형 소설인 「토끼전」의 등장인물들은 각자 뚜렷한 이해관계로 얽혀 있습니다. 병이 깊은 용왕은 신하인 자라의 충심을 이용해 토끼의 간을 얻고자 하고, 자라는 토끼의 간을 구해 와 용왕에게 자신의 충심을 인정받고자 합니다. 토끼도 용궁에서 부귀영화를 누릴 수 있다는 자라의 말에 솔깃해 자라의 등에 올라 용궁으로 향했고요. 이들은 이렇게 자신의 이익을 위해서 상대방을 이용하려고 서로 속고 속입니다. 「토끼전」은 이렇듯 표면적으로 인물 간의 얽히고설킨 이해관계를 보여 주는데요, 그 이면에는 조선 후기의 사회상이 반영되어 있습니다. 토끼전에 나온 수궁과 육지는 대립 관계에 있는 공간입니다. 수궁은 조선 사회의 기득권층을 상징합니다. 자라는 당대의 절대 가치인 충忠을 실현하려고 토끼를 유혹하여 수궁으로 데려옵니다. 병을 고치려고 토끼를 희생시키려 했던 용왕과 자라는 조선 후기 평민들에게 횡포를 일삼던 지배 계층을 상징합니다. 반면 토끼는 평민 계층을 뜻하지요. 이야기는 결국 토끼가 재치 있게 위기를 모면하고는 용왕과 자라를 비웃는 것으로 끝나는데요. 이로써 우리는 이 작품의 주제가 조선 후기 지배층의 무능함과 억압을 비판하고 풍자하는 것임을 알 수 있지요.

염상섭의 「삼대」 역시 등장인물 간의 복잡한 이해관계가 드러나는 작품입니다. 이 작품에서 주요 인물들의 이해관계는 시대적 변화와 맞물려 있습니다. 조부인 조의관, 아버지 조상훈, 손자인 조덕기는 각기 다른 세대의 가치관을 대변하며, 근대화와 전통, 식민지 지배라는 시대적 배경 속에서 서로 다른 욕망을 추구합니다. 조의관은 유교적 질서를 고수하려 하지만, 조상훈은 개화기를 상징하는 인물이며, 조덕기는 민족의 독립과 사회적 변화를 바라는 청년 세대를 상징합니다.

이 작품의 등장인물들은 각자의 이해관계에 따라 갈등을 겪습니다. 조의관은 유교적 질서를 유지하고자 하지만, 조상훈은 자본과 권력을 추구하며 이와 충돌합니다. 조덕기는 할아버지와 아버지 세대의 가치를 부정하고 새로운 세대를 상징하는 인물로 등장하며, 독립운동과 같은 사회적 정의를 실현하고자 합니다. 이처럼 세대 간, 계층 간의 갈등은 당시 조선 사회가 겪고 있던 급격한 변화와 충돌을 상징합니다. 이 작품은 전통과 근대의 가치가 부딪치고 식민 지배의 현실이 겹쳐진 복잡한 시대를 어떻게 살아갈 것인지 묻습니다.

이처럼 작품 속에는 인물과 인물, 인물과 계층, 또는 계층과 계층 간의 다양한 이해관계가 존재하는데요. 이러한 이해관계에서 비롯되는 갈등은 결국 작품의 주제와 밀접하게 연관되어 있답니다. 작품 속에 드러나는 이해관계에 주목해야 하는 이유를 이해하시겠지요?

🔍 #이롭다_이득 #해하다_해롭다 #이익과_손해 #세대 #시대 #가치 #상징 #사회적_정의 #계층

인격화

사물에 감정과 의지를 부여해요

토요일 아침, 어젯밤 맞춰 놓은 알람이 울립니다. 잠결에 "주말 아침에 듣기 좋은 음악 틀어 줘."라고 말하니 스마트폰 음성 인식 서비스가 경쾌한 음악을 틀어 줍니다. 리모컨을 들고 "에어컨, 오늘 날씨 알려 줘."라고 하자 "최고 기온은 34도, 수분을 충분히 섭취하세요. 실내 온도를 적정 온도로 맞추겠습니다."라는 멘트와 함께 에어컨이 작동합니다. 냉장고에게 "Hi, 냉장고"라고 인사를 건네니, "오늘은 7월 12일, 반가운 손님 집들이가 있습니다. 냉장고에 보관 중인 재료를 활용한 요리로 밀푀유나베를 추천합니다."라며 깜빡할 뻔한 일정도 알려주네요. 집들이가 있으니 청소도 해야겠죠? 자꾸만 같은 자리를 빙빙 도는 로봇 청소기에게 "이제 다른 곳도 좀 해 줄래? 그쪽만 돌지 말고."라고 핀잔을 주며 하루를 시작합니다.

여러분의 하루에도 위의 글처럼 사물과 대화를 나누는 순간들이 있나요? 사람은 말로 지시하고 기계가 그 일을 대신해 주는 스마트한 세상에 살고 있습니다. 지난 2023 수능 국어 시험 문제에는 특별한 손님들이 찾아왔는데요. 바로 '나비', '풍뎅이', '잠자리', '바람결', '그늘', '비'입니다. 이 손님들은 '극진한 축복'과 '은혜'까지 전해 주었다고 하네요. 갑자기 무슨 소리냐고요? 유치환의 작품 「채전」에 찾아온 손님들입니다. 한여름 채전에 '나비'가 심방 오고, 풍뎅이가 찾아오고, 잠자리가 왔다 갔다는 표현이 나옵니다. 그늘이 지나가고, 비가 내리고, 햇볕이 다시 난다는 말도 있고요. 이어서 '많은 손님의 극진한 축복과 은혜'라는 문장이 나오죠. 이 표현을 통해 우리는 화자가 이들을 손님으로 인식하고 있다는 것을 알 수 있어요. 의인화랑 헷갈린다고요? 걱정하지 말아요. 의인화와 인격화는 같은 개념이에요. 수능 국어에서는 의인화, 의인법이라는 표현과 함께 '인격화', '사물에 인격을 부여하다'와 같은 표현들도 많이 사용됩니다. 화化는 될 '화', 즉 무엇이 '되다'입니다. 사람이 아닌 사물들을 사람처럼 표현했다면 모두 이 같은 표현법을 사용했다고 볼 수 있어요. 여기서 질문이 떠오르는 친구들도 있을 거예요. '나비'가 심방 온다는 것을 사람처럼 표현한 것은 알겠는데, '풍뎅이'와 '잠자리'가 찾아오고 왔다 갔다 하는 것은 원래의 모습과 뭐가 다른가요? 잠자리가 왔다 갔다 하는 건 당연하잖아요? 그렇죠. 이렇게 살아 움직이는 생물들이 시어로 사용되었을 때는 이들을 사람으로 보고 있는지가 중요해요. 사람만이 할 수 있는 행동이나 표현이 나타나는지를 찾

아보세요. 이 시에서는 '손님'이라고 표현하며 의미를 부여했기에 '인격화'가 되었다고 볼 수 있어요. 하나 더, '그늘'과 같은 무생물들을 살아 움직이는 것으로 표현하면 '활유'가 사용됐다는 점도 알아두세요. 활유의 '활活'은 살다, 생존하다라는 의미가 있어요.

박남수의 「아침 이미지 1」(2016년 수능 국어 영역 출제)라는 시를 보면 이런 구절이 나옵니다. '어둠은 새를 낳고, 돌을 낳고 꽃을 낳는다.' 시인은 '어둠'이라는 무생물이 새, 돌, 꽃을 낳았다고 표현했어요. 낳는다는 행위는 사람에게만 가능한 것이 아니죠. 따라서 여기에서는 인격화보다 더 넓은 범위인 활유가 쓰였어요.

그런데 스마트한 일상이 나날이 발전하면서 혹시나 여러분이 '스마트폰', '에어컨', '냉장고', '청소기'를 생물, 혹은 인간처럼 생각하게 되는 날이 오지 않을까 갑자기 걱정됩니다. 전자기기가 아무리 우리와 대화를 나누고 많은 정보를 준다고 해도, 본질은 제작자가 정의한 알고리즘과 규칙을 기반으로 작동되는 '사물'입니다. 얼마 전 한 기업에서 발표한 AI 모델이 2013년 작품인 영화 〈Her〉의 '사만다'와 유사하다는 의견이 있었는데요. 영화 〈Her〉의 주인공인 '테오도르'는 아내와 별거 중입니다. 그는 공허한 상태에서 AI인 사만다와 일상과 감정을 공유하죠. 그러다 사만다와 사랑에 빠지며 이것이 진짜 감정이라고 느껴요. 하지만 영화의 말미에 사만다가 사랑하는 인간이 641명이라는 것을 알게 되면서 테오도르는 실의에 빠집니다. 테오도르 역시 사만다가 사랑을 학습하기 위한 하나의 데이터였음을 암시하는 것이지요.

이 영화의 시간적 배경은 2025년인데요. 10년 전에 제작된 영화임에도 영화 속 인물들은 무선 이어폰을 꽂고 다니고, AI는 사람의 일상을 관리해 줍니다. 현재의 모습과 꽤 흡사하죠? 그런데 한 가지 주목해 볼 점이 있어요. 이 영화에서 테오도르의 직업이 대필 편지 작가라는 점입니다. 아무리 기술이 발전하고 인공지능의 학습 능력이 뛰어난 세상이 온다고 해도 우리의 감정을 표현하는 '편지'는 기계가 아닌 사람만이 대신해 줄 수 있다는 뜻 아닐까요? 우리가 원하는 건 '진짜' 사람의 감정이니까요.

Q   #사람_인 #격식_인품_격 #주체 #사람으로_표현 #의인화 #의인법 #활유 #사람의_감정은

입체적
여러 각도와 측면에서
바라보고 이해하면 달리 보여!

루브르 박물관에서 '밀로의 비너스'를 보았을 때의 감동이 떠오릅니다. 교과서에서도 접했고, 여행 준비를 하면서 여러 번 사진으로 본 작품이었는데 실제로 조각상을 접하니 정말 경이로웠습니다. 특히 조각상 주위를 빙 둘러보며 사방에서 관찰했더니 사진에서는 접할 수 없었던 요소들이 보이더군요. 황금 비율의 상징으로 알려진 비너스의 신체, 부드러운 피부와 섬세한 옷 주름 표현에 이르기까지 입체적인 아름다움을 만끽했던 좋은 시간이었습니다. 입체적이란 말은 사물을 여러 각도에서 파악한다는 의미입니다. 수학 시간에 배운 입체 도형 중 원기둥을 떠올려 볼까요? 위에서 보면 원 모양, 옆에서 보면 직사각형 모양으로 다르게 보이죠.

사건이나 인물도 입체적으로 들여다보면 새로운 면들을 발견할 수 있습니다. E.M. 포스터는 '입체적 인물은 변화무쌍한 인물로, 비극적인 역할을 훌륭하게 수행할 수 있으며, 등장할 때마다 독자에게 새로운 기쁨을 주는 인물'이라고 말했습니다. 뻔한 이야기보다는 반전 있는 이야기, 행동이 예측되는 인물보다 변화무쌍한 인물이 더 흥미롭지요. 복잡한 현대 사회를 살아가는 우리에게도 분명 입체적인 면이 있지 않을까요?

언제인가 저의 인생 그래프를 그리는 활동을 한 적이 있는데요. 단조로운 직선이었던 그래프가 상승하던 첫 지점은 제가 전학을 했던 11살 때입니다. 저는 초등학교에 입학한 이후로 발표 시간이면 한마디도 제대로 못 하고 우물거리다가 한 시간 동안 서 있던 소심한 학생이었어요. 그러다 새로운 학교로 환경을 바꾸면서 스스로의 모습이 싫었던 저는 적극적인 학생으로 탈바꿈했어요. 발표를 어찌나 많이 했던지 새 학기에 전학 갔는데도 바로 학급 회장으로 뽑혔답니다. 이런 변화가 있기까지 저는 사실 많이 노력했습니다. 집에서 수업 내용을 충분히 예습하고 몇 번이고 말로 내뱉는 연습을 했죠. 제가 발표를 못 했던 이유는 친구들 앞에서 틀리는 게 두려웠기 때문이에요. 그래서 실수를 줄이고자 남몰래 노력했던 거고요. 이 사건은 저의 성격을 변화시키고 발전시켰다고 할 수 있습니다. 저에게 그때의 성격 변화가 없었다면, 저는 지금 교사라는 직업을 꿈꾸지도 않았을 거예요. 이런 반전 있는 비하인드 스토리가 바로 입체적인 전개인 것이죠. 소설에서도 입체적 인물은 내면적 요인, 환경의 변화, 운명 등에 의해 어떤 방향으로든 성격이 변화하고 발전합니다. 그리고 그 성장에 설득력을 갖출 만한 사건, 계기들이 제시되죠.

조신한 성격에서 탐욕에 눈이 먼 인물로 타락한 「감자」(김동인)의 '복녀', 6·25전쟁이라는 시대적 아픔을 극복해 가는 「병신과 머저리」(이청준)의 '형'은 작품 안에서 성격의 변화를 보여 주는 입체적 인물입니다. 영화 〈암살〉의 '염석진'도 독립운동을 하다 고문을 당한 후 친일파 밀정으로 돌아서는데요. 기회주의적인 그 모습에 많은 관객이 분노했죠. 어떤 대상이나 사건을 입체적으로 서술하는 방법으로 그것을 바라보는 여러 관점을 제시하거나 서술자를 달리하거나 과거와 현재를 교차하기 등이 있습니다.

이때에 원근 제족과 만조백관이 다 조문 후에 장안 백성이 뉘 아니 낙루하리오. 이러구러 곡성이 진동하니 어찌 천신이 감동치 아니하리오. 그 편지를 떼어 보니 하였으되,

'불효자 태보는 두어 자 문안을 부모 전에 올리나이다. 천 리 원정에 가다가 과천의 관에서 신병과 심회가 울직히거늘 구천에 들어가오니, 사람의 죄 삼천을 정하였으되 불효한 죄가 제일이라 하였으니 삼천 수죄(首罪) 지었으나 국은을 또한 갚지 못하옵고 중로 고혼이 되어 구천에 돌아가는 자식을 생각지 마옵고 말년 귀체를 안보하시다가 만세 후에 부자지정을 만분지일이나 바라나이다.' 하였더라. 이날 대감이 판서 노복 등을 거느리고 즉시 과천으로 행할새, 장안 백성이 다 애연하며 구름 뫼듯

하더라. 대감과 판서 애통함이 측량없더라. 초종례로 극진히 한 후에 채단으로 염습하고 도로 집으로 옮겨와 장사를 지내니 일문이 애통함을 차마 못 볼러라.

각설, 이때에 상이 민 중전을 내치시고 태보를 정배 후, 자연 심신이 산란하여 밤이면 성내 성외를 미복으로 순행하시더니 일일은 한 곳에 다다르니 명월은 명랑한데 어떤 아이 오륙 인이 월색 희롱하며 노래하야 즐거워하거늘 상이 몸을 은신하시고 자세히 들으니 그 노래에 하였으되, "저 달은 밝다마는 우리 주상은 불명하야 충신을 무슨 일로 천 리 원정에 내치시며, 무슨 일로 민 중전은 외관에 내치시고 군의신충 없었으니 이 부자자효 쓸데없다. 인심은 분명하건마는 국운이 말세 되어 백성도 못 할 일을 국가에서 행하고 한심하고 가련하다. 사백 년 사직을 뉘라서 붙들랴. 이 애야, 저 애야. 흥망성쇠는 불관하다마는 당상 부모 모셨어라. 심산궁곡에 들어가 초목으로 붓을 적시고, 금수로 벗을 삼아 세월을 보내다가 성군을 기다리자."
— 작자 미상, 『박태보전』 중에서 (2022년 수능 국어 영역 출제)

2022년 수능에 출제되었던 『박태보전』의 일부입니다. 작품 속에서 '박태보'가 부모에게 쓴 편지를 보면 임금의 부당함으로 인해 구천으로 들어가게 되었음을 알 수 있어요. '구천'이란 땅속 깊은 밑바닥이란 뜻으로 죽은 뒤에 넋이 돌아가는 곳을 이릅니다. 언뜻 이 문장 하나만 보면 박태보가 자신의 숭고한 뜻을 실현하지 못한 패배한 인물처럼 보이죠. 하지만 작가는 장안 백성들이 다 애통해한다는 것, 어떤 아이의 노래에서 '주상'이 불명하여 충신을 내쳤다는 것을 드러내는 등의 서술적 장치를 통해 박태보가 부도덕한 주상에 의해 억울한 죽음에 이르렀다는 것을 암시합니다. 또 죽음 이후에도 부자지정을 염원한다는 데서 윤리적 책임감이 있는 인물이라는 것도 짐작하게 됩니다. 이 같은 다양한 정보를 통해 독자는 '박태보'라는 인물과 그의 죽음이라는 사건을 입체적으로 이해할 수 있게 됩니다. 문학 작품에서는 이렇듯 서사적 장치를 통해 인물이나 사건을 입체적으로 서술하는 경우가 많습니다.

한 방향으로만 보면 단순한 비극 같았던 박태보의 죽음도, 다양한 시선을 통해 보면 오히려 그 신념과 윤리의식이 더 크게 다가옵니다. 여러 시선과 맥락을 통해 깊이 있게 이해하는 것, 바로 우리가 문학을 읽는 이유이기도 합니다.

Q   #다각적 #종합적 #총체적 #반대는_평면적 #변화무쌍 #조각상 #이중적 #인물 #서사적_장치

자연의 섭리
오묘한 질서와 법칙

'빠바바밤, 빠바바밤'… 웅장한 선율로 시작되는 베토벤의 교향곡 제5번 〈운명〉을 한 번쯤은 들어 보았을 거예요. 저는 〈운명〉 교향곡과 함께 제6번 〈전원〉도 무척 좋아합니다. 교향곡 제5번 〈운명〉과 제6번 〈전원〉은 같은 시기에 작곡된 쌍둥이와도 같은 작품입니다. 하지만 5번 교향곡이 '투쟁에 대한 승리'를 그렸다면 6번 교향곡은 '자연의 섭리에 대한 평화와 감사'를 그렸다는 점에서 대조적이죠. 이 두 교향곡은 1808년 빈 극장에서 초연되었는데, 6번에 대한 청중의 반응이 더 좋았다고 합니다.

베토벤은 말년에 귓병으로 고통을 받았습니다. 제6번 교향곡 〈전원〉을 완성한 1809년경에는 귓병이 더욱 악화되어 거의 소리를 들을 수 없는 지경이었다고 하죠. 청각장애 때문에 사람들과의 대화가 점점 더 어려워지면서 베토벤은 인간관계에도 회의적으로 됩니다. 사람을 만나는 대신 자연에 머무르는 시간이 더 많아졌고요. 평생 산책을 즐기던 베토벤은 "전능하신 신이여, 숲속에서 나는 행복합니다. 여기서 나무들은 모두 당신의 말을 합니다. 이곳은 얼마나 장엄합니까!"라고 말하며 자연의 섭리를 통해 인간이 누릴 수 있는 기쁨과 경외감을 표현했습니다. 교향곡 6번 〈전원〉은 이러한 베토벤의 감정을 아주 잘 표현한 곡이지요. 문학 작품에서도 자연의 섭리라는 표현이 자주 등장하는데요, 자연의 섭리란 자연 현상에 나타나는 자연의 오묘한 질서와 법칙을 의미합니다. 겨울이 지나면 봄이 오고, 봄이 오면 따뜻해지고 꽃이 피는 것처럼 자연계를 지배하고 있는 자연 그대로의 법칙을 자연의 섭리라고 하는 것이지요.

> 가장 아름다운 걸 버릴 줄 알아
> 꽃은 다시 핀다
> 제 몸 가장 빛나는 꽃을
> 저를 키워 준 들판에 거름으로 돌려보낼 줄 알아
> 꽃은 봄이면 다시 살아난다
> ─ 도종환, 「다시 피는 꽃」 중에서

위 시는 도종환 시인의 「다시 피는 꽃」 일부입니다. 이 작품에서는 '다시'라는 말이 매우 중요해요. 꽃이 다시 필 수 있는 까닭이 바로 작품의 핵심이기 때문이지요. 작품 속 화자는 가장 아름다운 것과 가장 소중한 것을 버려야 꽃이 다시 피고, 푸른 잎을

내고, 열매도 다시 맺을 수 있다고 이야기합니다. 즉, 화자는 생성과 소멸의 과정을 거듭 반복하는 꽃과 나무의 모습에서 자연의 순환과 생명의 법칙이라는 자연의 섭리를 찾아내고 있습니다. 이것이 바로 이 시의 제목인 '다시 피는 꽃'의 의미입니다. 섭리란 '자연계를 지배하고 있는 원리와 법칙'이라는 뜻인데요, 여기서 화자는 궁극적으로 인간도 다른 생명체처럼 자연의 섭리에 따라 자신이 가진 것을 깨끗이 버릴 때 영원한 삶을 누릴 수 있다는 진리를 노래합니다. 이처럼 많은 시인이 자연 현상 속에 나타나는 자연의 질서와 법칙(자연의 섭리)을 통해 삶의 진리를 노래하는데요. 시나 소설을 공부하다가 자연 현상이 드러난 작품을 만나게 된다면 잠시 생각해 보세요. '이런 묘사를 바탕으로 작가가 궁극적으로 전달하고 싶어 하는 메시지는 무엇일까?' 하고 말입니다.

🔍 #자연을_지배하는_원리 #보편적_진리 #근본 #사계절 #생성과_소멸 #자연의_순환 #생명

자조적 표현

스스로를 우습게 여기는 표현이지만
사실은 성찰하고 있는 거야

'탕핑躺平', '사토리 세대', 'N포세대'

위에 사용된 표현의 공통점이 무엇인지 아시나요?

바로 중국, 일본, 한국의 청년들이 각각 자기 삶을 비관적으로, 자조적으로 표현하는 신조어입니다. 가장 최근에 등장한 중국의 '탕핑'이라는 표현은 '납작하게 눕다'라는 의미인데요. 중국의 청년 실업률이 증가함에 따라 '아예 아무것도 하지 않고 드러누워 버리겠다'라며 자포자기하는 마음을 표현한 것입니다. 일본에서도 경제적 불황이 지속되면서 '깨닫다'라는 뜻의 '사토루 悟る'에서 파생된 말인 '사토리 세대'라는 말이 유행했어요. '현실의 부귀영화에서 '해탈하다', '포기한다'라는 의미로 돈과 출세에 욕심이 없는 일본 청년들을 가리킵니다. 'N포세대'라는 말은 여러분들도 들어 봤을 거예요. 처음엔 '삼포세대(연애, 결혼, 출산을 포기한다는 의미)'에서 시작한 말이 '오포세대', '10포세대'까지 진화하더니 최근에는 'N포세대'라는 말로 대체되었습니다. 'N'

이 정해지지 않은 숫자라는 뜻이라는 걸 감안하면 마음이 참 쓸 쓸해집니다.

　가장 푸르른 세대인 청년들이 이렇게 많은 것을 포기한 채 자 조를 일삼으며 살고 있다니요! 그런데 이런 현상이 현실뿐 아니 라 문학 작품에도 등장합니다. 아래 예문을 보세요. 부정적 현실 에서 괴로워하고 있는 화자가 나옵니다.

　　……활자(活字)는 반짝거리면서 하늘 아래에서
　　간간이
　　자유를 말하는데
　　나의 영(靈)은 죽어 있는 것이 아니냐
　　(…)
　　그대의 정의도 우리들의 섬세도
　　행동이 죽음에서 나오는
　　이 욕된 교외에서는
　　어제도 오늘도 내일도 마음에 들지 않아라
　　― 김수영, 「사령(死靈)」 중에서 (2008년 수능 언어 영역 출제)

　이 시의 화자는 자유를 말하지 못하는 자신을 죽은 영혼, 즉 '사령死靈'으로 인식하고 있어요. 또한 자신에게 '우스워라'라고 표현하며 자조합니다. 스스로를 '우습다'라고 말하고는 있지만 진짜로 웃고 있는 것 같진 않죠? 자신을 '마음에 들지 않아라.'라고 표현하면서 부끄러워하는 반성적 태도, 성찰적 태도가 느껴집니다. 자조적 태도가 나타나 있는 대다수의 작품은 이렇게 성찰적 태도를 동시에 보여 줍니다. 부정적 현실 때문에 아무것도 할 수 없다고 괴로워하고는 있지만, 자조와 성찰을 통해 한 발짝 앞으로 나아가는 것이지요.

청년들의 자조적 표현인 'N포세대'도 청년들이 'N개의 많은 것들을 포기하겠다.'라는 의미보다는 사실은 '그 어느 것도 포기하고 싶지 않다.'라고 하는 희망의 메시지가 아닐까요?

Q #스스로_자신 #조롱_비웃다 #반성과_성찰 #자신을_비추어 #희망 #포기하고_싶지_않아서

자족

스스로 느끼는 넉넉함

학급 친구들과 감사 일기 프로젝트를 진행했습니다. 친구들은 어떤 내용을 써야 할지 모르겠다면서 한숨을 쉬고, 낯간지럽다고 어색해했죠. 처음에는 '오늘 급식에 마라탕이 나왔어요!', '수학 시간에 선생님이 일찍 끝내 주셔서 감사해요.'처럼 외부 요인에 의해서 행복한 것들을 주로 적었는데, 2주를 진행하니 변화가 보였습니다. '아침에 일찍 등교한 덕분에, 깜빡했던 숙제를 했어요.', '오늘 청소를 도와준 친구에게 고맙다고 말했어요.', '영어 수업 내용을 이해할 수 있어서 감사합니다.'와 같이 내적 요인에 의한 감사의 내용들이 늘어났답니다. 넉넉하여 만족해하는 마음이나 감사한 마음이 생긴 이유를 어디에서 찾느냐에 따라 우리 삶의 태도는 달라집니다. 외부 요인에서 넉넉함을 느끼는 것을 '만족'이라고 한다면, 스스로 넉넉함을 느끼고 만족하는 것을 '자족'이라고 해요. 외부의 환경이나 요인들이 부족하더라도 생각을 바꾸면 자족감을 느낄 수 있죠. 선조들은 중앙으로 나아가 명성을 떨치지 않더라도, 자연에서의 삶에 스스로 느끼는 만족감을 시가에 담곤 했어요.

맑은 물에 벼를 갈고 청산에 섶을 친 후
서림 풍우에 소 먹여 돌아오니
두어라 야인 생애도 자랑할 때 있으리라
〈제9수〉
— 유박, 「화암구곡」 중에서 (2024년 수능 국어 영역 출제)

위의 작품에서 화자는 '청산'에서 벼를 갈고 섶(땔나무)을 치며, 소를 먹이며 지내고 있습니다. 비록 입신양명은 못 했지만, 화자는 자연에서의 삶을 '자랑할 때 있으리라'라고 표현하며 스스로 만족감을 드러냅니다. 자연에서의 삶에 대한 자부심이 보이죠?

강호한정(자연을 예찬하며 한가로이 즐김)을 노래한 화자는 주로 다음과 같아요. ①자신이 원해서 벼슬을 거부하고 자연에서의 삶을 선택한 화자, ②벼슬에 나아가고 싶었으나 뜻을 이루지 못하고 자연에서 지내는 화자, ③벼슬을 내려놓고 자연에서 지내는 화자, ④유배, 귀양살이로 인해 자연에서 은거하는 화자 등입니다. 저마다 개인의 사정이 있고 선택한 삶이 각기 다르므로 태도에서 차이점이 보이긴 해도 자연이 주는 아름다움과 고마움을 만끽하는 점만은 동일합니다. 계절마다 변화하는 자연의 아름다움을 찾고, 소일거리(농사, 낚시 등)에서 즐거움을 찾으며 자족하는 모습, 상상만 해도 편안하지요?

너무나도 급변하는 현대 사회에서 자족감을 느끼는 것은 어쩌면 어려운 일일지도 모르겠어요. 휴대폰만 들여다보아도 화려한 삶을 살아가는 사람들의 모습이 여기저기 보이고요. '나는 뭐 하고 있는 거지.' 싶은 순간이 저에게도 있습니다. 하지만 제가 학급 친구들과 감사 일기를 쓰면서 느꼈던 게 있어요. 불만 가득한 삶보다는 행복 가득한 삶이 우리의 하루를 더욱 의미 있게 해 주고 발전시켜 준다는 점입니다. 감사 일기를 쓰면서 학급 친구들의 표정도 정말 밝아졌답니다. 드라마 〈눈이 부시게〉의 마지막 내레이션은 배우 김혜자가 연기 대상을 받고 수상 소감을 밝힐 때도 읊었을 정도로 인상적입니다. 특히 이 세상에 태어난 우리는 모든 걸 매일 누릴 자격이 있다는 부분은 저에게도 많은 위로가 되었습니다. 여러분들의 삶도 반짝반짝 눈이 부시기를 바랄게요. 스스로 넉넉함을 느끼는 자족감을 통해서요.

Q #스스로_지 #족하다_만족 #넉넉함 #충족 #외부 #삶의_태도 #감사의_마음 #눈이_부시게

전원

도시와는 또 다른 매력을 지닌
온몸으로 자연을 느낄 수 있는 공간

〈리틀 포레스트〉라는 영화를 본 적 있나요? 시험, 취업, 연애…
무엇하나 제 뜻대로 되지 않는 삶에 지친 주인공 '혜원'은 잠시
일상을 내려놓고 시골에 있는 고향집으로 갑니다. 그리고 그곳에
서 어릴 적 친구 '재하', '은숙'과 함께 직접 키운 농작물로 매끼
식사를 만들어 먹으며 봄, 여름, 가을, 겨울을 보내죠. 사계절을
고향에서 보내며 '혜원'은 자연으로부터 위로받기도 하고, 복잡
했던 생각을 정리하며 다시 자신의 자리로 돌아가 사회로 뛰어들
용기를 얻게 됩니다. 그렇게 '혜원'은 친구들에게 짧은 편지를 남
긴 후 도시로 돌아가며 영화는 마무리됩니다.

삭막한 도시에서 살아남기 위해 치열하게 경쟁하는 삶을 살
던 '혜원'에게 고향은 사계절의 변화를 온몸으로 느끼며 삶의 활
력과 생명력을 되찾게 해준 공간이었습니다. 하늘을 가리는 높은
건물 대신 너른 들판이 시야를 메우는 시골에서는 시간의 흐름
과 계절의 변화를 더 잘 감지할 수 있죠. 태어나 줄곧 고향에서 지

낸 '은숙'에겐 평범한 일상의 공간이지만, 도시에서의 삶에 지친 '혜원'에겐 특별하게 느껴지는 곳입니다. 영화 속 배경이 된 곳처럼 도시에서 떨어진 시골이나 교외를 일러 '전원'이라고 합니다. 우리 문학에서도 전원에서의 모습을 담은 작품들이 많아요. 그중 한 작품을 살펴볼까요?

> 새로 거른 막걸리 젖빛처럼 뿌옇고
>
> 큰 사발에 보리밥, 높기가 한 자로세.
>
> 밥 먹자 도리깨 잡고 마당에 나서니
>
> 검게 탄 두 어깨 햇볕 받아 번쩍이네.
>
> 옹헤야 소리 내며 발맞추어 두드리니
>
> 삽시간에 보리 낟알 온 마당에 가득하네.
>
> 주고받는 노랫가락 점점 높아지는데
>
> 보이느니 지붕 위에 보리 티끌뿐이로다.
>
> 그 기색 살펴보니 즐겁기 짝이 없어
>
> 마음이 몸의 노예 되지 않았네.
>
> 낙원이 먼 곳에 있는 게 아닌데
>
> 무엇하러 벼슬길에 헤매고 있으리오.
>
> — 정약용, 「보리타작」

화자는 보리타작하는 농민들을 관찰하고 있네요. 보리타작이란, 보리 이삭에서 껍질을 벗겨 낟알을 떨어내기 위해 도리깨 등의 농구를 사용해서 메어치는 걸 말해요. 밥을 먹고 마당에 나와서 도리깨질하는 농민의 모습에서 활기와 생명력이 느껴지네요. 즐겁게 노래를 부르며 보리타작하는 농민들의 모습에서 화자는 건강한 노동의 즐거움이 있는 이곳이 낙원과 별반 다르지 않다고 이야기합니다. 그러한 삶의 모습은 벼슬에 집착하며 벼슬길을 헤매고 있는 자신과는 상반되는 모습이죠. 벼슬길을 헤매던 화자가 전원에서의 농민들의 삶을 바라보며 자신의 삶을 되돌아본다는 점에서 〈리틀 포레스트〉와 비슷하지 않나요? 조선시대 판 리틀 포레스트라 말할 수 있겠네요. 전원생활 후 두 인물이 어떤 삶을 선택했느냐에 있어선 차이가 있습니다. 리틀 포레스트의 '혜원'이 전원생활 후 도시로 되돌아가는 삶을 선택했지만, 보리 타작의 화자는 '무엇 하러 벼슬길에 헤매고 있으리오'라는 말에서 추측해 볼 수 있듯이 벼슬길(속세)로 되돌아갈 것 같진 않으니까요.

#밭_전 # #자연이_주는_위로 #사계절 #생명력 #논과_밭 #시골 #교외 #삶의_즐거움 #속세

점진적
점차 조금씩 나아가요

'돈오점수頓悟漸修'라는 말 들어 봤나요? 얼마 전 저희 반 친구들이 윤리와 사상 시간에 이 내용을 배웠다고 했는데요. 친구들이 나누는 이야기를 듣다 보니 저도 학창 시절에 돈오점수, 정혜쌍수에 대해 배웠던 기억이 어렴풋이 떠올랐습니다. 돈오점수라는 말은 고려시대 불교 지눌이 주장한 수행 방법입니다. 부처가 되려면 진심(불성)을 깨닫고 과거의 번뇌, 행실 등을 없애야 한다는 뜻입니다. 조금 어렵죠? 돈오점수에서 '돈오'는 대승의 깊고 묘한 교리를 듣고 단번에 깨닫는 것을 의미하고, '점수'는 깨우쳤다고 해서 만족할 게 아니라 깨우친 바를 점진적으로 수행해야 한다는 뜻입니다. 불교의 교리이지만 사실 우리 삶에도 필요한 이야기인 것 같아요. 어떤 이치를 깨달았다고 해서 그게 끝이 아니잖아요? 깨달은 내용을 계속 실천에 옮겨야죠. 그러다 보면 조금씩 조금씩 더 나아지는 우리 자신을 발견할 수 있을 것입니다.

　제가 중학생일 때는 '다꾸(다이어리 꾸미기)'가 유행했었는데요. 그때 저도 열심히 다이어리를 썼었어요. 특히 시험 기간이면 어디선가 들은 공부 명언들을 적어 놓고 마음을 다잡곤 했었죠. 그때 제 마음을 사로잡았던 명언 중 하나는 '꿈을 수첩에 적으면 목표가 된다. 목표를 잘게 쪼개면 계획이 된다. 계획을 행동에 옮기면 꿈은 현실이 된다.'예요. 내가 '돈오'하여 깨달은 꿈을 '점수' 하며 실천하기 위해 계획을 행동에 옮기는 것, 이게 바로 점진적 태도인 것 같아요. 점진적의 사전적 정의는 '점차로 조금씩 나아가는 것'입니다. 문학에서 '점진적'은 주로 감정이 고조되는 상황을 다루는 경우가 많습니다. 그런 의미에서는 문장의 뜻을 점점 강하게 하거나, 크게 하거나, 높게 하여 마침내 절정에 이르도록 하는 수사법인 점층적이라는 표현과도 유사하게 쓰일 수 있으니 기억해 두세요. '날이면 날마다, 달이면 달마다 당신을 사랑합니다.', '지금의 수고는 열 배, 백 배, 천 배의 수확으로 돌아올 거예요.'와 같은 문장처럼요.

『톰소여의 모험』으로 유명한 작가 마크 트웨인은 이렇게 말했습니다. "점진적인 성장이 지연된 완벽함보다 낫다."고요. 지금 당장은 많이 부족해 보일지 몰라도 날마다 조금씩 나아가는 것, 꾸준히 성장하는 것이 훨씬 가치 있다고 생각합니다. 여러분의 점진적인 성장을 응원할게요.

Q #흐르다 #나아가다 #앞으로_앞으로 #깨달음 #수행 #실천 #점차로_조금씩 #날이면_날마다

정경
정서를 자아내는 경치

SNS 팔로워 수가 많은 친구가 있어요. 그 친구랑 같은 곳에서 같은 대상을 찍은 사진을 보면 그 이유를 짐작할 수 있겠더라고요. 친구가 알려준 구도로 똑같이 찍어 보았지만 제 사진에서는 그런 느낌과 감성이 살아나지 않았어요. 친구에게 사진을 잘 찍는 비법을 물어 봤더니 뜬금없이 나태주 시인의 「풀꽃」을 인용하더군요. "자세히 보아야 예쁘다 오래 보아야 사랑스럽다." 그러고 보니 그 친구는 사진만 남다른 게 아니라 같은 대상도 남다르게 바라보고 표현하는 재주가 있었어요. 정경은 어떤 정서를 자아내는 경치를 의미합니다. 고향에 대한 그리움을 담은 시를 여러 편 발표한 이시영의 시, 「마음의 고향 2 - 그 언덕」을 같이 살펴볼까요?

　　쏴르르 쏴르르 무엇이 물살을 헤짓는 소리 같기도 하여 / 고개를 들면 아, 청청히 푸르던 하늘 / 갑자기 무섬증이 들어 언덕 위로 달려 오르면 / 들꽃 싸아한 향기 속에 두런두런 논실댁의

목소리와 / 까르르 까르르 밭 가장자리로 울려 퍼지던 / 영자 영숙이 순임이의 청량한 웃음 소리

— 이시영, 「마음의 고향 2 - 그 언덕」 중에서(2021년 수능 국어 영역 출제)

어떤 이미지들이 떠올랐나요? 저는 초여름 어느 한적한 농촌의 모습이 떠올랐어요. 시인은 물살 소리, 웃음소리와 같은 청각적 심상, 하늘의 푸른 색채 이미지를 활용한 시각적 심상, 들꽃의 싸아한 향기를 표현한 후각적 심상 등 다양한 이미지를 활용하여 평화롭고 아름다운 고향의 경치를 보여 주고 있습니다. 영자, 영숙이, 순임이가 어떤 친구들일지는 모르지만 우리 주변의 유쾌하고 순수한 소녀들일 것 같죠? 이 시에서 표현된 경치를 상상해 보니, 미소가 지어지고, 마음도 따스해지더군요.

막차는 좀처럼 오지 않았다. / 대합실 밖에는 밤새 송이눈이 쌓이고 / 흰 보라 수수꽃 눈시린 유리창마다 / 톱밥난로가 지펴지고 있었다 (…) 자정 넘으면 / 낯설음도 뼈아픔도 다 설원인데 (…) 그리웠던 순간들을 호명하며 나는 / 한 줌의 눈물을 불빛 속에 던져 주었다.

— 곽재구, 「사평역(沙平驛)에서」 중에서(2014년 수능 국어 영역 B형 출제)

앞의 시와는 다른 분위기의 경치가 그려지죠? 여러분도 추운 겨울의 늦은 밤, 사평역의 대합실에서 막차를 기다리는 사람들의 모습을 머릿속으로 그렸을 거예요. '눈시린 유리창', '낯설음', '뼈아픔', '그리웠던 순간', '눈물' 등의 시어를 통해 쓸쓸하고도 고독한 감정을 느꼈나요? 이 시에서 그려진 사평역을 사진으로 담는다고 가정해 볼까요? 저는 대합실에서 막차를 기다리는 사람들의 눈빛을 클로즈업하여 연민과 애정을 가득 담고, 전체적인 배경은 어둡고 쓸쓸하게 느껴지도록 흑백 사진으로 보정하고 싶어요. 사평역 대합실의 풍경을 통해 제 마음에 느껴진 쓸쓸하고 고독한 정경이 더 잘 드러나도록요. 스쳐 지나가는 풍경 속에서 정경을 발견할 줄 아는 여러분이라면 이런 멋진 시도 충분히 잘 감상해 낼 수 있겠죠? 시를 감상할 때, 여러분의 가슴 속에 느껴지는 감정을 사진으로 순간 포착하듯 즐겨 보세요. 그리고 혹시 여러분도 SNS 팔로워 수를 늘리고 싶다면, 스쳐 지나가는 풍경 속에서 정경을 발견하고 찰칵, 순간을 포착해 보세요!

Q   #정서 #흥취와_경치 #심상 #오감 #추억 #감정 #애정을_담아 #정경을_드러내 #나만의_감상

정당화와 명분

그것은 비겁한 변명입니다

어느 고등학교 2학년 교실. 반장 '형우'는 유급되어 나이가 많은 학생들인 일명 '재수파'를 돕자며 아이들을 설득합니다. '기표'가 두목인 재수파 학생들은 1학년 때 징계로 유급을 당해 나이가 많은데, 뭉쳐 다니면서 다른 학생들에게 공공연하게 폭력을 행사하며 재물도 갈취하는 악당들입니다. 그런데 반장 형우는 이 악당들을 오히려 돕자고 나서고, 대장 기표에게 컨닝할 쪽지까지 만들어 주는데, 기표는 이를 무시하고 형우를 무자비하게 폭행합니다. 형우는 크게 다쳐 병원에 입원까지 했지만 학교에는 자신을 때린 사람들을 비밀로 했고, 재수파 아이들은 감동하여 형우에게 용서를 빕니다. 사실 재수파 아이들은 기표를 무서워했어요. 기표에게 상납할 돈이 부족하면 피를 팔아서라도 채울 만큼 말입니다. 그런데 어느 날 기표의 비참한 가정 형편이 학교에 알려지고, 재수파 아이들의 상납이 친구에 대한 의리로 둔갑하여 소문이 퍼집니다. 아이들은 이제 기표와 재수파를 무서워하는 대신 불쌍히 여기며 도우려고 합니다. 이 미담이 알려져 신문에까지 나오고요. 그러던 어느 날, 기표는 무서워서 살 수가 없다는 쪽지를 남기고 가출해 버립니다. 사실 이 모든 일은 담임 교사의 계획이었어요. 처음부터 반장 형우를 이용해서 재수파 일당의 힘을 빼어 놓으려는 작전이었는데, 기표의 가출로 자신이 만든 미담이 망가지자 담임 선생님은 화를 냅니다.

전상국이 쓴 「우상의 눈물」이라는 소설의 줄거리입니다. 담임 선생님과 그의 아바타 형우는 기표의 가정 형편을 학교 전체에 드러내어 하루아침에 기표를 무서운 존재에서 불쌍한 존재로 전락시키고 재수파 아이들의 폭력을 의리로 포장하여 더 이상의 힘을 발휘할 수 없도록 만들었습니다. 그래서 기표와 재수파를 완전히 무기력하게 만들었지요. 담임 교사로서 아이들을 공포에 떨게 하고 학습 분위기 조성과 질서 유지에 방해가 되는 폭력 세력을 막는 것은 당연한 일입니다. 이것이 명분입니다. 어떤 일을 꾀할 때 내세울 수 있는 이유와 구실을 명분이라고 합니다. 그렇게 보면 담임 선생님과 반장 형우의 팀플레이는 분명한 명분이 있고 아주 훌륭한 작전이었지요? 그런데 이 명분을 세심하게 따져 볼까요? 기표가 재수파 아이들을 장악하여 다른 아이들의 재물을 조직적으로 뺏어갔다면, 담임 선생님은 반장 형우를 내세워 학급 일을 고자질하게 하고 재수파 아이들을 분열하여 힘을 빼앗았습니다. 기표가 아이들을 장악하기 위해 물리적 폭력으로 군림

했다면 담임 선생님 또한 학급을 장악하기 위해 기표의 가정 사정을 폭로하는 정신적 폭력을 휘둘렀죠. 기표가 힘으로 반항과 일탈 행동을 저질렀다면 담임 선생님은 거짓된 명분을 내세워 일률적 질서를 강요하고 학생의 마음에 상처를 냈습니다. 기표의 가출에 걱정 대신 화를 내는 것으로 보아, 진정으로 기표와 학생들을 생각해서 벌인 일이라고 하기는 힘들어요. 그렇다면 담임 선생님의 행동은 사실상 기표 무리와 크게 다를 바가 없지 않겠어요? 사실상 선생님의 계획에도 도덕적 명분이 없습니다. 이처럼 겉으로는 옳은 일을 하는 것처럼 명분을 내세우지만, 그 속까지 잘 들여다보면 진실하지 못할 때 이를 정당화라고 합니다. 정당하지 않은 일을 정당한 것처럼 꾸민다는 뜻입니다. 우리가 가장 자주 쓰는 정당화는 이런 거죠?

"엄마, 나만 그런 거 아니에요. 다른 애들도 다 그래요. 다들 그러니까 저도 그래야 할 것 같아서 그랬어요."

정말 비겁한 변명 아닌가요? 스스로를 정낭화하기 위해서 솔직하지 못한 명분을 내세우는 것은 우리 모두를 불편하게 해요. 이제 정당화가 아니라 진짜 정당한 명분을 세우고 행동합시다. 그래서 항상 하늘을 우러러 한 점 부끄러움이 없는, 용기 넘치고 떳떳한 여러분이 되길 바랍니다!

> Q   #합당 #공명정대 #바람직하다 #마땅하다 #부담함 #솔직한_명분이_필요해요 #용기와_진실

정서

시적 상황으로 인해
화자가 느끼는 감정이나 기분

수업 시간에 학생들에게 혼자 해석하기에 버거울 수도 있는 작품을 제시하고 스스로 작품을 분석해 보라고 과제를 내 주기도 하는데요. 이런 걸 왜 하느냐고 불평하거나 아예 포기해 버리는 학생들도 있지만 어떤 학생들은 의욕에 차서 "한번 해 보겠다."라고 하면서 도전합니다. 이처럼 객관적으로 볼 때 똑같은 상황이라 해도 사람에 따라 이를 대하는 감정이나 생각과 태도는 천차만별입니다. 그러니까 상황마다 어떤 감정을 지니는지, 어떤 태도를 보이는지 알아본다면 우리가 궁금해하는 '그 사람'을 더욱 잘 이해할 수 있을 것입니다.

　시에서 화자의 정서와 태도를 파악하는 게 중요하다고 강조하는 것은 바로 이런 이유에서입니다. 시적 대상이나 상황에 드러나는 화자의 정서와 태도를 통해 화자가 어떤 인물인지를 파악할 수 있고, 나아가 시인이 화자를 통해 전달하고자 하는 주제를 파악할 수 있으니까요. 수능에서는 화자의 정서와 태도를 묻는 문제가 자주 출제되는데요, 시인이 시를 통해서 전달하고자 하는 것을 가장 잘 보여 주는 요소가 화자의 정서와 태도이기 때문입니다. 이제 정서와 태도의 개념을 좀 더 구체적으로 살펴볼게요.

정서란 시적 화자가 처한 시적 상황으로 인해 화자가 느끼는 감정이나 기분을 의미합니다. 이별과 같은 괴로운 시적 상황에 대해 느끼는 '슬프다, 외롭다, 분하다'와 같은 화자의 다양한 감정이나 생각 등이지요. 태도란 화자가 자신이 처해 있는 상황을 대하는 마음가짐이나 대응 방식을 말하는데요, 태도는 주로 화자의 어조를 통해서 드러납니다.

시절이 풍년인들 지어미 배부르며

겨울을 덥다 한들 몸을 어이 가릴꼬

베틀의 북도 쓸데없이 빈 벽에 남아 있고

떡시루 솥도 버려두니 붉은 녹이 다 끼었다

세시 절기 생일 제사는 무엇으로 받들어 올리머

친척들과 손님들은 어이하여 접대할꼬

이 얼굴 지녀 있어 어려운 일이 많고 많다

이 원수 가난 귀신을 어찌해야 떨치려뇨

술에 음식 갖추고 이름 불러 전송하여

좋은 날 좋은 때에 사방으로 가라 하니

시끄럽게 떠들면서 화를 내어 이른 말이

어려서부터 늙을 때까지 희로애락을 너와 함께하여

죽거나 살거나 떠날 줄이 없었거늘

어디 가 뉘 말 듣고 가라 하여 이르니뇨

타이르는 듯 꾸짖는 듯 온 가지로 을러대거늘

돌이켜 생각하니 네 말도 다 옳도다

무정한 세상은 다 나를 버리거늘

네 혼자 신의 있어 나를 아니 버리거든

억지로 피하여 잔꾀로 여읠러나

하늘이 만들어 준 이내 궁핍 설마한들 어이하리

빈천(貧賤)도 내 분수이니 서러워하여 무엇하리

— 정훈, 「탄궁가」 중에서(2022년 수능 국어 영역 출제)

조선 중기 시인 정훈이 지은 「탄궁가」 중 일부입니다. 이 작품의 화자는 무척이나 곤궁한 처지에 놓여 있습니다. 겨울에 입을 옷이 없는 것은 물론이고 얼마나 가난한지 가재도구를 쓸 일조차 없습니다. 이런 상황이니 제사와 손님 접대는 언감생심이죠. 화자는 이러한 곤궁한 상황을 '가난 귀신'이라고 의인화하여 표현했는데요. 일생 동안 자신을 힘들게 했던 가난 귀신을 내보내고 싶어 하지만, 가난 귀신은 지금까지 희로애락을 함께해 왔으므로 떠날 수 없다며 도리어 화자를 나무라면서 꾸짖습니다.

화자는 결국 가난 귀신을 떠나보내는 것을 체념하는데요, 이

체념이 바로 화자의 정서입니다. 이어서 화자는 '하늘이 만들어 준 이내 궁핍 설마한들 어이하리 / 빈천貧賤도 내 분수이니 서러워하여 무엇하리'라는 부분에서 드러나듯이 가난을 하늘이 정한 운명으로 여기며 받아들이려 합니다. 자신이 처한 곤궁한 현실에 대한 체념이 자신의 삶을 수용하고자 하는 태도로 이어지게 되는 것이죠. 앞에서도 이야기했듯이 이처럼 시적 상황에 대한 화자의 정서는 화자의 태도와 밀접하게 연결되며 나아가 시의 주제를 드러내는 데 핵심적인 역할을 합니다. 따라서 정서와 태도는 늘 함께 묶어서 파악해야 합니다.

정서적 거리
우리 사이에 놓인
보이지 않는 벽의 두께

가끔, 아니 자주, 내 가족은 나를 너무 모른다는 생각이 들지 않나요? 그런데 우리 가족, 특히 부모님은 여러분을 가장 잘 안다고 생각하세요. 깊은 근원까지 말이죠. 여러분이 지금보다 훨씬 어려서 부모님께 모든 것을 의존해야 했을 때부터 여러분의 말을 다 듣고, 행동을 다 보고, 지금까지 어떻게 변화했는지 그 과정을 속속들이 알고 계시니까요. 물론 속속들이 다 안다는 것은 그분들의 착각입니다. 여러분은 부모님이 모르는 다양한 경험을 했을 테고, 부모님의 상상을 뛰어넘는 성장을 이루어 왔으니까요. 진짜로 여러분을 가장 잘 아는 사람은 누구일까요? 가족, 또는 가장 친한 친구인가요? 아닙니다. 바로 여러분 자신입니다. 당연히 '나를 가장 잘 아는 사람은 나'입니다.

사실 주변 사람들이 나를 모르듯이 나도 주변 사람들을 잘 모릅니다. 이번 생애 동안은 서로를 이해하기는 어렵겠다고 두꺼운 벽을 느끼기도 합니다. 이럴 때의 마음이 바로 심리적 거리감입니다. 몸과 몸의 거리인 물리적 거리감과 관계 없이 감정적으로 느껴지는 벽의 두께라고 할 수 있지요.

문학에서는 심리적으로 느끼는 거리감을 정서적 거리감이라고도 표현합니다. 시에서 화자가 느끼는 정서적 거리감을 물리적 거리에 빗대어 표현되기도 합니다.

삭주구성은 산 넘어
먼 육천 리
가끔가끔 꿈에는 사오천리
가다오다 돌아오는 길이겠지요 (…)
들끝에 날아가는 나는 구름은
밤쯤은 어디 바로 가 있을텐고
삭주구성은 산 넘어
먼 육천 리
― 김소월, 「삭주구성(朔州龜城)」 중에서

삭주구성은 평안도의 한 구역으로 화자가 꿈에도 그리는 고향입니다. 꿈에서도 다다를 수 없는 거리를 '육천 리'라고 숫자로 표현했습니다. 꿈속에서 최선을 다해 날아가도 겨우 사오천 리밖에 갈 수가 없는데, 내 고향은 지금 육천 리 너머에 있다는 것입니다. 이 시 속의 숫자는 실제 거리를 나타내는 게 아닙니다. 그리운 고향에 대한 정서적 거리감을 표현한 비교 기준일 뿐이지요. 물리적 거리감을 따로 표현하지 않고도 심리적 거리감을 표현할 수 있습니다.

> 어린 시절에 불던 풀피리 소리 아니나고
> 메마른 입술에 쓰디쓰다.
>
> 고향에 고향에 돌아와도
> 그리던 하늘만이 높푸르구나.
> ― 정지용, 「고향」 중에서

함경북도 구성 출신인 김소월과 충청북도 옥천 출신인 정지용은 모두 일제강점기라는 어려운 시기를 살아 낸 지식인입니다. 이민족의 탄압으로 온 나라가 몸살을 앓던 시기였죠. 그들에게 고향은 이제 더는 지칠 때 돌아가서 나를 충전할 수 있는 푸근한 곳이 아니었어요. 이민족에 의해서 우리 것들을 죄다 빼앗긴, 서럽고 아프고 배고픈 땅이 되었죠. 그래서 물리적 고향은 그대로 있지만 한민족 전체가 실향민처럼 세상을 떠돌아야 했던 마음 아픈 시기였습니다.

문학에서 특정한 인물이나 대상에 대한 정서적 거리감이 느껴진다면 그 원인을 살피고, 작가가 이를 통해 이야기하고 싶은 사회적 배경이나 인생의 진리는 무엇인지 한 번 더 생각해야 합니다. 그리고 이런 공부를 일상에도 적용해 보세요. 여러분이 일상에서 느끼는 심리적 거리감도 여러분에게 상대가 느끼는 정서적 거리감도 그 근본 원인을 잘 이해하면 마음 속에 엉킨 매듭을 풀 수 있을지도 모릅니다.

정적 이미지와 동적 이미지

대상의 움직이 느껴지나요?
느껴지지 않나요?

여러분은 취미 부자인가요? 숨 가쁘게 돌아가는 학교 일정 속에서 취미를 즐긴다는 것이 결코 쉬운 일은 아닙니다. 그러나 여러분 모두 한두 가지 정도의 취미를 가져 보면 참 좋겠어요. 취미생활은 스트레스를 해소하는 방편도 되지만 다양한 경험의 세계로 안내해 주는 멋진 길잡이도 되거든요. 사진, 독서, 미술, 일기, 전시, 공연, 운동, 낚시, 캠핑, 여행, 공예, 제과제빵, 커피, 외국어, 코딩, 게임 등 취미로 선택할 수 있는 일들은 정말 많습니다. 개인 성향에 따라 동적인 취미를 선택하기도 하고, 움직임이 적은 정적인 취미를 선호하기도 하는데요. 저는 한때 독서 모임과 영어 회화 모임에 참여했더랬어요. 돌이켜 보니 대부분 정적인 것들이었군요. 여러분은 어떤 취미 활동을 즐기나요?

이처럼 취미도 고요한 책 읽기처럼 정적인 것이 있는가 하면, 강렬한 운동처럼 동적인 것도 있죠. 시의 이미지에도 정적 이미지와 동적 이미지가 있습니다. 시를 읽을 때 떠오르는 구체적인 모습과 움직임, 상태 등을 이미지라고 하는데요, 이미지는 시인의 생각이나 감정과 같은 추상적인 의미를 구체적으로 전달해 주는 중요한 장치입니다. 따라서 시의 주요 이미지를 파악한다면 시의 주제에 쉽게 다가갈 수 있어요.

이 중 정적 이미지와 동적 이미지는 대상의 운동성, 즉 움직임과 관련된 개념입니다. 정적 이미지는 말 그대로 움직임이 느껴지지 않는 풍경이나 고요한 심리 상태를 통해 조용한 느낌을 불러일으키는 이미지를 뜻합니다. 동적 이미지는 시적 대상의 힘찬 움직임을 통해 활발한 느낌을 불러일으키는 이미지를 의미하고요. 다음 두 작품을 한 번 살펴볼까요?

(가) 노주인의 장벽에
무시(無時)로 인동(忍冬) 삼긴 물이 나린다.
자작자작 덩그럭 불이
도로 피어 붉고

구석에 그늘 지어
무가 순 돋아 파릇하고,

흙 냄새 훈훈히 김도 사리다가
바깥 풍설(風雪) 소리에 잠착하다.

산중에 책력도 없이

삼동(三冬)이 하이얗다.

— 정지용, 「인동차」(2006년 수능 국어 영역 출제)

(나) (…) 뛰자 뛰자 뛰어나 보자

강강술래

뇌누리에 테이프가 감긴다

열두 발 상모가 마구 돈다 (…)

— 이동주, 「강강술래」 중에서

(가)는 겨울 산중의 고요한 풍경을 섬세하게 그려냅니다. '노 주인의 장벽', '자작자작 덩그럭 불', '흙 냄새 훈훈히 김도 사리다' 같은 표현들을 통해 시인은 시공간이 정지된 듯한 분위기를 조용히 펼쳐 보입니다. 특히 '바깥 풍설 소리에 잠착하다', '삼동이 하이얗다'와 같은 구절에서는 전체적으로는 고요하고 명상적인 정서가 깊이 배어납니다. 이러한 정적인 이미지는 대상이 거의 움직이지 않거나, 아주 느리게 변화하는 모습을 통해 고요함, 초연한 자세, 인내와 기다림을 담아냅니다.

반면 (나)는 우리 전통 민속춤 강강술래를 소재로 한 시입니다. 시 전문을 읽어 보면 서로 손잡고 춤추는 여인들의 모습을 은어떼, 달무리, 공작 등에 비유하며 아름답게 묘사했는데요. 유장한 가락에서 시작하여 점차 급작한 호흡으로 이어지는 합창과 느린 동작에서 급격한 움직임으로 발전하는 춤사위는 강력한 동적 이미지, 즉 역동감을 보여 줍니다.

어떤가요? 시의 전체적인 분위기와 주로 사용된 이미지가 잘 어울리나요? 이처럼 이미지는 시의 정서와 분위기를 구체적이고 감각적으로 환기하여 의미를 보다 생생하게 전달하고, 시의 주제를 부각하는 데 중요한 역할을 합니다. 이번에 살펴본 정적, 동적 이미지 외에도 시에서 활용되는 이미지는 매우 다양한데요. 이런 것들을 잘 활용한다면 시의 주제를 정확하게 파악하는 데 한결 도움이 될 것입니다.

시에서 이미지란 시인의 감정과 메시지를 감각적으로 전달하는 다리 역할을 합니다. 정적 이미지든 동적 이미지든, 그것을 파악하는 눈은 시를 읽는 깊이를 더해 주는 중요한 열쇠가 되지요. 시의 감상에 이미지를 잘 활용한다면 시의 주제를 한결 더 쉽게 이해할 수 있을 것입니다.

🔍 #정지_상태 #성격 #성향 #고요함 #역동성 #대상의_운동성 #움직임 #시인의_메시지 #주제

조응

사물, 말과 글의 앞뒤가
서로 일치하게 대응하네

조응照應은 비칠 '조照'와 응할 '응應'이 결합해 만들어진 단어입
니다. '둘 이상의 사물 또는 말과 글의 앞뒤 따위가 서로 일치하
게 대응함'이라는 뜻으로 표현법의 일종입니다.

> 맥의 나라 이 땅에 첫눈이 날리니, / 춘성에 나뭇잎이 듬성해지
> 네. / 가을 깊어 마을에 술이 있는데, / 객창에 오랫동안 고기 맛
> 을 못 보겠네. / 산이 멀어 하늘은 들에 드리웠고, / 강물 아득해
> 대지는 허공에 붙었네. / 외로운 기러기 지는 해 밖으로 날아가
> 니, / 나그네 발걸음 가는 길 머뭇거리네.
> — 김시습, 「도중」

우리나라 최초의 한문 소설로 널리 알려진 『금오신화』의 창
작자이기도 한 김시습의 한시 「도중」입니다. 이 작품은 김시습이
나이 50이 넘은 후 관동 지방을 유랑하면서 느낀 감회를 노래한

한시인데요, 늦가을 산촌에서 느끼는 나그네의 시름이 잘 드러나 있어요. 먼 산과 아득한 강물, 들판과 허공이 서로 대조를 이루는 듯한 장면은 쓸쓸하고 황량한 가을 풍경을 효과적으로 표현합니다. 이러한 쓸쓸하고 황량한 산촌의 풍경은 유랑의 길을 떠난 나그네의 쓸쓸한 내면과 잘 조응됩니다. 즉, 이 작품은 객관적인 자연 풍경의 묘사에서 내면적인 서정의 세계로 시적 정서가 연결되었다고 볼 수 있는데, 이렇게 둘 이상의 사물, 또는 말과 글의 앞뒤가 서로 일치하게 대응하는 표현법을 조응照應이라고 합니다.

세상(世上)의 바린 몸이 견무(畎畝)의 늘거가니
밧겼일 내 모르고 하는 일 무사일고
이 중의 우국성심(憂國誠心)은 년풍(年豐)을 원하노라
〈제1수: 원풍〉

새배 빗나쟈 백설(百舌)이 소리한다
일거라 아희들아 밧보러 가쟈스라
밤 사이 이슬 긔운에 얼마나 길었는고 하노라
〈제6수: 신〉

보리밥 지어 담고 도트랏 갱을 하여
배골는 농부(農夫)들을 진시(趁時)에 머겨스라

아희야 한 그릇 올녀라 친(親)히 맛바 보내라라

〈제7수: 오〉

서산(西山)애 해 지고 풀 긋테 이슬난다

호뮈를 둘너메고 달 듸여 가쟈스라

이 중(中)의 즐거운 뜻을 닐러 무슴하리오.

〈제8수: 석〉

— 이휘일, 「전가팔곡」 중에서

위 작품은 조응을 통해 주제 의식을 효과적으로 표현한 작품입니다. 제1수에서 기원하는 '풍요로운 한 해'의 시간은 제6수부터 제8수에서 '새벽-낮-저녁'의 시간인 '신-오-석'으로 세분화됩니다. 각 수에서는 아침 일찍 나가서 밭일하고, 점심을 먹고, 서산이 저물 무렵 일을 마치고 집으로 돌아오는 농가의 일상이 제시됩니다. 이처럼 작품 속 시간에 자연 및 인간이 함께 조응되는 모습은, 농가의 일상이 시간의 흐름과 순환이라는 자연의 순리에 따르는 것임을 드러내지요. 이처럼 고전 시가 중에는 시적 상황이나 화자의 정서를 자연과의 조응을 통해 드러내는 작품이 많으니, 꼭 기억해 두도록 해요!

Q #비칠_조 #응할_응 #서로_음해 #서로_맞아_어울리다 #상응 #앞뒤가_맞니요 #자연을_따라

체념

마음속에 품은 생각,
희망을 버리고 단념해야지

여러분, 짝사랑해 본 적 있나요? 누군가는 짝사랑을 '이루어지길 기다리는 사랑'이라는 점에서 '아직 피지 않은 꽃'에 비유하기도 합니다. 짝사랑이 이루어지는 것만큼 좋은 결말은 없겠지만 때로는 홀로 자신의 마음을 정리해야 하는 안타까운 순간을 맞이하기도 합니다. 상대방 역시 자신과 같은 마음일 거란 기대, 사랑이 이루어질 거란 희망을 내려놓고 마음을 단념하는 순간 짝사랑은 끝을 맺습니다. 체념하는 순간 종지부를 찍게 되는 거죠. 체념이란 '마음에 품은 생각을 버리는 것', '희망을 버리고 이주 단념하는 것'을 의미합니다.

여러분은 살면서 어떤 것들을 체념했나요? 저는 어린 시절, 모두에게서 사랑받고 싶어 하며 모두가 날 좋아하길 바랐던 적이 있었어요. 조금만 친구와 다투거나 누군가가 나를 싫어한다는 느낌을 받을 때면 혼자 속앓이하곤 했죠. 그러던 중 모두가 날 좋아할 수는 없다는 것을 깨닫고 모두로부터 사랑받고 싶다는 생각을 내려놓게 되었습니다. 그때부터 좀 더 편하게 지낼 수 있었는데요. 삶은 우리가 생각하는 대로, 바라는 대로, 꿈꾸는 대로만 이루어지지 않습니다. 때때로 체념해야 할 순간도 찾아옵니다. 체념은 더는 노력하지 않겠다는 포기, 나약함의 의미로 받아들여질 수도 있지만, 때로는 현실적으로 불가능한 일에 힘을 쏟는 것을 멈추고 자신을 지키기 위한 용기 있는 결단으로 비칠 수도 있습니다. 체념이라는 행위 자체는 같지만, 상황에 따라 다르게 해석될 수 있는 거죠. 이번엔 문학 작품 속에서 체념의 태도를 살펴볼까요?

가난하다고 해서 외로움을 모르겠는가, / 너와 헤어져 돌아오는 눈 쌓인 골목길에 새파랗게 달빛이 쏟아지는데. / 가난하다고 해서 두려움이 없겠는가, / 두 점을 치는 소리, / 방범대원의 호각 소리, 메밀묵 사려 소리에 / 눈을 뜨면 멀리 육중한 기계 굴러가는 소리. / 가난하다고 해서 그리움을 버렸겠는가, / 어머님 보고 싶소 수없이 뇌어 보지만, / 집 뒤 감나무에 까치밥으로 하나 남았을 / 새빨간 감 바람소리도 그려 보지만.
가난하다고 해서 사랑을 모르겠는가, / 내 볼에 와 닿던 네 입술의 뜨거움, / 사랑한다고 사랑한다고 속삭이던 네 숨결, / 돌아서는 내 등 뒤에 터지던 네 울음.

가난하다고 해서 왜 모르겠는가, / 가난하기 때문에 이것들을
이 모든 것들을 버려야 한다는 것을.
— 신경림, 「가난한 사랑 노래 – 이웃의 한 젊은이를 위하여」
(2022년 수능 국어 영역 출제)

작품 속 화자는 가난하다고 해서 외로움, 두려움, 그리움, 사
랑을 모르겠느냐며 묻고 있습니다. 의문 형식을 취하고 있지만
이는 '가난하다고 해서 그러한 감정을 모르지 않는다.'는 뜻을 강
조하기 위한 설의적 표현에 해당합니다. 외로움, 두려움, 그리움,
사랑… 인간이라면 누구나 느끼는 자연스러운 감정입니다. 작품
속 '나' 역시 이러한 인간적인 감정을 절실히 느끼지만 '가난하기
때문에 이것들을 / 이 모든 것들을 버려야 한다'고 말하고 있습니
다. 인간적인 감정조차 온전히 가질 수 없을 정도로 현실이 각박
하기 때문이죠. 화자가 체념한 것이 성공, 명예와 같은 거창한 무
언가가 아닌, 인간의 기본적인 감정이라는 사실이 더 큰 안타까
움을 불러일으킵니다.

체념은 작품 속 인물의 태도와 관련하여 나오는 개념이므로
인물이 작중 상황에서 어떻게 말하고 행동하느냐를 중심으로 파
악하는 것이 중요합니다.

Q #희망을_버리다 #단념 #종지부 #포기 #나약함 #용기_있는_결단이기도_해요 #해석에_따라

초월

어떤 한계도 표준도 없어!

혹시 '초능력이 있으면 좋겠다.'라고 생각해 본 적이 있나요? 저는 늦은 퇴근길에 종종 '내게 순간이동 능력이 있다면 얼마나 좋을까?' 하는 상상을 합니다. 이런 상상 때문인지 〈무빙〉이라는 드라마를 무척 재미있게 보았어요. 〈무빙〉은 초능력을 품은 채 현재를 살아가는 아이들과 과거의 아픈 비밀을 숨긴 채 살아온 부모들이 거대한 위험에 맞서 싸우는 이야기입니다. 초월적인 힘을 지닌 인물이 대거 등장하는 히어로물이에요. 치유 능력을 지닌 주원, 비행 능력을 가진 두식, 초인적인 오감을 지닌 미현과 그들의 자녀 모두 초능력자들이죠.

초월이란 어떠한 한계나 표준을 뛰어넘었다는 뜻입니다. 따라서 초월적 존재란 보통 사람으로는 생각할 수 없을 만큼 뛰어난 능력을 지닌 사람을 말하지요. 문학 작품에도 이와 같은 초월적인 존재가 자주 등장합니다.

지금 눈 내리고 매화 향기 홀로 아득하니 / 내 여기 가난한 노래의 씨를 뿌려라. //

다시 천고의 뒤에 / 백마 타고 오는 초인이 있어 / 이 광야에서 목놓아 부르게 하리라.

— 이육사, 「광야」 중에서

이 시에서 '초인'은 초월적 존재로 조국 광복을 실현해 줄 민족의 구원자를 의미합니다. 문학 작품 속의 초월적 존재는 대개 경험이나 인식 자체가 이상의 경지를 뛰어넘은 사람을 의미하는데요. 보통 화자의 소망을 반영하는 특별한 존재로 그려집니다. 이들 초월적 존재야말로 화자가 지향하는 이상적인 세계와 밀접하게 관련되어 있기 때문입니다. 초월적인 존재들은 독자의 흥미를 높이는 요소로도 활용됩니다. 여러분이 공부하는 고전소설을 한번 떠올려 보세요. 드라마 〈무빙〉의 등장인물들처럼 엄청난 능력자들이 나오지 않았나요? 천 명이 넘는 적군을 단칼에 쓸어버리는 사람, 비바람을 마음대로 조종하는 사람 등등 하나같이 독자에게 통쾌함을 안겨주는 인물입니다. 과거 우리 조상들에게도 〈무빙〉과 같은 이야기가 있었군요! 초월적 존재에 대한 인간의 동경과 상상은 예로부터 이어져 온 보편적인 바람인가 봅니다.

🔍 #달인 #초탈 #뛰어넘다_초 #넘을_월 #초능력 #구원자 #경지 #이상향 #동경과_상상 #바람

초점화

보이지 않던 것들도
집중하면 포착할 수 있지

현미경과 망원경의 차이는 무엇일까요? 현미경은 매우 작은 대상을 관찰하기 위해, 망원경은 아주 멀리 있는 대상을 관찰하기 위해 사용합니다. 학창 시절 과학 시간의 한 장면이 떠오릅니다. 렌즈를 통해 양파의 세포벽, 핵을 발견했을 때, 정말 놀라웠죠. 분명 육안으로는 보이지 않았던 것들인데 현미경의 재물대 위에 올려놓고 초점을 맞추니 세포가 보이는 거예요. 현미경으로 관찰할 때는 상이 뚜렷이 보이도록 초점을 잘 맞추는 것이 중요합니다. 눈에 보이는 상이 가장 선명하게 드러날 때까지요.

소설에서는 등장인물 중 상황에 따라 혹은 이야기의 전개에 따라 특정 인물에게 초점을 맞추는 경우가 있습니다. 이야기를 풀어가는 '서술자'와 비슷하긴 하지만 차이가 있습니다. 현미경으로 보았을 때 안 보였던 것들이 여러 번의 조정을 거쳐 보이는 것처럼, 특정 인물에게 초점화하면 서술자가 풀어내지 못했던, 또는 서술자가 알 수 없었던 부분들이 드러나기도 합니다. 사건의 전말을 밝히거나 장면의 분위기를 고조하고, 정서를 확장하는 효과가 있거든요. 그러면 독자들은 마치 현미경으로 상을 보는 것처럼 현장감을 생생하게 느낄 수 있습니다.

2024년 수능에 출제되었던 박태원의 소설 「골목 안」을 살펴볼까요?

사실, 을득이 녀석이 나중에 보고하는데 들으니까, 저녁 때 돌아온 집주름 영감이 그 얘기를 듣고 나자,

"걔두 그만 분별은 있을 아이가, 그래 그런 상것허구 욕지거리를 허구 그러다니......"

쩻, 쩻, 쩻 하고 혀를 차니까, 늙은 마누라는 또 마주 앉아서,

"그렇죠, 그렇구 말구요. 쌈을 허드래두 같은 양반끼리 해야지, 그런 것허구 허는 건, 꼭 하늘 보구 침 뱉기지. 그 욕이 다아 내게 돌아오지, 소용 있나요."

그리고 후유우 하고 한숨조차 내쉬는데, 방 안에서들 그러는 소리가 대문 밖까지 그대로 들리더라 한다.

― 박태원, 「골목 안」 중에서(2024년 수능 국어 영역 출제)

이 작품은 외형적으로는 전지적 작가 시점이에요. 그런데 위의 부분은 '을득이'가 서술하고 있는 것처럼 느껴지기도 합니다. 작가는 의도적으로 말을 전하는 주체를 서술자일 수도 있고 인물

일 수도 있게 서술했어요. 박태원의 다른 작품「소설가 구보 씨의 일일」이 '구보'에게 초첨을 맞춰 서술한 것이라면, 이 작품은 서술자 시선의 서술인 동시에 특정 인물의 시선으로 바라본 서술이 겹쳐 나타나기도 합니다. 이렇게 여러 인물로 초점화하여 서술함으로써 특정 인물의 편에 서지 않으려는 서술자의 태도를 보여 주지요. 영화에서처럼 다양한 시점이 나타납니다.

'초점'을 사전에서 찾아보면 '관심이나 흥미가 집중되는 사물의 중심 부분'이라는 뜻과 '사진을 찍을 때, 대상의 영상이 가장 선명하게 나타나는 상태'라는 뜻이 나와요. 그래서인지 카메라로 촬영하는 드라마나 영화에서는 이런 초점화 기법이 많이 쓰입니다. 카메라가 포착하고 있는 화면이 전지적 시점일 때도 있지만, 특정 인물의 시선에서 보고 있는 것처럼 보이기도 하죠. 이런 초점화를 통해 독자와 인물 간의 거리, 서술자와 인물 간의 거리가 조절되기도 합니다.

봉준호(위에서 같이 살펴본 박태원 작가의 외손자이기도 해요!) 감독의 영화 〈기생충〉은 상류층과 하류층의 모습을 대조적으로 보여 주며 현대 사회의 불평등을 풍자한 작품이죠. 특히 이 영화에서 폭우가 내리던 날의 장면은 많은 화제가 되었습니다. 폭우로 인해 하류층으로 표현된 '기택'네는 살고 있던 반지하 주택이 침수되고, 결국 그날 밤은 임시 대피소인 체육관에서 보내지요. 반면 상류층인 '동익'네는 어떠한 피해도 입지 않았어요. 오히려 다음 날 맑아진 하늘을 보며 동익의 아내인 '연교'는 기지개를 켜고 신나게 옷을 골라 입으며 아들 '다송'의 생일파티를 준비하죠. 연교가 파티 준비를 위해 장을 볼 때 운전기사인 기택이 동행합니다. 돌아가는 차에서 연교는 친구와 전화 통화를 하며 다음과 같이 말합니다. "오늘 하늘 완전 파랗고 미세 먼지 제로잖아. 어제 비 왕창 온 덕분에" 하며 웃는데, 영화 속 화면은 기택을 보여 주죠. 말을 하고 있는 인물은 연교이지만 화면은 씁쓸한 표정의 기택을 보여 주면서 그에게 초점을 맞춥니다. 기택은 폭우 탓에 임시 대피소에서 밤을 보냈고 아무렇게나 쌓여 있던 옷을 걸쳐 입고 출근한 터였죠. 관객은 자연스레 기택의 심정과 상황에 공감하게 됩니다. 작품에서 어떤 인물에게 초점을 맞추느냐에 따라 독자(시청자)도 사건, 인물에 대해 다른 시각을 갖게 되겠지요?

🔍 #논점 #역점 #주안점 #집중 #사물의_중심 #인물의_특징 #현장감 #시점 #서술하는_주체

추구

삶에서 추구하는 방향이
태도와 자세를 결정해!

"자유를 추구하는 사람. 규칙에 얽매이지 않는 성격의 소유자. 개방적인 성격과 여유로운 태도를 지녔습니다."

이게 뭔지 눈치 빠른 친구들은 벌써 알아챘을 것 같아요. 네, 맞아요. MBTI 성격유형 분석 결과입니다. 저의 MBTI는 ISTP인데요, 여러분은 어떤 유형인가요? 몇 년 전부터 MBTI 성격유형 분석이 유행하면서 이제 우리는 처음 만나는 사람과도 MBTI로 소통하곤 하죠? 제가 ISTP라고 밝히면 주변 동료 선생님들이나 학생들이 매우 놀라곤 합니다. "정말요? 선생님이 ISTP에요? 저는 선생님 ESFJ라고 생각했어요." 이렇게 말하는 친구들도 있어요. 그럴 때면 저는 속으로 '성공이다!'라고 생각합니다. 위의 설명대로라면 저는 교사라는 직업이 참 안 어울리는 사람입니다. 제시간에 출근하는 것도, 학생들에게 교칙을 준수하도록 안내하는 것도 너무 어렵기 때문이죠. 하지만 제가 교사가 되기로 마음먹었을 때 나름대로 생각했던 이상적인 이미지가 있었어요. 학생들에게 따뜻한 위로를 건넬 줄 아는 교사, 방황하는 학생들을 잡아주고 지지해 주는 교사가 되고 싶었죠. 저의 '추구미'였다고나 할까요? 그리고 정말로 교사가 되었을 때 저는 그런 교사의 모습이 되기 위한 '가면'을 썼던 것 같아요. 동료 선생님들과 일할 때도 피해를 주고 싶지 않아서 누구보다도 열심히, 빠르게 일하려고 노력했어요. 물론 그 과정이 쉽지는 않았어요. 그래서 야근도 많이 했고, 학생들과 상담을 잘하기 위해 다양한 연수를 받기도 했지요. 저는 왜 이런 '가면'을 쓴 걸까요? 제가 추구하는 이상적인 교사의 모습에 다가서고 싶었기 때문입니다. 쫓을 '추追'에 구할 '구求'를 쓰는 추구에는 '목적을 이룰 때까지 뒤쫓아 구하다.'라는 사전적 의미가 있습니다. 저의 실제 모습과 제가 목표하는 교사로서의 모습이 다르므로 저는 이상적인 모습에 도달하기 위해 타인에게 공감하려 하고, 다른 사람에게 도움을 주려 하고, 정리 정돈을 하고, 끝없이 메모했던 거죠. 2023년 수능에 출제된 이황의 「도산십이곡」의 화자도 이렇게 자신이 추구하는 모습대로 살기 위해 노력합니다.

이런들 어떠하며 저런들 어떠하료 / 초야우생(草野愚生) 이 이렇다 어떠하료 / 하물며 천석고황(泉石膏肓)을 고쳐 므슴하료

〈제1수〉

연하(煙霞)로 집을 삼고 풍월(風月)로 벗을 삼아 / 태평성대에 병

으로 늙어 가네 / 이 중에 바라는 일은 허물이나 없고자

〈제2수〉

춘풍(春風)에 화만산(花滿山)하고 추야(秋夜)에 월만대(月滿臺)라 /

사시 가흥(佳興)이 사람과 한가지라 / 하물며 어약연비(魚躍鳶飛)

운영천광(雲影天光)이야 어느 끝이 있으리

〈제6수〉

— 이황, 「도산십이곡」 중에서 (2023년 수능 국어 영역 출제)

'초야우생'의 삶을 살기 위해 '연하'로 집을 삼고 '풍월'로 벗

을 삼았어요. 욕심을 버리고 자연 속에서 조화롭게 살아가고자

한 것이죠. 작가는 자신이 추구하는 삶을 표현하기 위해 화자나

주인공을 통해 그 자세를 보여주곤 합니다. 이황은 높은 학문에

어진 인품까지 갖춘 인물로, 전해지는 여러 일화에서도 군자君子

로서의 모습이 나타납니다.

독일의 문호인 괴테가 전 생애를 바쳐서 쓴 희곡으로 알려진

『파우스트』는 독일에 전해져 오는 이야기 속 인물입니다. 박식

한 학자로서 세상의 모든 지식을 섭렵하려 했던 '파우스트'는 속

세의 지식에 만족하지 못하고 급기야는 악마와 계약을 맺게 되

지요. 계약의 내용은 인간의 한계를 넘어선 지식과 자신의 영혼

을 교환하는 것이었어요. 이 전설에서 유래된 단어인 'Faustian'은

'돈, 성공, 권력을 바라고 옳지 못한 일을 하기로 동의하는 것'이라는 의미입니다. 지식과 진리를 끝없이 추구하던 파우스트는 결국 자신의 욕망과 야망을 직면하게 되지요.

여러분은 어떤 삶을 추구하고 싶으세요? 혹시 여러분도 이상을 추구하기 위해 파우스트처럼 악마와 계약하고 싶은 것은 아니겠지요? 파우스트는 세상의 모든 지식을 얻게 되지만, 악마가 이루어 준 것에 궁극적으로 만족하지 못합니다. 아마도 파우스트 스스로 노력해서 얻어 낸 결과가 아니었기 때문일 겁니다. 우리가 추구하는 삶을 위한 노력과 자세, 그 자체가 더 중요한 것이니까요.

#갈구 #갈망 #뒤쫓아_구해요 #쫓다_따르다_추 #구하다_구 #이상_목표 #삶을_대하는_자세

충정

충성과 절개
굽히지 않고 굳게 지키는 마음

정치적으로 혼란스러웠던 고려 말, 국가의 개혁 방식을 놓고 정치 세력은 크게 둘로 나뉩니다. 고려 왕조를 지키되 개혁을 단행하려던 세력과 역성혁명을 통해 고려 왕조를 교체하려는 세력으로 말이죠. 아버지 이성계의 뜻을 따라 새로운 나라 조선을 세우고자 했던 이방원은 조선 건국에 반대하는 고려의 충신 정몽주에게 다음과 같이 시조 한 편을 지어 보냅니다.

> 이런들 어떠하며 저런들 어떠하리.
> 만수산(萬壽山) 드렁츩이 얽어진들 긔 어떠리.
> 우리도 이같이 얽어져 백년(百年)까지 누리리라.
> ─ 이방원

드렁츩, 즉 칡덩굴은 길게 뻗어나가며 어떤 물체를 감기도 하고 땅바닥에 퍼지며 자라는 식물입니다. 설령 뿌리가 다르더라도

줄기가 맞닿으면 서로 얽히며 함께 앞으로 나아가죠. 이방원은 이렇게 산들 어떻고, 저렇게 산들 어떠하냐며 만수산의 칡덩굴이 서로 얽혀지며 살아가듯 우리, 즉 조선을 건국하려는 세력과 고려의 유신도 서로 얽히며 한평생을 누리자고 말하고 있네요. 돌려서 말하고 있지만, 이방원은 조선 건국의 시대적 흐름을 받아들이고 함께하자는 뜻을 내비치며 정몽주를 설득하고 있어요. 이방원의 설득, 회유에 정몽주는 무엇이라 답했을까요?

> 이 몸이 죽고 죽어 일백번(一白番) 고쳐 죽어
> 백골(白骨)이 진토(塵土) 되어 넋이라도 있고 없고
> 님 향한 일편단심이야 가실 줄이 이시랴.
> ─ 정몽주

　　정몽주는 자신이 일백 번을 죽고 또 죽어 백골이 티끌과 흙이 되어 넋이 있든 없든지 간에 임을 향한 일편단심, 즉 변치 않는 마음은 사라지지 않을 것이라 말하고 있어요. 죽음이라는 극단적인 상황을 가정하면서 고려 왕조에 대한 자신의 충성을 꺾지 않겠다고 단언합니다. 정몽주의 충성심과 절개를 결코 꺾을 수 없다고 판단한 이방원은 조선 건국 과정에서 정몽주를 제거하지요.
　　임금과 국가에 대한 충성과 절개를 굽히지 않고 굳게 지키고자 하는 마음, 이를 충정이라고 합니다. 고전 문학에는 정몽주의

시조처럼 임금 또는 국가에 대한 신하의 충정을 담은 작품들이 아주 많답니다. 단종에 대한 충정을 담은 성삼문의 시조 「이 몸이 주거 가셔~」, 「수양산 바라보며~」나 임제의 「원생몽유록」처럼 말이죠. 이처럼 다양한 작품을 통해 신하로서의 굳은 마음, 꺾이지 않는 마음을 느껴볼 수 있을 거예요.

#충성_정성 #곧을_정 #지조 #절개 #일편단심 #변치_않는_마음 #죽음을_불사해 #정몽주

통찰

유레카!
갑자기 떠지는 해결의 눈

손다이크라는 심리학자의 실험을 하나 소개할게요. 그는 고양이를 상자 속에 넣고 제 발로 고리를 열고 나올 때까지 시간을 재 보았습니다. 그랬더니 고양이에게 경험이 쌓일수록 걸리는 시간이 줄어든다는 결과가 나왔어요. 손다이크는 이 실험을 통해 새로운 환경 속에서 해결할 문제를 만난 개체는 일단 아무 행동이나 해 보면서 그 효과에 따라 버려야 할 행동과 옳은 행동을 구분하여 학습하게 된다고 결론지었습니다. 이러한 학습 방법을 '시행착오'라고 합니다. 그러니까 비슷한 경험이 많은 사람일수록 더 빨리 정확하게 해결책을 찾을 수 있다는 뜻이지요.

그런데 쾰러라는 학자의 실험 결과는 좀 달랐어요. 굶주린 침팬지를 우리에 넣고 바나나를 손이 닿지 않는 높은 곳에 매달아 두었더니 전에 이런 경험을 하지 못했던 침팬지는 골똘히 생각한 후, 주변 도구를 이용하여 먹이 획득에 성공하더라는 거예요. 핵심은 상황 전체에 대해 새롭게 생각하면서 문제를 해결하는 능력에 있습니다. 이를 통찰학습이라고 합니다. 통찰학습은 대체로 주저하는 듯한 멍한 순간 뒤에 찾아오는 것인데 그렇게 학습된 것은 잘 잊지 않습니다.

국어 문제를 풀 때도 통찰력이 필요합니다. 단어 하나하나의 의미를 풀이해 놓고 나서 문제를 푼다고 답이 나오는 건 아니에요. 국어는 '10'을 '5+5'와 같다고 말하는 과목이 아니랍니다. 각각의 외미를 합하여 전혀 다른 차원의 의미가 발생하는 것을 파악해 내는 연습을 하는 과목이에요. 그래서 어떤 학생들에게 국어는 공부 안 해도 쉬운 과목, 어떤 학생들에게는 공부해도 별로 효과가 없는 이상한 과목으로 여겨집니다. 국어 공부에는 전체의 의미를 한 번에 파악하고 이해하는 통찰력이 필요합니다.

지금 이 책을 읽는 여러분은 수능 국어 영역에 자주 나오는 개념들의 뜻을 학습하고 질문에 대한 답을 찾는 공부를 하는 것이 아닙니다. 중요한 개념어 뒤에 숨겨진 다양한 의미를 생각해 보면서 통찰력을 높이는 연습을 하는 중이죠. 이 책의 내용을 이해하여 좀 더 높은 곳에서 문제를 바라보게 된다면 국어는 더 이상 여러분을 괴롭히는 과목이 되지 않을 것입니다.

🔍 #웨뚫다 #살피다 #살펴서_알다 #예리하게 #파악 #이해 #전체의_의미를_파악해_보아요

투영

너에게서 내가 보여

어떤 사람이 유난히 싫을 때가 있지요? 이러쿵저러쿵 이유를 대며 그 사람이 왜 그렇게 싫은지 설명하기도 하지만, 가만히 생각해 보면 그 이유들은 진짜 이유가 아니라 핑계일 때가 많답니다. 예를 들어 어떤 선생님이 나랑 안 맞는다는 생각이 들거나 자주 부딪히게 되는 경우도 있습니다. 그 선생님의 싫고 나쁜 점을 조목조목 대 보기도 하지만, 다른 애들은 별 문제 없이 그 선생님과 잘 지내는데 나만 그렇지 않다면, 가만히 잘 생각해 보면 그 선생님이 그토록 싫은 이유가 엉뚱한 데 있는 경우가 많죠. 예를 들어 그 선생님의 어떤 습관이 내가 너무 싫어하는 '나'의 버릇과 똑같다거나, '나'에게 잔소리를 가장 많이 하는 엄마와 똑같은 톤으로 야단을 치신다거나, 아니면 '나'의 첫사랑을 빼앗아 갔던 친구와 같은 부위에 점이 있다거나…. 결국 문제는 그 선생님이 아니라 '나'에게 있는 것이지요. 이런 것을 투영이라고 합니다. 내가 가지고 있는 감정을 관계없는 다른 사람이나 대상에 넘겨서 판단하는 것입니다. 부정적 감정의 투영도 있지만 반대로 긍정적 감정의 투영도 있지요. 유난히 좋고 정이 가는 친구는 나와 꼭 같은 버릇을 가지고 있는 친구일 수도 있고 어떤 선생님을 보면 그냥 마음이 편한데, 그 선생님이 우리 엄마와 인상이 닮아서일 수도 있답니다.

> 우러라 우러라 새여 자고 니러 우러라 새여
> (울어라 울어라 새여 자고 일어나서 울어라 새여)
> 널라와 시름 한 나도 자고 니러 우니로라
> (너보다도 시름이 많은 나도 자고 일어나서 우니노라)
> ─ 작자 미상, 「청산별곡」 중에서

위 작품에서 '나'는 세상에서 살기가 너무 어려워 청산에 들어가 살고 있습니다. 하지만 청산에 와서도 모든 아픔에서 벗어나지 못했습니다. 아직도 근심 걱정에 싸여 있지요. 그래서 밤마다 눈물을 흘리고 있어요. 그런데, 어느 날 새를 보니 그것도 계속 울고 있네요. 아마도 새도 나처럼 아픔이 있는 거겠죠? 나처럼 슬픔 속에 사는 새를 보니 나도 또 눈물이 납니다….

이 화자의 마음의 소리입니다. 그런데 새가 정말 슬퍼서 울었을까요? 새들이 근심 걱정이 많아서 그렇게 울고 있는 것일까요? 사실 새는 먹이 사냥을 알리기 위해, 또는 무리를 모으기 위해, 애인을 부르기 위해 지저귈 뿐입니다. 여기에서 걱정과 슬픔에 빠진 것은 새가 아니라 '나'입니다. '나'의 감정을 담아서 새의 마음을 '내 마음대로' 해석한 것이지요.

> 수풀에서 우는 새는 봄기운을 못 이겨
> 소리마다 교태로다
> 자연과 내가 하나이니, 흥이야 다를 것이냐
> ― 정극인, 「상춘곡」 중에서

새가 지저귀는 것은 똑같은데 「청산별곡」과 달리 「상춘곡」의 화자는 봄기운에 겨워서 흥에 넘쳐 교태를 부리는 중이라고 생각합니다. 무엇 때문에 이렇게 해석이 다를까요? 새가 아니라 새를 바라보는 화자의 마음이 다르기 때문입니다. 마음을 투영한다는 것은 대상에게 자신을 입혀서 바라보는 것입니다. 그러니까 내 마음이 아름답다면 세상은 천국이 되고, 내 마음이 지옥이면 모든 사람을 악마처럼 바라보게 되는 것입니다.

🔍 #반영 #투사 #그림자 #비유 #대상에_비추어 #부정적 #긍정적 #인상 #마음의_소리 #해석

편집자적 논평

서술자의 이야기를 들어 볼까?

'서술자'. 수업 시간에 많이 들어 본 개념이죠? 소설에서 서술자는 이야기를 전달하는 허구적 화자로 주제를 구현하는 데 매우 중요한 역할을 합니다. 하나의 이야기를 어떤 서술자가 전달하느냐에 따라 작품의 분위기는 물론 주제까지도 달라질 수 있기 때문이에요. 주요섭의 「사랑방 손님과 어머니」는 서술자가 작품 안에서 얼마나 중요한 역할을 하는지를 여실히 보여 주는 작품입니다.

　그런데 이런 서술자와 관련된 개념 중에 편집자적 논평이라는 것이 있습니다. 편집자적 논평을 이해하려면 민지 *서술자의* 개입이란 개념을 이해해야 합니다. 여기서 '개입'이란 표현은 서술자가 작품 안에 있지 않다는 것을 의미해요. 소설 밖의 누군가가 끼어들기 때문에 '개입'이라는 표현을 쓰는 것이니까요. 즉 '서술자의 개입'이란 작품 밖의 서술자가 작품 안에 있는 인물이나 사건에 자신의 목소리를 직접 드러내는 것을 의미합니다.

　특히 고전소설에서는 이러한 서술자의 개입이 다양한 형태로 드러납니다. 갑자기 독자에게 말을 걸기도 하고 자신의 감정을 분출하기도 하지요. 독자의 마음을 대변해 주는 듯한 서술자의 감정 표현은 서술자와 독자의 유대관계를 돈독하게 함으로써 독자의 몰입을 유도합니다. 이 중 서술자가 진행 중인 사건이나 인물의 행동에 대해 의견을 밝히거나 평가하는 것을 편집자적 논평이라고 합니다. 즉, 등장인물이 아닌 소설 밖 누군가가 진행 중인 사건이나 인물의 행동에 대해 단순한 감정 표현을 넘어선 추켜세움, 꾸짖음 등 뚜렷한 가치 판단을 드러내는 것을 뜻합니다. 다음 ㉠~㉾ 중에 편집자적 논평을 찾아볼까요?

춘향은 깜짝 놀라 눈을 질끈 감았다가 떴다.

"㉠나를 알아보겠느냐? 네가 찾는 서방이 바로 여기 있느니라."

어사또는 즉시 춘향의 몸을 묶은 오라를 풀고 동헌 위로 모시라고 명을 내렸다. 몸이 풀린 ㉡춘향은 웃음 반 울음 반으로

"얼씨구나 좋을씨고 어사 낭군 좋을씨고 남원읍에 가을 들어 낙엽처럼 질 줄 알았더니 객사에 봄이 들어 봄바람에 오얏 꽃이 날 살리네. ㉢꿈이냐 생시냐? 꿈이 깰까 염려로다."

뒤늦게 달려온 춘향 모도 입이 찢어져라 벙글벙글 웃으며 어깨춤을 추고 ㉣구경 왔던 남원 고을 백성들도 얼씨구 덩실 춤을 추었다.

어사또는 춘향의 손을 잡고 놓을 줄을 모르고 쌓였던 사연의 실

타래는 끝날 줄을 몰랐으니, 그 한없이 즐거운 일을 어찌 일일이 말로 하겠는가. ⓜ춘향의 높은 절개가 광채 있게 되었으니 어찌 아니 좋을 것인가. 어사또 남원읍의 공사를 모두 처리하고 춘향 모녀와 향단이를 데리고 서울로 길을 떠나는데 위의가 찬란하니 세상 사람들 누가 칭찬하지 않으랴. 이때 춘향이 남원을 하직할 때, 영화롭고 귀하게 되었건만 정든 고향을 이별하려니 ⓗ한편으로는 기쁘고 한편으로는 울적했다.

— 작자 미상, 「춘향전」 중에서

㉠과 ㉢은 각각 작품 속 인물인 어사또와 춘향의 대사이며, ㉡과 ⓗ은 춘향의 감정이 표현된 부분, ㉣은 백성들의 행동을 표현한 부분입니다. 반면, ⓜ은 절개를 지킨 춘향의 행동과 어사또와 춘향이가 함께 한양으로 떠나는 상황에 대한 작품 밖 서술자의 평가가 드러난 부분, 즉 편집자적 논평이 드러난 부분입니다. 이처럼 3인칭 시점의 소설에서 서술자가 인물과 사건에 관한 이야기를 하다가 간혹 자신의 주관적 판단이나 감정을 독자에게 이야기하는 것을 편집자적 논평이라고 합니다.

🔍 #서술자 #이야기를_전달해요 #허구적_화자 #전달자 #개입 #작품_밖_서술자 #평가 #목소리

표면적 화자와 이면적 화자

화자가 시에 드러나거나
드러나지 않거나

시 속에서 시인을 대리하여 이야기하는 사람을 화자라고 합니다. 즉, 시인은 시의 화자를 통해 자신의 정서나 관념, 생각을 표현하는데요, 이 때문에 화자를 시인의 허구적 대리인이라고 말하기도 합니다. 화자가 '나' 혹은 '우리'라는 표현을 통해 시에 직접 드러나는 경우를 표면적 화자라고 합니다. 화자가 명시되어 있는 만큼 그 정서도 비교적 직접적으로 드러나지요.

> 아버님 날 낳으시고 어머님 날 기르시니
> 두 분곳 아니면 이 몸이 살았으랴.
> 하늘같은 은덕을 어디에다 갚사오리.
> ─ 정철, 「훈민가」 중에서

정철이 강원도 관찰사로 재직하면서 백성을 계몽하고 교화하기 위하여 지은 연시조 「훈민가」 중 첫 번째 시조입니다. 화자가 '나'라는 표현으로 직접 드러나고, 부모에 대한 감사함이라는 정서 역시 직접 표현되었습니다. 여러분이 잘 아는 윤동주의 「서시」와 김소월의 「진달래꽃」도 표면적 화자가 드러난 작품입니다. '잎새에 이는 바람에도 나는 괴로워했다.(윤동주, 「서시」)', '나 보기가 역겨워 가실 때에는(김소월, 「진달래꽃」)'처럼 두 작품 모두 '나'가 등장하지요. 반면, 화자가 시에 노출되어 있지 않은 것을 이면적 화자라고 합니다. 이 경우에는 통상 '나' 혹은 '우리'라는 시어가 보이지 않아요. 화자를 가리키는 표현이 직접 나타나지는 않지만, 시에 제시된 정보를 통해 화자가 어떤 사람인지는 추측할 수 있습니다.

엄마야 누나야 강변 살자 / 뜰에는 반짝이는 금모래 빛
뒷문 밖에는 갈잎의 노래 / 엄마야 누나야 강변 살자
— 김소월, 「엄마야 누나야」

위 작품에는 화자가 직접 드러나지 않지만 아이가 쓸 법한 말투와 '엄마야, 누나야'라는 구절을 통해 이 시의 화자가 엄마와 누나에게 말을 건네는 소년임을 추측할 수 있지요.

산에는 꽃 피네 / 꽃이 피네
갈 봄 여름 없이 / 꽃이 피네

산에 / 산에 / 피는 꽃은

저만치 혼자서 피어 있네

산에서 우는 작은 새여

꽃이 좋아 / 산에서 / 사노라네

산에는 꽃 지네 / 꽃이 지네

갈 봄 여름 없이 / 꽃이 지네

— 김소월, 「산유화」

김소월의 또 다른 작품입니다. 이 시의 화자 역시 겉으로 드
러나지 않습니다. 하지만 '꽃'이라는 객관적 상관물을 통해 화자
가 산에서 피고 지는 꽃을 보며 고독감을 느끼는 사람임을 짐작
하게 해 줍니다. 이처럼 드러나지 않는 화자를 추측할 때는 중심
대상과의 관계에 집중하거나 혹은 중심 대상 그 자체의 속성에
집중하는 것이 중요합니다. 시의 화자에 대해 파악하는 것, 그리
고 이러한 화자의 어조를 파악하는 것은 시인의 생각과 정서, 즉
시의 주제를 파악하는 첫걸음이라는 것을 잊지 마세요.

Q #화자가_드러나는_방식 #분명하게_겉으로_보이도록_할까 #노출하지_않고_추측하게_할까

088

표상

관념의 구체화를 통해 제시되는
구체적인 대상물

"겨울방학 때 정말 갓생 살 거예요!"

방학식을 며칠 앞둔 수업 시간 앞자리에 앉은 여학생이 야무지게 말했어요. '갓생'이란 영어에서 대단하거나 좋을 것을 과장해서 표현할 때 붙이는 '갓GOD'과 인생의 '생生'을 합친 신조어입니다. 꽉 짜인 하루 일정을 야무지게 수행하는 삶을 표상하는 말이지요. 새벽 5시에 일어나 유산균을 챙겨 먹고 공복 유산소 운동과 명상을 마치고 출근하고 저녁에 사교 모임을 한 뒤 집에 와서 자격증과 외국어 공부를 하고 이들 SNS를 통해 공유하는 것이 '갓생'의 라이프스타일이라고 해요. 불과 얼마 전까지만 해도 인생은 한 번뿐이니 충분히 즐기라는 의미의 '욜로YOLO'나 부를 과시하는 것이나 비싼 재화에 투자하는 것이라는 의미의 '플렉스FLEX'라는 말이 젊은 세대의 삶을 표상하는 말로 유행했는데요. 이제 '욜로'와 '플렉스'의 시대는 가고 '갓생'의 시대가 된 것 같습니다. 시대별 또는 세대별로 삶을 표상하는 단어가 이렇게 자주 바뀐다는 사실이 참 흥미롭지요? 갓생 이후에는 또 어떤 트렌드가 삶의 표상으로서 우리 곁에 자리잡을지 무척 궁금합니다.

　이처럼 표상表象은 추상적이거나 드러나지 않은 것을 구체적인 형상으로 나타내는 것을 의미합니다. 앞에서 살펴본 '삶의 표상'이나 '태극기는 한민족의 표상'과 같이 말이에요. 한편, 표상은 감각에 의하여 획득한 현상이 마음속에서 재생된 것을 의미하기도 하는데요, 이 개념이 시를 감상하는 데 매우 중요합니다. 혹시 지금 이 순간, 앞에서 함께 살펴본 '관념의 구체화'라는 개념이 떠올랐나요? 그렇다면 여러분은 이미 문학 작품에서 표상이 무엇을 말하는지 잘 이해한 것입니다. 관념의 구체화란 눈에 보이지 않는 생각이나 정서, 시간 등을 시각이나 청각 등과 같은 오감을 통해 느낄 수 있도록 생생하게 묘사하는 것을 의미합니다. 이러한 관념의 구체화를 통해 독자에게 제시되는 구체적 대상물이나 현상이 바로 표상이 되는 것이지요.

　　섣달에도 보름께 달 밝은 밤
　　앞내강 쨍쨍 얼어 조이던 밤에
　　내가 부른 노래는 강 건너 갔소

　　강 건너 하늘 끝에 사막도 닿은 곳
　　내 노래는 제비같이 날아서 갔소.

못 잊을 계집애 집조차 없다기에

가기는 갔지만 어린 날개 지치면

그만 어느 모래불에 떨어져 타서 죽겠죠.

사막은 끝없이 푸른 하늘이 덮여

눈물 먹은 별들이 조상 오는 밤

밤은 옛일을 무지개보다 곱게 짜내나니

한 가락 여기 두고 또 한 가락 어디멘가

내가 부른 노래는 그 밤에 강 건너 갔소

— 이육사, 「강 건너간 노래」(2018년 수능 국어 영역 출제)

2018년에 출제되었던 이육사의 「강 건너간 노래」입니다. 이 작품은 화자 자신이 걸어온 길과 추구하는 가치 등을 '내가 부른 노래'라는 시구를 통해 상징적으로 그렸습니다. 여기서 '노래'는 화자의 의지적 삶의 태도를 표상하는 시어인데요. 절망적인 현실에 굴하지 않고 밝은 미래를 실현하고자 했던 시인의 태도이겠죠. 표상의 개념은 관념의 구체화와 함께 꼭 기억해 두시길 바랍니다.

🔍 #구체적_현상 #상징 #관념의_구체화 #독자에게_대상과_현상을_제시해요 #화자의_태도

089

풍류

멋스럽고 풍치가 있는 일

이제는 한류를 넘어 세계 POP의 역사를 쓰게 된 그룹, BTS. 저도 BTS의 열혈팬임을 이 자리에서 수줍게 고백해 봅니다. BTS의 수많은 노래 중에서 제가 작업할 때 매번 듣는 노래가 있는데요, 바로 〈IDOL(아이돌)〉입니다. 빠른 비트 속에 반복되는 '얼쑤 좋다', '지화자 좋다', '덩기덕 쿵더러러 얼쑤'와 같은 추임새를 듣다 보면 절로 어깨춤이 추어져요. 또 BTS는 부채춤, 한량무, 탈춤과 같은 전통 춤사위를 적극적으로 활용하여 전 세계인의 감탄을 자아냈습니다. 어떤 외국인 유튜버는 BTS의 무대를 풍류의 개념으로 해석하기도 했습니다. 오늘날 K-pop에도 전해지는 풍류란 무엇일까요?

바람 '풍風', 흐를 '류流'. 풍류는 사전적 의미로는 '멋스럽고 풍치가 있는 일, 또는 그렇게 노는 일'을 의미합니다. '풍風'에서도 알 수 있듯이 풍류는 자연과 관련된 개념이에요. 단순히 음주가무를 즐기며 노는 것이 아니라 자연을 가까이하는 것, 멋이 있는 것, 예술에 대한 조예를 즐기는 것을 모두 포함하는 개념이죠.

일상생활에서도 늘 풍류를 즐기고자 했던 조상들의 사고는 문학 작품에도 그대로 반영됩니다. 인간과 자연이 어우러진 삶의 즐거움과 그 속에서 유유자적하려는 태도가 바로 그것인데요. 이와 관련한 대표적인 고전 시가의 갈래로는 자연을 완상하는 즐거움을 노래한 사대부들의 시조와 가사 등을 들 수 있어요.

술이 익었는데 벗이 없을 것인가?
부르며 타며 켜며 흔들며
온갖 소리로 취한 흥을 재촉하니
근심이라 있으며 시름이라 붙어 있으랴
누웠다가 앉았다가 구부렸다가 젖혔다가
읊었다가 불었다가 마음 놓고 노니
천지도 넓고 넓으며 해와 달도 한가하다
희황을 모르니 이때야말로 그것이로구나
신선이 어떻든지 이 몸이야말로 그것이로구나
강산풍월 거느리고 내 평생을 다 누리면
악양루 위의 이태백이 살아온다 한들
넓고 끝없는 정다운 회포야 이보다 더할소냐
— 송순, 「면앙정가」 중에서

이 작품은 조선 중기의 문인 송순이 지은 것입니다. 그는 제월봉 아래에 '면앙정'이라는 정자를 짓고 주변에서 관찰할 수 있는 사계절의 변화, 그리고 자연과 더불어 살아가는 자신의 풍류 생활을 시로 묘사하곤 했습니다. 어때요? 시가에서 벗과 더불어 노래하고, 악기를 연주하고, 시를 읊으며 취흥을 즐기는 시적 화자의 풍류 생활과 강산풍월을 거느리며 즐기는 자신의 풍류 생활에 대한 만족감이 잘 드러나지요? 지금까지 풍류에 대해 살펴보았는데요, 어떤가요? 여러분의 마음 한구석에도 우리 선조들에게 이어받은 풍류가 자리잡고 있나요?

🔍 #멋스럽게_노닐다 #일주 #자연과_가까이 #일상의_즐거움 #유유자적 #면앙정가 #사계절

필연적
반드시 그렇게 되었어야만 했던

신학기가 다가오면 설렘과 긴장감이 함께 찾아옵니다. '어떤 친구들과 같은 반이 되었을까?', '담임 선생님은 어떤 분이실까?' 누구나 이런 기대와 걱정을 하게 되지요. 저는 학창 시절에 짝사랑하던 친구와 같은 반이 되길 바라기도 했는데, 3년 연속 같은 반이 되자 '이건 운명이야!'라며 괜스레 의미를 부여하기도 했어요. 부끄러움이 앞섰기에 좋아하는 마음은 끝내 표현하지 못했지만요. 이렇게 소심했던 소녀는 대학생이 되면서 우연을 가장한 '필연'을 만들 줄 아는 사람으로 바뀌었습니다. 좋아하던 오빠의 공강 시간에 맞춰 과방 앞을 서성이거나, 그 오빠가 좋아한다는 노래를 저도 즐겨 듣는 것처럼 미니 홈페이지 배경음악으로 깔아두기도 했지요.

'필연'과 '우연'은 반대되는 개념입니다. '필연必然'은 '반드시'라는 의미의 한자어 '必'에서 의미를 유추할 수 있듯 '사물의 관련이나 일의 결과가 반드시 그렇게 될 수밖에 없음.'을 뜻합니다. 반의어 '우연'은 '아무런 인과 관계가 없이 뜻하지 아니하게 일어난 일'을 말하죠. 그렇다면 우리가 살아가면서 겪게 되는 수많은 일은 어떤가요? 그 일들은 어떻게 일어나게 된 것일까요? 정말 반드시 일어나야만 했던 필연이었을까요, 아니면 단순한 우연이었을까요? 우리 삶에서 이 둘의 경계는 생각보다 훨씬 모호합니다. 인생은 로봇처럼 입력값에 따라 정확한 결과가 나오지 않기 때문이죠. 아무리 우연을 가장해 좋아하는 사람의 주변을 맴돌아도, 애초에 그 사람의 관심 밖이라면 존재조차 인식되지 않을 수 있는 것처럼요. 우리가 흔히 '운'이라고 말하는 것도 자세히 들여다보면 그동안의 '노력', 수많은 '선택', 다양한 '상황'이 겹쳐 이뤄진 필연적인 일일 수도 있습니다.

문학은 이 필연과 우연의 경계를 섬세하게 그려 냅니다. 작가들은 원인과 결과가 수학 공식처럼 딱 떨어지지 않는 우리 삶에 대한 깊은 고민들을 작품 속에 풀어놓죠. 제목에서부터 아이러니가 드러나는 현진건의 「운수 좋은 날」이 대표적입니다. 일제강점기, 인력거꾼 '김 첨지'는 오늘만은 나가지 말아 달라고 부탁하는 병든 아내를 뒤로하고 돈을 벌기 위해 거리로 나섭니다. 손님들이 끊이지 않아 운수가 좋다고 생각했던 그날, 그는 아내의 죽음을 마주하게 되죠. 김 첨지가 그날따라 많은 돈을 벌었던 것은 우연처럼 보이지만, 어쩌면 아내의 죽음을 직감하여 현실을 외면하고자 필사적으로 일했기 때문일지도 모릅니다. 돈을 많이 벌고도

술에 흠뻑 취해 늦게 귀가한 그의 모습은 사랑하는 아내의 죽음으로 인한 슬픔, 가난함으로 인해 죽어가는 아내를 두고 볼 수밖에 없던 비참함을 회피하려는 몸부림이었다는 걸 보여 주지요.

일반적으로 우연적이고 비현실적이라고 여겨지는 고전소설이라고 다르지 않습니다. 2024년 수능에 출제되었던 고전소설, 『김원전』을 같이 살펴볼까요?

"경이 고향에 돌아감은 짐이 불명한 탓이로다. 국운이 불행하여 세 공주를 일시에 잃었으니 짐의 이 원을 어찌하리오? 경의 소견으로 이 일을 도모하면 평생의 한을 풀리로다."

승상이 엎드려 아뢰길,

"소신이 자식이 있삽는데 창법 검술이 일세에 무쌍하와 매일 종적 없이 다니옵기 연고를 물으니 철마산에 가 무예를 익히다가 일일은 그 산에서 아귀라 하는 짐승을 만나 겨루고 그 뒤를 좇아 바위 구멍으로 들어감을 보았노라 하옵기 과연 허언이 아닌가 싶사오니 자식을 불러 들으심이 마땅하올까 하나이다."

[중략 부분의 줄거리] 원은 황상을 뵙고 원수가 되어 철마산 아귀의 소굴로 들어간다.

원수가 백계를 생각하다가 갑자기 깨달아 공주께 아뢰기를,

"독한 술을 많이 빚어 좋은 안주를 장만하여야 계교를 베풀리이다."

하고, 약속을 정해 여러 여자를 청하여 여차여차하게 계교를 갖추고 기다리라고 하였다. 이때 아귀가 원의 칼에 상한 머리 거의 나으니 모든 시녀를 불러 말하기를,

"내 병이 조금 나았으니 사오일 후 세상에 나가 남두성을 잡아 죽여 이 원한을 풀리라. 너희는 나를 위하여 마음을 위로하라"

— 작자 미상, 『김원전』 중에서(2024년 수능 국어 영역 출제)

작품에서는 아귀에게 납치된 세 공주를 구하기 위해 나선 '김원'을 우연히 등장시키지 않습니다. 김원이 아귀를 이전에 만난 적 있다는 설정은 반복되는 만남을 통해 반드시 이뤄져야 했던 대결로 느껴지게 하고, 김원의 능력이 여러 인물의 입을 통해 언급되며 독자들에게 '이 인물이 아니면 안 된다.'는 인식을 심어 줍니다. 이야기의 전개가 필연처럼 느껴지도록 서사 구조 안에 촘촘히 설계된 장치들이죠. 반복되는 암시, 특정 인물의 능력 강조, 대적자의 강력함 같은 요소들은 결국 주인공의 초월적 능력을 필연적으로 보여 줍니다.

이야기 속 인물뿐 아니라 우리 현실에서도 우연처럼 보이는 만남 뒤에는 필연이 숨어 있기도 합니다. 교사가 되고 나서 학급 편성의 과정을 알고 그 복잡함에 놀랐던 기억이 납니다. 학생들의 성향, 선택 과목, 학급 분위기, 학업 성적, 교우 관계 등을 반영하여 학급 편성 가안은 여러 개가 만들어지고, 계속 수정됩니다.

한 학생만 옮겨져도 다시 모든 조건을 고려하고 검토해야 하니까요. 그렇게 만들어진 가안으로 선생님들의 수많은 회의를 거치며, 학급 편성은 계속 수정되고 또 수정됩니다. 우연처럼 느껴졌던 반 배정조차 실은 수많은 조건과 고민 끝에서 조율된 필연의 결과였던 셈인 거죠. 그 뒤로 저는 담임으로 만난 우리 반 친구들과의 인연이 더욱 소중하게 느껴졌답니다. 우연처럼 다가왔지만, 되돌아보면 그것은 우연이 아니라 필연이었을지도 모릅니다. 우리들의 삶도, 문학도 그렇게 이야기를 만들어 갑니다.

🔍 #당위적 #운명적 #반드시_필 #명백하다_그러하다_면 #인과_관계 #우연이_아니랍니다

함축적

말이나 글 속에 담고 있는 뜻

제가 짝사랑하던 한 친구의 메신저 상태 메시지가 '봄'으로 바뀌었던 적이 있었어요. 그때 제 심장이 얼마나 쿵쾅거렸는지 지금도 그 떨림을 잊지 못합니다. 그날 그 친구와 함께 벚꽃을 보며 데이트했던 날이었는데, 그 '봄'이라는 한 글자가 앞으로 그 친구와의 핑크빛 미래를 함축하고 있는 것 같았거든요. 실제로 그 친구에게 얼마 후에 고백을 받았고, 그게 지금 저의 남편이랍니다!

우리는 이렇게 어떤 말이나 글 속에 뜻을 담고 있는, 함축적 표현을 사용할 때가 많죠. 함축은 표현의 의미를 한 가지로 나타내지 아니하고 문맥을 통하여 여러 가지 뜻을 암시하거나 내포하는 것을 의미합니다. 벌써 10년도 더 된 광고인데 아직도 제 뇌리에 박혀 있는 문구가 하나 있어요. "요즘 어떻게 지내냐는 친구의 말에 ○○○로 답했습니다." ○○○은 무엇이었을까요? 정답은 바로 한 자동차 모델명입니다. 그 모델명에 사회적 성공이라는 의미를 함축한 것이죠. 15초의 미학이라고도 불리는 광고에는 이렇게 함축적 표현들이 넘쳐 납니다. 단시간에 사람들의 뇌리에 박힐, 짧고도 강력한 표현을 사용해야 하기 때문이죠. 세계적으로 유명한 기업 이름에도 함축적 표현이 많이 사용되는데요. 검색 포털 사이트 기업인 N사는 Navigate라는 단어에 er을 붙여 길을 찾고 항해하는 사람이라는 뜻을, G사는 10의 100제곱인 수학 용어에서 유래된 말로 우주의 모든 원자의 수보다 많은 수라는 뜻이라고 해요. 상품 이름, 브랜드 이름 등을 지을 때 그 대상의 특징을 잘 드러내면서도 재미있고 참신한 함축적인 표현이 많이 사용됩니다. 아이돌 가수들의 이름이나 팬덤명뿐 아니라 요즘 SNS상에서 자주 쓰이는 해시태그도 함축적 표현을 사용하는 경우가 많죠.

2018년 수능에 출제되었던 수필 「풍란」의 작가는 위장병이 난 상황에서도 풍란을 곁에 두고 몸조리를 합니다. 풍란의 향을 맡으며 떠오른 생각과 함께 시를 창작하기도 하죠. 영롱하고 옥 같은 뿌리를 서려둔, 청량한 물기를 머금은, 높고 조졸한 품과 향을 지닌 '난'을 통해 작가의 삶과 정신세계를 함축적으로 표현하고 있어요.

십여 일 전 나는 바닷게를 먹고 중독되어 곽란(霍亂)이 났다. 5, 6일 동안 미음만 마시고 인삼 몇 뿌리 달여 먹고 나았으되, (…) 책도 보고, 시도 생각해 보았다. 풍란은 곁에 두었다. 하얀 꽃이 몇 송이 벌었다. 방렬·청상(淸爽)한 향이 움직이고 있다. 나는 밤에도 자다가 깨었다. 그 향을 맡으며 이렇게 생각을 하여 등불을 켜고 노트에 적었다.

— 이병기, 「풍란」 중에서 (2018년 수능 국어 영역 출제)

이처럼 말 한마디, 글 한 줄 속에 많은 뜻을 담는 함축적 표현은 우리 삶과 문학 모두에서 큰 울림을 줍니다. 여러분은 오늘, 어떤 말을 곱씹어 보고 싶어지셨나요?

Q　#명시적과_반대 #품다_머금다_함 #품다_모으다_축 #암시 #내포 #광고에서_쓰는_표현들

092

허구

사실 같지만, 사실은 사실이 아닌걸?

본 드라마에 등장하는 인물, 단체, 지명, 사건 등은 역사적 사실과 무관하며 작가의 창작에 의한 허구임을 밝힙니다.

이런 문구, 한 번쯤 본 적 있죠? 시청자가 드라마 속 상황을 현실과 혼동할 우려가 있을 때, 제작사는 방송 시작 전에 이 문장을 내보냅니다. 등장인물이나 배경, 줄거리가 실제 있었던 일처럼 사실적으로 그려질지라도, '허구', 즉 '사실이 아닌 것을 사실처럼 꾸며 낸 것'임을 분명히 밝히는 거예요.

문학도 마찬가지입니다. 황순원의 「소나기」 속 소년과 소녀의 풋풋한 사랑, 현진건의 「운수 좋은 날」에 나오는 인력거꾼의 비극적인 하루는 실제 이야기처럼 생생하게 다가오지만, 이들 또한 작가가 특정한 정서나 주제를 전달하기 위해 창조해 낸 허구적 서사입니다.

그렇다고 문학의 허구성을 단순히 '거짓'으로 받아들여서는 안 됩니다. 오히려 우리는 문학이 허구이기 때문에, 현실에서는 쉽게 겪을 수 없는 감정이나 상황을 간접적으로 경험할 수 있죠. 이러한 경험은 우리의 감수성을 자극하고, 타인의 삶을 깊이 이해하게 하며, 더 넓은 세상을 바라보게 만듭니다. 그래서 독자는 문학이 허구임을 알면서도 인물의 감정에 공감하고, 사건 전개에 몰입하게 됩니다. 허구를 통해 더 깊은 진실에 다가가고, 상상을 통해 현실을 다시 바라보게 되는 것이죠.

문학은 사실을 말하지 않지만, 그 안에서 우리는 오히려 더 진실한 감정과 마주하게 됩니다. 허구라는 틀 안에서 펼쳐지는 진실이야말로 문학이 우리에게 오래도록 남는 이유일 것입니다.

#헛대다_허 #꾸며내다_구 #꾸며서_만들죠 #사실이_아니야 #창조된_서사 #거짓과는_달라요

093

현장감

마치 지금인 듯
바로 여기인 듯

현장감은 작품이 현실적이며 실재감을 전달하는 느낌이 강한 것을 의미합니다. 작품 안에서 벌어지는 일들을 독자가 실제로 경험하는 듯 느끼게 하는 것이지요. 현장감의 핵심 중 가장 중요한 점은 어떤 일이나 사건을 사실처럼 느끼게 하는 것입니다. 현장감을 만들어 내는 요소에는 여러 가지가 있는데요, 대표적인 것들을 확인해 봅시다.

첫째, 있는 그대로를 옮기는 듯 상세한 묘사나 음성 상징어, 시각·청각·미각·촉감·후각을 이용한 감각적 표현 등으로 독자에게 현장에 있다는 착각을 일으킬 정도의 생생한 느낌을 전달하는 표현은 현장감을 느끼게 해 줍니다.

구멍의 어둠 속에 정적의 숨죽임 뒤에
불안은 두근거리고 있다
사람이나 고양이의 잠을 깨울

가볍고 요란한 소리들은 깡통 속에

양동이 속에 대야 속에 항상 숨어 있다

어둠은 편안하고 안전하지만 굶주림이 있는 곳

몽둥이와 덫이 있는 대낮을 지나

번득이는 눈과 의심 많은 귀를 지나

주린 위장을 끌어당기는 냄새를 향하여

걸음은 공기를 밟듯 나아간다

위 시는 김기택 시인의 작품입니다. 시적 화자는 누구일까요? 힌트를 줄게요. 동물이고, 이 시의 제목이기도 해요. 바로 '쥐'입니다. 쥐가 배고픔을 참지 못하고 위험을 감수하려고 나서면서 느끼는 불안감이 생생하게 묘사되어 있지요? 상세한 장면 묘사는 독자가 현장에 있는 듯한 생생함을 느끼게 합니다.

둘째, 인물과 배경에 사실성이 있어야 합니다. 인물 자체의 성격과 행동, 말 등에 현실성이 있어야 하며, 작품 안에서 벌어지는 상황과 배경이 시대와 지역에 맞아야 합니다.

"잠시만 앉으오. 내가 할 이야기가 있소."

남편은 말 꺼내기가 어려운 듯 잠시 묵묵히 있었다.

"나는 다시 출유하려 하오. 그러니 당신은 이 집을 정리하고 수래별 큰 댁에 몸을 의탁해 있으시오. 이미 사촌 큰형님과 상의

해 두었소."

― 이남희, 「허생의 처」 중에서(2018년 수능 국어 영역 출제)

위 소설은 조선시대 작품인 「허생전」을 오마주한 작품이에
요. '오마주'란 훌륭한 작품을 모방해 그에 대한 존경심을 표현하
는 방식을 말해요. 「허생의 처」는 원작의 주인공인 '허생'이 아니
라 그의 아내를 주인공으로 삼아 「허생전」을 새롭게 해석한 현대
소설로, 시대적 배경은 조선입니다. 따라서 등장인물의 말투나
사용하는 단어도 지금과는 다소 다르죠. 그 시대의 상황과 분위
기를 독자가 자연스럽게 느낄 수 있도록 잘 구현했어요. 미래 사
람들이 우리 시대를 그린다면 어떤 장치가 사실성을 더해 줄 수
있을까요? 만약 2020년을 배경으로 한 드라마를 만든다면 등장
인물들에게 마스크를 쓰게 하면 좋겠지요. 그 장면만으로도 코로
나가 유행했던 당시의 현실감을 잘 살릴 수 있을 테니까요.

셋째, 이야기의 전개가 자연스럽고 논리적이어야 합니다. 앞
뒤 장면 연결이 일관성 있고 논리적 연결에 문제가 없어야죠. 일
관성이나 논리적 연결이 끊어지고 갑작스럽게 전환이 일어나면
몰입이 끊어지게 됩니다. 다음은 채만식의 『태평천하』라는 소설
속 '윤직원'의 말들입니다. 윤직원은 일제강점기에 조선이 망한
것을 통쾌해하며 일제에 협조하면서 자신과 가족의 이익만을 좇
으며 사는 갑부입니다.

(1) "그놈 종학이는 참말루 쓰겄어! 그놈이 어려서버텀두 워너니 나를 자별허게 따르구, 재주두 있구 착실허구, 커서두 내 말을 잘 듣구… 내가 그 놈하나넌 꼭 믿넌다 꼭 믿어. 작년 올루 들어서 그놈이 돈을 어찌 좀 히피 쓰기는 허닝가부더라마는, 그것두 허기사 네게다 대머는 안쓰는 심이지. 사내 자식이 너처럼 허랑허지만 말구서, 제 줏대만 실험 양이면 돈을 좀 써두 괜찮언 법이여……그리서 지난달에두 5백 원 꼭 쓸 디가 있다구 핀지히였길래 두말 않고 보내주었다!"

(2) "그런 쳐죽일 놈이, 깎어죽여두 아깝잖을 놈이! 그놈이 경찰서장 허라닝개루, 생판 사회주의허다가 뎁다 경찰서에 잡혀? 으응?… 오사 육시를 헐 놈이, 그놈이 그게 어디 당헌 것이라구 지가 사회주의를 히여? 부자 놈의 자식이 무엇이 대껴서 부랑당패에 들어?……"

(1), (2) 모두 자기 손주 '종학'에 대한 '윤직원'의 말입니다. (1)에서는 종학이에 대한 믿음과 기특함이 가득합니다. 그런데 종학이가 사회주의 운동을 하다 일본 경찰에 잡혀갔다는 말을 듣더니 (2)에서는 처참히 죽여야 한다는 막말까지 서슴지 않습니다. 이것은 일관성이 없는 것일까요? 아닙니다. 다음은 젊었을 때 윤직원이 한 말입니다.

"이 놈의 세상이 어느 날에 망하려느냐!"고 통곡을 했습니다.

그리고 울음을 진정하고도, 불끈 일어서 이를 부드득 갈면서

"오냐, 우리만 빼놓고 어서 망해라!"

    구한말 치안이 불안한 시절에 화적떼가 출몰하게 되고, 졸부가 된 윤직원네 집안이 여러 번 당하다가 끝내 부친이 죽게 됩니다. 그리고 얼마 후에 윤직원의 말대로 조선이 망하고 일제가 침범하게 되는데, 윤직원은 나라가 망하든 말든 화적떼가 없어진 일제강점기를 아주 좋게 생각합니다. 자신의 집안이 하는 패악에 대한 반성은 전혀 없고 도덕이나 애국심도 없고, 오직 자기 안위만 생각하는 윤직원은 손자도 자기 말을 잘 따를 때는 사랑스럽지만 자기가 싫어하는 일을 하고 사회 정의를 따를 때는 가차 없이 버릴 수 있는 사람이지요. 그야말로 일관되게 이기적인 인간으로 묘사되었습니다. 문학에서 느껴지는 현장감의 의미를 이해할 수 있나요? 작품에 따라서 환상적 효과를 위해 이런 현장감이 무시되는 특별한 경우를 제외하면 우리가 작품에 몰입하기 위해서 현장감은 아주 중요한 조건이라 할 수 있어요.

🔍 #실재하는_곳 #실제로_경험하는_듯 #사실처럼_생생하게 #집동_접동_이우래비_접동 #감각

현재형 시제

지금 내 앞에서 일어나는 일처럼
생생하게 펼쳐지네!

어제 경성역으로부터 신촌 오는 기동차에서다. 책보를 메기도
하고, 끼기도 한 소녀들이 참새떼가 되어 재잘거리는 틈에서 한
아이는 얼굴을 무릎에 파묻고 흑흑 느껴 울고 있었다. 다른 아
이들은 우는 동무에게 잠깐씩 눈을 던지면서도 달래려 하지 않
고 무슨 시험이 언제니, 아니니, 내기를 하자느니 하고 저희들
끼리 재깔인다. 우는 아이는 기워 입은 적삼 등허리가 그저 들
먹거린다.

— 이태준, 「작품애」 중에서

'경성역'이나 '책보'라는 단어를 볼 때 위 소설은 분명 과거에
있었던 장면이고 시작하는 단어도 '어제'라고 되어 있으니 과거
의 이야기가 분명합니다. 그런데 시작하는 문장의 서술어는 현재
('에서다.'), 그다음 문장은 과거('있었다.'), 그다음은 다시 현재 시
제('재깔인다.', '들먹거린다.')로 이어지네요. 따져 보면 이렇게 왔

다 갔다 하는 시제가 이상하지만 굳이 의식하지 않고 읽으면 하나도 어색하지 않답니다. 독자는 이미 작가의 의도대로 과거 일을 현재형으로 표현할 때의 효과에 빠져들었기 때문이지요. 현재형으로 쓰인 부분에서 독자는 어제의 일(물론 독자가 읽을 때는 더 먼 과거가 되어 있는 그때)을 지금 내 앞에서 일어나는 일처럼 생생하게 상상할 수 있어요.

사람들은 지금 바로 내 눈앞에서 일어나는 어떤 상황으로부터 자유롭기 어렵습니다. 모르는 사람들이 서로 싸우고 있는 장면을 보았다고 칩시다. 같은 싸움 구경이지만 과거에 일어난 일을 재생하는 것을 볼 때와 바로 내 눈앞에서 일어나는 장면을 볼 때는 그 느낌이 하늘과 땅 차이입니다. 둘 다 남의 일이지만, 내 눈앞에서 싸움이 벌어지면 나는 무엇을 할지, 직접 말려야 할지 말지를 고민하게 됩니다. 이게 정상적이고 건전한 사람의 반응이죠. 그에 비해 과거에 이미 일어난 것을 재생해서 보는 경우라면 아무리 생생하게 재연되더라도 훨씬 차분하고 냉정하게 바라볼 수 있답니다.

작가들은 이 특성을 적극적으로 이용하지요. 현재형 시제를 활용하여 독자가 그 장면에 몰입하여 생생하게 느끼고 자신의 일처럼 적극적으로 받아들이게 하는 효과를 줍니다. 그러니 문학에서 문장의 시제를 시간을 표시하는 장치로만 생각하면 안 됩니다. 문장의 시제는 우리의 느낌을 조절해 주는 중요한 장치이니까요.

기다리지 않아도 오고

기다림마저 잃었을 때에도 너는 온다.

어디 뻘밭 구석이거나

썩은 물웅덩이 같은 데를 기웃거리다가

한눈 좀 팔고, 싸움도 한판 하고,

지쳐 나자빠져 있다가

다급한 사연 듣고 달려간 바람이

흔들어 깨우면

눈 부비며 너는 더디게 온다. (…)

— 이성부, 「봄」 중에서

이 시의 화자는 매서운 한겨울처럼 너무 괴로운 현재 상황
이 빨리 끝나고 정의가 바로 서는 시대가 올 것을 기다리고 있습
니다. 그리고 반드시 그렇게 되리라 믿습니다. 기다리는 시대를
'봄'이라는 계절로 설정하여 자연의 섭리처럼 분명히 온다고 믿
고 있습니다. 시간이 좀 늦어질 뿐 반드시 올 것이라고요. 그래서
미래의 일이지만 미래 시제로 표현하지 않고 눈 앞에서 일어나는
현재 시제로 표현하여 자신의 굳은 믿음을 전달하고 있지요.

🔍 #지금_이_시점에 #생생하게 #몰입할_수_있도록_하지요 #느낌을_조절해_줄_거야 #공감해

현학적

내가 제일 유식해!

우리나라 사설시조는 솔직하게 핵심을 콕 찌르면서도 웃음과 재치가 넘칩니다. 다음 시조도 그렇지요.

> 뎍들에 동난지이 사오 져 상스야 네 황후 긔 무서시라 웨눈다 사쟈
> 외골(外骨) 내육(內肉) 양목(兩目)이 상천(上天) 전행(前行) 후행(後
> 行) 소(小)아리 팔(八)족(族) 대(大)아리 이족(二足) 청장(淸醬)
> ᄋᆞ스슥ᄒᆞ는 동난지이 사오
> 쟝스야 하 거복이 웨지 말고 게젓이라 ᄒᆞ렴은

어떤 장사꾼이 '동난지이 사세요' 하고 외치면서 다니고 있었습니다. 그랬더니 '장사야, 너 지금 뭐라고 소리치는 거니? (일단 그거) 사자.' 하고 한 손님이 말합니다.

신이 난 장사꾼은 이어서 '겉은 뼈고 안은 살이 들어 있는 두 눈은 하늘을 향하고 앞뒤로 왔다 갔다 작은 다리가 여덟 개, 큰 다

리가 두 개 맑은 국물이 가득하여 아삭하고 씹히는 동난지이 사십시오.'라는 말을 굳이 한자를 잔뜩 섞어 말합니다.

이렇게 말했더니, 사겠다고 한 손님이 "장사야, 그렇게 거북하게 말하지 말고 게젓(게장)이라고 해." 하고 대꾸합니다. 있어 보이는 척하려고 아는 한자 다 동원하여 장황하게 설명하였더니, 심드렁한 한마디로 일침을 가한 거죠. '너 힘들어 보여. 그냥 쉬운 말로 해. 니가 아무리 그래 봤자 네가 파는 건 그냥 게장이야.'라고 말입니다. 아마도 손님은 장사꾼의 거창한 말이 듣기 싫었던 것 같습니다.

어려운 말을 섞어 써서 자신이 유식하다는 걸 보여 주려는 사람이 많습니다. 남들이 잘 모르는 외국어나 한자어를 많이 쓸수록 남들보다 자신이 우월해진다고 믿나 봐요. 그런데 진짜 남들보다 한 수 위라면 어려운 것을 어렵게 말하지 않습니다. 완전히 이해한 사람들만이 어려운 것을 누구나 알 수 있는 쉬운 말로 풀어낼 수 있거든요. 물론 전문가끼리 정확한 개념을 설명하기 위해 보통 사람들이 쓰지 않는 전문 용어로 대화하는 것은 예외이지요. 일반 사람들과 일상 대화를 나눌 때는, 누구나 알 수 있는 쉬운 말을 사용하는 것이 많이 아는 사람의 좋은 자세입니다. 잘난 척하기 위해 어려운 말로 자신을 포장하는 사람은 환영받기 어렵답니다.

이런 사람들의 태도를 현학적衒學的이라고 합니다. 이때, '현학術學'은 '현학玄學'과 다릅니다. 현학玄學은 '이론이 깊고 어려워 깨닫기 힘든 학문'이라는 뜻이고, 현학術學은 '학식이 있음을 자랑하여 뽐냄'을 뜻합니다. 두 한자가 약간 다르지요? 현학적術學的은 학식이 있는 것을 자랑하는 태도를 뜻합니다.

여러분이 읽은 작품 중에서 현학적인 태도가 유독 돋보였던 인물이 혹시 기억나시나요? 드라마나 영화 중에서도 그런 인물이 기억난다면 친구들과 이야기를 나누어 보세요. 그런 인물이 호감이라고 생각하는 친구들은 별로 없을 거랍니다.

🔍 #있어_보이는_척 #어려운_말로_자랑할래 #뽐내기 #과시 #어때_이것_봐_나_좀_멋지지

형상화
머릿속에 그리는 그림

우리나라 거리에는 한식당만큼 외국 음식을 파는 곳이 많습니다. 먹거리만으로는 대한민국 안에서도 세계 여행이 가능할 것 같습니다. 하지만 외국에 나가면 여전히 태어나서 처음 보는 음식들을 많이 보게 됩니다.

여러분은 여행을 다녀온 뒤, 그곳에서 맛본 음식을 친구들에게 어떻게 설명하나요? "크기는 작은 수박만 한데, 그것을 벌리면 고구마 껍질 깐 것 같은 덩어리들이 몇 개 들어 있어. 속살은 바나나처럼 달콤하면서 슈크림처럼 부드러운 느낌도 있어. 그런데 냄새가 좀 우웩이야. 덜 삭힌 홍어 냄새가 나서 그 나라 호텔에서도 먹는 게 금지되어 있을 정도야." 이것은 제가 오래전에 싱가포르에서 과일의 여왕이라는 두리안을 처음 먹고 와 친구들에게 해 준 설명입니다.

두리안은 당시 한국에서는 좀처럼 만날 수 없는 과일이었어요. 그런 상황이었으니 과일 이름조차 모르는 친구들에게 나의 시식 체험을 들려주기 위해 모두 잘 알고 있는 익숙한 대상의 맛과 냄새와 질감과 모양을 총동원해야 했습니다. 나의 머릿속에 있는 특정한 것을 상대방에서 전달할 때는 이렇게 나와 상대 모두에게 익숙한 대상을 끌어와서 이해를 돕는데요. 이런 방법을 비유라고 합니다. 그리고 생생한 느낌을 전달하기 위해 우리는 주로 오감(시각, 미각, 청각, 촉각, 후각)을 이용하는데, 이것이 바로 심상(이미지)입니다.

이렇게 비유나 이미지를 통해 화자(작가)의 머릿속에 머무르고 있는 아이디어를 청자(독자)의 머릿속에 생생하고 구체적인 느낌으로 상상하게 만드는 것을 형상화라고 합니다.

이제 한 시대를 형상화해 봅시다. 원래 그곳은 친숙한 사람끼리 모여 서로 아끼고 사랑하며 살던 평범하고 순박한 곳이었습니다. 그런데 어느날 낯선 사람들이 무서운 무기를 기지고 몰려와 모든 것을 빼앗고, 즐기고 누리는 모든 것들을 금지시켰습니다. 그래서 그곳 사람들은 배고픔에 시달리고 고통 속에 살게 되었습니다. 하루 아침에 정겹던 고향이 지옥이 되었죠. 사람들은 살아남기 위해 힘을 다해 저항했고, 깨졌고, 그들 중 일부는 배신자가 되어 낯선 사람들에 빌붙어서 이웃을 팔기도 하였죠. 하지만 어떤 이들은 목숨이 다할 때까지 저항을 멈추지 않았어요. 이런 시대를 형상화한 시를 봅시다.

고향을 그린 묵화 한 폭 좀이 쳐.

띄엄 띄엄 보이는 그림 조각은
앞밭에 보리밭에 말매나물 캐러 간
가시내는 가시내와 종달새 소리에 반해
(…)
그넷줄에 비가 오면 풍년이 든다더니
앞내강에 씨레나무 밀려나리면
젊은이는 젊은이와 뗏목을 타고
돈 벌러 항구로 흘러간 몇 달에
서릿발 잎 져도 못 오면 바람이 분다.
(…)
벽에 서려 성에 끼는 한겨울 밤은
동리의 밀고자인 강물조차 얼붙는다.
— 이육사, 「초가」 중에서

이육사는 오래전에 떠나온 고향의 변화를 형상화하려고 계절에 빗대는 감각적 표현 방식을 택했습니다. 활기차고 생동감 넘치던 고향을 좀이 쓴 그림 속 장면으로 보여 줍니다. 그림 속 과거 고향의 활기찬 모습은 '보리밭', '말매나물' 같은 푸른 색감이 넘치는 소재들에 더해 젊은 여자인 '가시내', 그리고 '종달새'

의 활기찬 노랫소리를 소재로 하여 봄이라는 계절에 담아내었습니다. 그와 대조적으로 현재는 '한겨울'에다 '밤'이라는 추운 시간에 더해 '성에', 얼어붙은 '강물'로 살을 에는 추위를 묘사하면서 시대적 배경을 암시하는 '밀고자'라는 표현을 썼습니다. 한겨울 추위를 상징하는 언어들을 사용하여 밀고자조차도 윤택하고 편안하게 살 수 없을 정도로 엄혹한 시대를 형상화한 것입니다.

근본적으로 모든 예술은 형상화 작업입니다. 예술가가 사람들에게 전달하고자 하는 생각을 그림으로, 음악으로, 몸짓으로, 언어로, 혹은 다른 어떤 수단으로든 형상화하는 것이 예술입니다. 이러한 형상화에 성공한 작품을 명작이라고 하고요.

여러분이 형상화하고 싶은 생각은 무엇인가요?

🔍 #구현 #구체화 #비유 #오감_심상을_동원해 #예술적_재창조 #구성 #시대와_배경_감각_예술

환기

어떤 마음이나 행동,
상태를 불러일으키네

어린 시절의 추억을 떠올리게 하는 물건이 있나요? 옛 추억을 새록새록 떠올리게 하는 대상이 있다면 무엇인가요?

저는 길거리 음식 중 하나인 고구마스틱을 볼 때면 어린 시절 추억이 떠올라요. 초등학교 입학 전, 아마도 5~6살쯤이었던 것 같아요. 제 부모님께선 크리스마스 이브날 명동에서 처음 만나셨대요. 그래서 매년 크리스마스 이브에는 퇴근한 아버지와 명동에서 만나 저녁 식사를 하곤 했어요. 그날도 집에서 준비를 끝내고 엄마랑 언니와 명동으로 갔는데 길거리에서 파는 고구마스틱에 마음을 빼앗겨 사 달라고 떼를 썼고 결국 원하는 간식을 얻게 되었어요. 언니 손을 잡고 걷다가 고구마스틱을 먹고 싶은 마음에 잠깐 언니 손을 놓고 간식을 먹고 있었는데 다시 언니 손을 잡으려고 보니 주위에 언니도, 엄마도 없었죠. 그제야 길을 잃었다는 생각에 혼자 우두커니 서서 엉엉 울고 있는데 수많은 인파 사이에서 익숙한 손 하나가 튀어나오더니 "왜 여기 있어! 잘 따라와야지!" 하며 저를 잡아당겼답니다. 언니가 찾으러 온 거였죠. 부모님이 계시는 레스토랑에 들어가서 한 손엔 여전히 고구마스틱을 잡은 채 엉엉 울며 놀란 마음을 달랬는데 수십 년이 지난 지금도 고구마스틱을 볼 때면 그때의 일이 떠올라요. 눈 내리던 명동의 풍경, 언니를 보자마자 들었던 안도감, 레스토랑에서 우는 어린 딸을 달래던 부모님의 모습, 잠깐의 해프닝이었지만 그래도 가족들과 맛있는 음식을 먹으며 보냈던 크리스마스 이브의 추억입니다.

아마 여러분에게도 과거의 어떤 경험, 기억을 떠올리게 하는 어떤 대상이 있을 거예요. 제 경우처럼 특정 물건일 수도 있고, 그 당시 들었던 소리나 어느 순간 맡았던 냄새처럼 형태가 없는 것일 수도 있어요.

이처럼 어떤 생각이나 감정, 더 넓게는 어떤 주의나 여론을 불러일으키는 것을 환기라고 합니다. 일상에서도 환기의 예를 쉽게 찾아볼 수 있는데요. 강연자들이 강연 초반에 청중들에게 질문을 던지는 것은 그들의 주의를 환기하기 위함입니다. 부정적인 감정에 휩싸였을 때 신나는 음악을 듣는다거나 몸을 움직여 땀을 내는 행동 역시 감정을 환기하기 위함이죠. 2023년 방영되었던 드라마 〈더 글로리〉는 학교 폭력의 비극을 여과 없이 보여 주었습니다. 덕분에 드라마가 끝난 뒤에도 학교 폭력에 대한 사회적 관심이 쉽게 사그라지지 않았어요. 학교 폭력의 원인을 심도 있게 들여다보고, 근본적인 해결책 마련을 위해 고심해야 한다는 사회적 목소리가 끊이지 않았습니다. 학교 폭력에 대한 관심과 주의, 사회적 여론이 드라마로 인해 환기된 거죠. 이처럼 일상에서 우리가 잠시 잊고 있었던 어떤 것, 혹은 기억하고 싶지 않은 그 무엇이 수면 위로 떠오르면서 주의를 집중시키거나 여론을 형성하는 것을 환기라고 합니다.

회의적
의심 가득한 눈초리

얼마 전, 저희 반 회장과 부회장이 종례 시간에 종이 한 장을 내밀었습니다. 그 종이에는 '우리 반 친구들의 결속력과 학업 스트레스 해소를 위한 학급 단합대회'라고 쓰여 있었죠. 저는 단번에 "너희 그냥 놀고 싶어서 그런 거 아니야?"라며 부정적인 질문부터 던졌죠. 친구들은 절대 아니라며 구체적인 계획을 세워서 다시 보고하겠다고 하였습니다. 막상 친구들이 계획을 세우고 추진하는 과정을 지켜보니 그냥 단순한 계획은 아니더라고요. '몸으로 말해요', '우리끼리 노래방', '짝 피구' 등 다양한 레크리에이션 게임을 준비하며 서로 역할을 부여하고 실제로 행사를 진행하는 모습을 보니 괜히 부정적인 생각부터 한 것 같아서 슬그머니 미안해졌어요. 단합행사의 장점은 꽤 다양했습니다. 특히 잘 보이지 않았던(모르고 지나갈 뻔했던) 학생들의 새로운 모습을 보게 되어서 기뻤답니다.

이렇게 어떤 일에 의심을 품는 것을 회의적이라고 하는데요.

살다 보면 회의적인 시선을 갖게 되거나 회의적인 시선에 부딪힐 때가 있습니다. 지금 우리는 인터넷, 스마트폰의 사용이 너무나도 자연스러운 세상에 살고 있지요. 인터넷은 사실 1960년대 미국 국방부의 프로젝트로 시작되었는데요, 그때는 이 기술에 대해 회의적인 시각이 아주 많았다고 해요. 그 사람들은 인터넷 기술이 이렇게 보편화되고 실용화될 것이라고는 미처 상상하지 못했을 겁니다. 의심 가득한 눈초리로 회의적 시선을 보냈을 테고, 또 부정적인 시각으로 상황을 살폈겠죠. 하지만 부정적이거나 회의적인 시각이 반드시 나쁜 것만은 아닙니다. 회의적인 시선으로 인해서 우리는 더욱 발전하기도 하죠.

『홍계월전』의 '홍계월'은 가부장제 사회였던 조선시대에 여성으로서 능력을 발휘한 인물입니다. 어려서부터 남장을 하고 지냈던 홍계월은 부모를 잃는 시련을 겪지만 좌절하지 않고 남성보다 우월한 능력을 발휘하게 됩니다. 장원급제를 하고 외적의 침입에 맞서 전장을 누비며 활약하다 여성이라는 사실이 탄로 나게 되어 결국 홍계월은 관직을 내려놓고 마지못해 혼인하게 됩니다. 하지만 외적의 침입이 계속되자 임금은 직접 홍계월에게 출정을 부탁하고, 홍계월은 위기에서 국가를 구하게 됩니다. 이 과정에서 남편 '보국'과 갈등이 생기기도 하지만 결국 자신의 능력으로 남편에게도 인정받아요. 홍계월은 여성이라는 한계에 부딪혔던 경험이 있었기에 임금의 출정 요청을 받고서 너무나 신이 났을 겁니다. 자신의 모든 능력을 총동원했을 거예요. 『홍계월전』은 당대의 여성에 대한 사회적 제약을 사실적으로 보여 주면서도 여성에 대한 인식을 전환하는 계기가 된 소설입니다. 특히 홍계월이 여성임이 밝혀졌음에도 조정에서 그의 능력을 인정해 다시 불러들인 점, 남편인 보국과의 관계에서도 물러서지 않는 모습 등에서 여성이라는 신분을 뛰어넘어 스스로의 노력과 의지로 자신의 이상향을 실현하는 여성상을 제시했다는 섬이 인상적이죠. 우리 주변에도 이렇게 회의적인 시선을 극복하고, 지속적인 노력과 발전을 통해 성공적인 결과를 이뤄낸 사례들이 많아요.

패션계에 큰 획을 그은 가브리엘 코코 샤넬, 그녀 또한 회의적인 시선을 극복한 인물입니다. 특히 그녀는 여성들을 코르셋에서 해방시키는 등 현대 여성의 옷에서 혁명적 시도를 했다는 점에서 그 영향력이 대단하죠. 샤넬은 제1차 세계대전이 끝나고 군복 새깃에 달린 주머니에 감명을 받아 여성복에도 주머니를 달기 시작했어요. 하지만 하층민들이 입는 푸어룩**poor look**이라는 조롱을 받았죠. 이러한 회의적인 반응에도 불구하고 코코 샤넬은 아름다움과 실용성을 겸비한 의상들을 만들어 냅니다. 보온성과 신축성이 좋은 트위드 자켓, 저지 바지, 블랙 미니 드레스 등 모두 그녀가 처음 시도한 것들이에요.

육상선수 우사인 볼트가 세운 기록인 100m 9.58초, 200m를 19.19초는 2009년 이후로 깨지지 않고 있습니다. 이 정도의 기록을 보유하고 있다면 타고난 선수일 것 같지만, 처음부터 두각을 나타내지는 않았다고 합니다. 특히 그의 신체적 조건은 단거리 육상선수가 되기에 약점이 많았어요. 선수에게는 치명적이라는 선천적 척추측만증을 앓고 있었거든요. 볼트는 이런 약점을 극복하기 위해 척추를 지탱해 주는 근육을 만드는 데 집중했고, 이 과정은 오히려 볼트에게 큰 무기가 되었습니다. 양쪽 골반의 균형을 맞추기 위한 노력 덕에 다른 사람보다 보폭이 넓어졌거든요. 실제로 그는 100m 경기에서 다른 선수들은 44걸음, 45걸음을 달릴 때 단 41걸음으로 주파했다고 해요.

지금 누군가가 여러분이 지닌 약점을 회의적인 시선으로 바라보고 있나요? 그렇다면 적극적으로 도전해 보세요. 여러분의 가능성을 드러내 보여 주세요. 약점이라고 생각했던 것이 오히려 여러분을 더욱 빛나게 해 줄 테니까요.

#비관적 #의심 #품을_회 #의심할_의 #약점을_극복하는_수단이_되기도_하죠 #가능성

후각화
순간을 떠올리게 하는 향기

벌써 몇 년 전 일이네요. 모두가 한 번쯤은 코로나에 감염되었던 때가 있었죠. 저도 그때 코로나에 걸렸습니다. 일주일 정도 심하게 아팠고, 격리까지 되었던 터라 평범하던 일상이 간절하게 그리웠답니다. 그래서 격리가 끝나자마자 평소 즐겨 찾던 카페에 가서 커피를 주문해 마셨어요. 그런데 이게 웬일이에요. 분명 제일 좋아하던 카페의 제일 좋아하던 메뉴였는데, 이전에 마시던 커피의 맛과 느낌이 아니었어요. 몇 번이고 다시 마셔 봤는데, 그냥 쓴맛만 나는 거예요. 왠지 모르게 허탈하고 배신감까지 느껴지더군요. 나중에야 알았는데, 코로나의 후유증으로 후각의 기능이 약해진 탓이었습니다. 또 하나, 커피를 마실 때는 커피의 향에 집중해서 그 맛을 즐겼다는 사실도 깨달았고요. 지금은 다행히도 후각 기능이 정상으로 돌아왔지요. 서영은의 소설 「사막을 건너는 법」에는 '나'가 베트남전에 참전했다가 귀환하여 현실에 적응해 가는 과정에서 느끼는 비현실감을 묘사한 장면이 나옵니다.

집에서 맞는 첫날 아침을 나는 이상한 비현실감 속에서 맞았다. "이런 전선에서 두부 장수 종소리, TV에서 흘러나오는 노랫소리, 수돗물이 넘치는 소리가 웬일일까?"라고 중얼거리며 주위를 둘러보았던 것이다. (…) 나는 그것들과의 관계를 다시 시작할 하등의 흥미도 관심도 없었다. 나날이 권태스럽고 짜증스럽기만 했다. 이따금 나는 내 안의 긴장에 대해서, 적어도 숨김없는 그 진실에 대해서 누군가에게 말하려 애써보았다. 그러나 이해하는 사람은 아무도 없었다.
― 서영은, 「사막을 건너는 법」 중에서 (2021년 수능 국어 영역 출제)

전선에서 돌아온 '나'는 청각, 후각 등의 감각이 타인과 다름을 느낍니다. 두부 장수의 종소리, 수돗물 소리 등 전쟁을 겪기 전 평범하게 감각하던 일상이 자기 몸에 밴 전쟁 냄새와 대치되는 중입니다. 그 순간 '나'는 긴장감이 무너지면서 삶이 허무하다고 인식하게 되지요. 우리의 오감은 이렇듯 과거의 경험을 떠올리게 해 주고, 특정 순간을 더욱 선명하게 기억하게 해 줍니다. 그 중 제일은 후각인 것 같아요. 저도 여전히 길을 지나가다 첫사랑이 쓰던 향수 냄새를 맡으면 아련한 추억에 빠져들곤 하거든요. 실제로 록펠러 대학의 연구에 따르면 우리가 단기적으로 기억하는 감각 비율은 촉각이 1%, 청각이 2%, 시각이 5%, 미각이 15%, 후각이 35%라고 해요. 또 학계에서는 '매일 생성되는 모든 감정의 75%가 냄새로 인한 것'이라는 연구 결과를 내놓기도 했습니다. 생각해 보면 어느 공간에 가거나, 누군가를 만날 때의 감정이 향기로 결정되는 기억이 꽤 많죠. 〈멜로가 체질〉이라는 드라마에는 '흔들리는 꽃들 속에서 네 샴푸 향이 느껴진 거야.'라는 가사의 OST가 나오는데요, 이때 헤어진 연인의 샴푸향이 느껴져 다시 연락할까 말까 고민하는 주인공의 모습이 그려집니다. 이렇게 후각은 우리의 기억과 감정에 꽤 강력한 힘을 행사하는 것 같아요. 영화로도 제작된 소설 『향수:어느 살인자의 이야기』(파트리크 쥐스킨트)를 읽으며 큰 충격을 받았었는데요. 뛰어난 후각을 가진 주인공 그르누이가 벌이는 행각은 비극적이면서도 너무나 기이합니다. 어느 여인의 향기를 잊지 못했던 그르누이가 향수를 만드는 모습은 마치 욕망이라는 깊은 심연에 갇힌 듯 보입니다. 그가 그토록 잔인한 행동을 하며 향수를 만들었던 것은 결국은 자신의 내면을 드러낸 향기를 찾고 싶었기 때문이잖아요. 우리는 다른 누군가에게 어떤 향으로 기억될까요? 또 지금의 순간들을 떠올리게 할 향기는 과연 무엇일까요?

🔍 #맡을_후 #깨달을_각 #냄새를_맡는_감각 #맡아지게_하죠 #선명하게_떠오르는_기억 #내면

흥취

신난다, 재미난다!
신명이 난다!

초록 잔디밭, 선선한 강바람, 시선에 닿는 모든 것을 반짝반짝 빛나게 만드는 따스한 햇볕, 그리고 이 순간을 마치 영화의 한 장면처럼 만들어 줄 달달한 멜로디, 좋아하는 사람들과 시원하고 청량한 음료를 짠!

코로나가 끝나면 가장 먼저 가고 싶었던 뮤직 페스티벌의 장면을 써 봤어요. 제 인생에서 기억에 남는 여러 순간 중 하나이기도 한데요. 그 순간만큼은 내가 이 세상의 주인이 된 것 같고, 그 누구도 부럽지 않았답니다. 여러분은 아직 청소년이라 뮤직 페스티벌에 가 보지 않은 친구들이 더 많을 것 같지만, 위의 문장들을 보니 어때요? 여러분들도 야외에서 펼쳐지는 뮤직 페스티벌에 가서 음악에 몸을 맡기고 둠칫 둠칫, 혹은 여유롭게 잔디밭에 앉아 좋아하는 음악들을 감상하고 싶지요?

흥취라는 말의 사전적 의미는 '흥과 취미'입니다. 여기서 '흥'

은 마음이 들뜨고 즐거운 상태를, '취미'는 개인이 좋아하고 즐기는 일을 뜻하지요. 비슷한 말로 '신명'도 있어요. 신명은 흥겨운 신과 멋이라는 뜻을 지닌 말이에요. 뜻 자체는 많이 어렵지 않으니 바로 작품으로 적용해 볼게요. 수험생들이 가장 원망(?)하는 작가 중 한 명인 정철의 「성산별곡」입니다.

> 엊그제 빚은 술이 얼마큼 익었나니 / 잡거니 밀거니 실컷 기울이니 / 마음에 맺힌 시름 적게나 하리로다 / 거문고 줄을 얹어 풍입송(風入松)* 이었구나 / 손인지 주인인지 다 잊어버렸구나 / 장공(長空)에 뜬 학이 이 골의 진선(眞仙)이라 / 요대 월하(瑤臺月下)**에 행여 아니 만나신가 / 손이 주인더러 이르되 그대 그인가 하노라
> ─ 정철, 「성산별곡」 중에서
>
> *풍입송: 악곡 이름, ** 요대 월하: 신선이 사는 달 아래

화자의 모습을 살펴볼까요? 화자는 술잔을 실컷 기울이고 있습니다. 이 술이 마음의 걱정들을 사라지게 해 준다면서요. 얼마나 흥에 겨운지 거문고를 뜯을 때 그 주체가 손인지 주인인지 분간이 안 되나 봅니다. 이렇게 자연 속에서 흥취 있는 삶을 사는 '주인'을 '신선' 같다고 표현하면서요. 위에 언급한 뮤직 페스티벌이 딱 이 「성산별곡」의 장면과 유사하지 않나요?

아침에 채산(採山)하고 저녁에 조수(釣水)하세 / 갓 괴어 익은 술을 갈건(葛巾)으로 걸러 놓고 / 꽃나무 가지 꺾어 수(數) 놓고 먹으리라 / 화풍(和風)이 건듯 불어 녹수(綠水)를 건너오니 / 청향(淸香)은 잔에 지고 낙홍(落紅)은 옷에 진다

- 정극인, 「상춘곡」 중에서

위 「상춘곡」을 노래하는 화자도 속세를 떠나 자연에 묻혀 살고 있네요. 아침엔 나물을 캐고, 저녁엔 낚시질하면서요. 어느 봄날 아름다운 경치를 감상하며 갓 익은 술을 마시며 꽃나무 가지를 꺾어 잔 수를 세는 모습에서 풍류를 즐기고 있음이 드러나네요. 자연의 맑은 향이 화자의 잔에, 꽃잎은 옷에 지며, 자연과 화자가 하나되는 물아일체의 경지를 보여 줍니다. 고전 시가에서 안빈낙도, 물아일체 등의 주제를 노래한 시들은 이렇게 자연에서의 흥취를 즐기고 있는 화자의 모습을 보여 주죠. 또 흥취를 즐기는 장면에는 대체로 '술', '음악', '자연'이 함께하고요. 이렇게 말하고 보니 저도 「성산별곡」, 「상춘곡」 속의 장면 속으로 들어가 신나게 흥취를 즐기며 둠칫둠칫 하고 싶어지는데요! 자연과 하나되어 즐기는 시인의 모습, 여러분도 함께 떠나고 싶지 않나요?

#흥과_취미 #흥이_난다 #신명 #들뜨네 #자연과_하나가_돼 #물아일체 #둠칫둠칫_즐거워

희화화

우습게 만들어서
짚어 보게 하지요

웃음이 가져오는 효과는 어떤 것이 있을까요? 웃으면 스트레스로 인해 긴장되어 있던 근육들이 다소 이완되면서 잠시 휴식을 느끼게 됩니다. 얼굴에 생기가 돌고 몸속에는 엔도르핀이나 도파민처럼 행복을 느끼게 해 주는 호르몬이 분비됩니다. 그래서 웃음에는 신체 전반의 면역 시스템을 강화하고 스트레스를 완화해 주는 효과가 있다고 하지요. 또 웃음은 긍정적인 감정을 유발하여 마음의 안정을 증진시키고 창의성과 상상력을 자극하여 어려운 문제를 해결할 힘을 키워 줍니다. 게다가 많이 웃을수록 호감 가는 얼굴이 되어서 대인 관계에서도 유리해집니다. 웃음은 만병을 고쳐 주는 명의이자 좋은 능력을 키워 주는 명약이네요.

　우리 조상님들은 이런 점을 놓치지 않았어요. 사회적으로 힘없는 계층의 사람들은 여러 가지 억압과 서러움을 당할 일이 많죠. 우리 조상님들도 예외는 아니었습니다. 그런데 우리의 전통 서민 문학에는 눈물도 많지만 크고 작은 웃음이 넘치게 담긴 작품이 많습니다. 웃음이 주는 힘을 잘 알고 있었던 것이지요. 많은 것을 누리고 사는 귀족들의 문학보다 억눌려 살아가는 서민들의 문학에 더 많은 웃음이 담겼다는 점은 사실 그들의 현실이 그만큼 힘들었다는 것을 보여 주는 반증입니다. 이런 것을 '웃음으로 눈물 닦기'라고 하죠. 우리 조상님들은 힘든 만큼 웃었으니 정말 프로들이셨죠?

　전통적인 서민 문학은 눈물로 고통을 호소하기보다는 한바탕 웃음으로 호쾌하게 그려 낸 경우가 많은데요. 특히 등장인물들이 많은 웃음을 유발하곤 하지요. 웃음의 대상을 다루는 태도에는 크게 두 가지가 있습니다. 강자에 대한 비판의식을 담은 풍자와 어리석고 불행한 약자에 대한 연민을 담은 해학이에요. 풍자가 상대에게 모욕을 주고 이를 통해 통쾌함을 느끼는 웃음이라면, 해학은 상대에게 현실을 인식시키고 행동을 교정하게 해 주려는 웃음이랍니다.

　우리의 전통 판소리 「흥부가」를 볼까요? 욕심 사나워 동생의 것을 모두 빼앗고 탐욕만 부리다 벌을 받는 형 '놀부'와 착하기만 하여 형에게 모든 것을 빼앗기지만 결국 복을 받는 '흥부'. 두 인물 모두 재미있게 그려져 있습니다. 여기에서 놀부가 풍자의 대상이라면 흥부는 해학의 대상입니다. 놀부의 심술을 묘사한 장면은 기가 막힐 정도입니다. 놀부는 폭행과 도둑질은 기본이고 불법 노동력 착취, 장애인과 임산부 폭행, 남의 농사 절단내기, 아동

학대, 여승 겁탈 등 이루 말할 수 없는 악행을 일삼은 캐릭터입니다. 그런데 참 흥미로운 점이 있어요. 하나만 말하면 "뭐 저런 놈이 다 있지?" 할 만한 죄목이 어마어마하게 길게 열거되니 오히려 현실성이 사라지면서 웃음이 나온다는 점입니다. 너무 많은 악행이 그려져 도저히 한 사람이 한 짓으로 느낄 수가 없거든요. 이렇게 현실성 없게 많은 죄목을 열거한 이유가 무엇일까요? 놀부로 상징되는 당대 기득권층이 저지른 횡포에 대한 일종의 풍자겠지요. 평소에는 두려움의 대상이었던 양반이나 권력가들을 놀부라는 인물로 그려 내어 한바탕 웃음거리로 비꼰 거예요. 이 작품을 듣거나 본 당시 양반들은 뜨끔했을 것입니다.

　비판의 대상인 놀부만 우습게 그려진 것이 아닙니다. 부모에게 효도하고 형제를 사랑하며 가족들을 책임지는, 그야말로 본받을 인물로 제시된 흥부가 우습게 그려진 장면들도 곳곳에 있습니다. 흥부가 제비 다리를 고쳐 준 보답으로 박씨를 받고, 그 복으로 온 가족이 포식하게 되는 장면을 봅시다. 이 기쁜 장면에서 흥부의 가족 인식은 어이없을 정도로 웃음을 자아냅니다. 하도 자식이 많아 그런지 흥부는 가족이 전부 몇 명인지조차 헷갈립니다. 그래서 자식들의 이름을 되짚어 보는데요.

　"아, 우리 권속(가족)이 몇이제? 내가 자식 논 놈들이 어찌 많던지 몇 놈이 된 줄을 모르겄어. 가만히 있자. 음, 아리롱이, 다리

동이, 거맹이, 노랭이, 백산이."

아, 이 흥보가 아들 이름을 짓는데 개 이름으로 전부 지었것다.

아무리 자식이 많아도 그렇지. 아들들 이름을 개 이름으로 지었다니 듣는 사람들은 그의 무정함에 화가 나는 것이 아니라 기가 막혀 웃음을 터뜨리게 됩니다. 아무 대책도 없이 자식을 많이 낳았을 뿐, 제대로 건사하기는커녕 그냥 방치하고 있네요. 다음 장면의 묘사도 기가 막힙니다.

이놈은 집 재목을 내려 하고 수수밭 틈으로 들어가서 수수깡 한 뭇을 베어다가 안방·대청·행랑·몸채 두루 짚어 아주 작은 말집을 꽉 짓고 돌아보니, 수숫대 반 뭇이 그저 남았다. 방 안이 넓든지 말든지 양주 드러누워 기지개를 켜면, 발은 마당으로 가고 대가리는 뒤꼍으로 맹자 아래 대문하고 엉덩이는 울타리 밖으로 나가니, 동리 사람이 출입하다가, "이 엉덩이 불러들이소." 하는 소리를 듣고 깜짝 놀라 대성통곡 우는 것이었다.

흥부네가 얼마나 가난한지를 집을 통해 보여 주는 장면입니다. 힘없는 수수깡을 베어다가 그저 듬성듬성 꽂아두고 혼자 안방이네, 대청이네, 행랑이네 하면서 구획을 지었습니다. 하지만 좁은 벽과 허술한 재료로 인해 발을 뻗으면 벽을 뚫고 마당으로 나가고 머리는 뒤꼍으로, 엉덩이는 집 밖으로 나가게 되니 동네 사람들이 지나가다가 그 엉덩이를 다 보게 된다는 것인데요. 좁기도 하지만 더 심각한 점은 비바람, 추위에 취약하다는 것입니다. 이 정도면 정말 가난이 사무칠 정도죠. 그런데 이 장면에서 눈물을 흘리기는 좀 어렵습니다. 아무리 가난해도 그렇지 집이라고 하면서 머리와 발과 엉덩이가 다 밖으로 나가게 집을 지었다니, 심지어 벽 밖으로 엉덩이가 나와 지나던 이웃이 이깃을 보고 '엉덩이 좀 불러들이라.'고 점잖게 조언까지 하다니요. 이런 부분에서는 도무지 웃음을 참을 길이 없습니다. 흥부는 유교적 도덕을 준엄하게 지켜 효심 깊고 형제 우애 지키는 멀쩡한 가장인데, 가족들 건사할 집을 어린애들만도 못하게 짓는 바보가 되어 있습니다. 가난하여 서러운 당시 서민들이 이 장면을 듣고 보면서 눈물 짓는 대신 흥부의 바보짓에 한바탕 웃었겠지요?

이렇게 인물을 우습게 하는 것, 즉 희화화에는 두 가지 효과가 있습니다. 비난받아 마땅한 사람들을 비꼬아서 우습게 만들어 독자들이 비판에 동참하게 하는 것, 또 하나는 특정 인물을 우스꽝스럽게 그림으로써 그 인물의 아픔에 너무 심각하지 않은 자세로 공감하게 하는 것입니다. 재미있으면 웃으세요, 웃음 뒤의 의미도 생각하면서요.

#우스꽝스러워_보여도_그게_다가_아니야 #실없어_보이나요 #웃음이_주는_힘 #비판 #공감